恋するオオカミにご用心

M i y a b i & I c h i y a

綾瀬麻結

Mayu Ayase

EB
エタニティ文庫

目次

恋するオオカミにご用心

一

ステージやブースを完備した、六本木の有名クラブ。非日常空間を演出するそこは、週末の夜はいつも若者たちであふれ返る。ただこの日は貸し切りのため、一般客は立ち入り禁止になっていた。今日はここで、吉住(よしずみ)モデルプロモーションの設立三十五周年記念パーティが行われているのだ。

インターネットなどで情報が漏れているのか、追っかけのファンがビルの周囲にちらほらと佇(たたず)んでいる。人気のあるモデルや俳優が来ているとなれば、それは当然だろう。

クラブのフロアでは、DJミックスに合わせて若いモデルたちが楽しそうに踊り、年配の業界関係者たちはアルコールの入ったグラスを手に談笑している。各々(おのおの)が、この無礼講(ぶれいこう)のパーティを楽しんでいた。

パーティには、アットモデルプロダクションでマネージャーをしている二十五歳の藤尾(ふじお)みやびも招待されていた。みやびは関係者に挨拶(あいさつ)しては場所を移動し、次から次へと歓談の輪に加わる。

一時間も経つと肩の力も抜け、パーティを楽しむ余裕も生まれていた。

そう、そのはずだった。

一息つこうと輪を離れた時、他事務所の男性マネージャーに声をかけられ、ふたりきりで話すことになるまでは……。


この時、みやびの表情は引きつっていた。

女子校育ちのせいか、みやびはこの年齢になっても男性と話すのが苦手だった。直したいと思ってはいるものの、まだ上手くいっていない。

「さすが大手の事務所ですよね。吉住社長の人脈って本当に凄いな」

「は、はい……そうですよね。あの……、わたしもそう思います」

「あっ、藤尾さんのところの安土社長が、吉住社長と話してるよ」

気遣ってくれているのか、彼は会話を続けようとする。だが、みやびは気の利いた返事ができないでいた。彼が困ったように苦笑する。

「俺もあとで安土社長に挨拶させてもらうね。それじゃ、また現場で会った時はよろしく」

「はい！　あの……こちらこそ、どうぞよろしくお願いします」

みやびは男性マネージャーに頭を下げ、歩き去る彼を見送った。

また緊張してしまった……。

みやびは肩を落とし、ふーっと長い息をついた。

いったいどうしたら、男性の前でおどおどしなくなるのだろう。

アルコールの力を借りるのは本意ではないが、それで少しでも気合が入るのなら……

みやびは手にしたグラスを口へ運ぼうとした。

「みやび、見てたわよ！」

突然声をかけられて振り向く。そこにいたのは、事務所の先輩マネージャーの皆川(みながわ)だった。

「男性相手だとまだ緊張が取れないみたいだけど、入社当時に比べたら……うん、進歩だね」

皆川は笑いながら、みやびの肩を優しく叩いた。

「ありがとうございます。これも皆川さんが根気良くご指導してくださったお陰です」

みやびは皆川と向かい合うと、自然に笑顔になった。

彼女はみやびに、マネージャーの仕事を一から叩き込んでくれた人だ。でもそれだけではない。お洒落(しゃれ)に無頓着(むとんちゃく)だったみやびに、似合う化粧と服選びを教えてくれた。腰まで届くストレートの黒髪をボブスタイルにするよう勧め、その髪にカラーを入れ、毛先にだけパーマをかけると似合うという助言をしてくれたのも彼女だ。

こうして皆川の意見を取り入れたことで、みやびもなんとか年齢相応の女性に見られるようになったのだ。

今日着ている膝上丈のキャミソールドレスも、以前皆川と一緒に買い物した時に見立ててもらったもの。胸元に入ったアコーディオンプリーツは、みやびを可愛らしく見せつつ女らしさも強調してくれていた。

どうすればその人物を引き立たせることができるか、皆川は良くわかっている。さすが、スカウトまでこなす敏腕マネージャーだ。

頼もしい先輩の傍で口元をほころばせたその時、皆川が急に視線を移した。

「奈々ちゃん、今日はかなりはしゃいでるみたいね」

皆川の視線の先を見て、みやびは「はい」と答えた。

DJブースの前で笑顔を見せているのは、みやびが担当している二十歳の西塚奈々。彼女は読者モデルから専属モデルへと成長した、アットモデルプロダクションの若手有望株のひとりだ。メディアへの露出も増えてきている。

最近仕事が忙しく休みもなかったので、その鬱憤を晴らしているのだろう。

もう少し落ち着いてほしい気もするが、今日のような盛大なパーティでは仕方がないのかもしれない。

奈々は、同じ事務所の女性モデルと一緒だった。そのモデルが、手にしたウィッグを頭上で振り回したり誰かの頭にかぶせたりしている。奈々はそんな彼女と一緒に、笑い合っては元気に飛び跳ねていた。

「まっ、パーティは楽しむものだし、今日は仕方ないかな。それに――」

「皆川さん！　みやびん！」

突然、皆川の言葉を遮るような甲高い声が聞こえた。慌ててそちらへ向くと、同じ事務所の先輩マネージャーがこちらに駆け寄ってくるところだった。

「どうしたの？」

「き、き、来ましたよ！」

彼女はどもりながら、訊き返した皆川とみやびを交互に見る。

「大賀見さんですよ！　パーティが始まってもずっと姿が見えなかったので、来ないんだとばかり思ってましたけど、たった今来たみたいです！　吉住社長に挨拶してます」

大賀見さんが来た!?

みやびの心臓がドキンと高鳴った。

彼の名を心の中で囁くだけで肌が粟立ち、熱い想いが全身の血管を駆け巡る。突然湧き起こった反応に、喉の奥で低く呻きそうになった。

そんなみやびの隣で、皆川が頷く。

「来ないわけないわよ。大賀見さんにとって、吉住社長は恩義のある人だもの。吉住社長のところでモデルをしていたのに、絶頂期に引退。直後、社長の下で経営の勉強を始めるだなんて。それだけでもびっくりなのに、独立して新事務所設立でしょ。しかもたった数年で事業を軌道に乗せ、先月には自社ビルが完成。才能あり過ぎよね」

「彼って、まさにモデル業界の風雲児ですよね！　人目を惹く立ち姿もですけど、あの甘いマスク、低い声、引き締まった見事な体躯……ああ、やっぱりいつ見てもカッコいい！」

皆川の隣で、先輩がうっとりと歓喜の声を零す。その横でみやびは、話題の中心にいる大賀見一哉にこっそり目を向けた。

吉住社長と言葉を交わす彼の姿を目にした瞬間、胸がドキドキし始めた。それに比例して、傍で話す先輩たちの声が遠ざかり、音楽や騒ぐモデルたちの声もどんどん小さくなっていく。

聞こえるのは、耳の傍で太鼓を打ち付けるように激しく脈打つ、自分の拍動音のみ。頭がボーッとしてくる。なのに、特別なオーラを放つ大賀見から目を逸らせなかった。

大賀見は、ＩＣＨＩＹＡの名でモデル界を席巻した元有名ステージモデルだ。その均整のとれた体躯、端整な甘いマスクで女性たちを虜にしてきた。

黒々とした目力のある双眸や真っすぐな鼻梁。そこからは男らしさが匂い立っている。柔らかそうな唇や優しげな笑みは、女性の心を惑わす官能的な艶っぽさがある。人の目を釘付けにする彼は、業界内では引っ張りだこだった。

その大賀見がモデルを引退してもう十年。三十二歳になったというのに、今もその魅力は色褪せていない。それどころか、年を重ねるごとに男の色香が増している気さえする。

「……ねえ、みやびん。あたしの話、聞いてる？」

突然自分の名を呼ばれて、みやびはハッと我に返った。慌てて隣の先輩を見る。

「すみません！　あの、なんの話……ですか？」

先輩がニヤニヤしながら、ふふっと笑う。

「今ね、皆川さんと大賀見さんの話をしてたの。彼って誰に対しても優しくて、人当たりが良くて、平等でしょ？　でも、それって恋人に対しては違うんじゃないかなって。名前のとおり、カノジョにはオオカミになっちゃいそうじゃない？」

オ、オオカミ!?

みやびの脳裏に、オオカミに変身した大賀見が浮かび上がる。

そして、そのままカノジョに……

みやびにとって、彼が綺麗な女性を激しく求める光景は生々し過ぎた。血が沸騰したかのように感じ、躯が熱くなる。

「ちょっと、余計な推測しないの」

皆川が楽しそうに笑う先輩を窘めるが、先輩は引き下がらない。

「でも、皆川さんだってそう思いませんか？　大賀見さん、きっとカノジョの前では獰猛な捕食動物に早変わりですよ。もしみやびんがカノジョだったら、きっと何をされているかわからないままオオカミに……ペロリだね！」

「ちょっと！　誰が聞いてるのかわからないんだから、もっと声をひそめなさい！」

皆川に言われて、先輩が素直に「はーい」と言う。でもみやびは、生々しい会話に頬を真っ赤に染めていた。抑えなければと思うほど、どんどん火照りは増していく。

「あっ、ごめんね。みやびんにはちょっと刺激が過ぎた？」

「いえ、あの……はい」

手の甲を頬にあてて、熱を冷まそうとしながら素直に答えた。だが、みやびのその態度が、先輩の遊び心に火をつけたみたいだ。先輩が楽しそうにニヤリとする。

「それでどうなの？」

「えっ？」

「ついさっきまで大賀見さんをこっそり見てたでしょ？　もしかしてみやびんって……大賀見さんのことが好きなのかなと思って」

えっ？　……ええっ!?

みやびは目を見開き、大きな音を立てて息を吸った。そんな風にずばり気持ちを言い当てられるとは思っていなかった。

「いいえ……いいえ！　わたしは大賀見さんを好きじゃありません！」

咄嗟（とっさ）に嘘をついてしまい、みやびはハッとした。別に取り繕（つくろ）わなくても、先輩たちならみやびを応援してくれる。それがわかってても、どうしても素直になれなかった。

心のどこかで、彼との出会いを大切にしたいという思いがあったからかもしれない。

みやびが大賀見を好きになったのは、約四年前。まだ大学四年生の時だった。ミスキャンパスコンテストの特別審査員として来た大賀見に声をかけられたのが切っ掛けで、みやびは今も彼に恋している。彼と言葉を交わしたのはほんの数分だったが、裏方のみやびにまで気を遣ってくれた優しさに心打たれたのだ。

化粧もせず埃（ほこり）まみれでジャージ姿のみやびは、決して彼の興味を惹（ひ）く女性ではなかったはずなのに……。

この業界に入って大賀見と再会を果たしたが、彼はみやびを覚えていなかった。それも当然だろう。だが、それは全く関係ない。想いを心に秘めながら、彼をこっそり見つめられるだけで幸せだった。

このことを、みやびは誰にも話していない。まだ自分だけのものにしておきたいという気持ちが強かった。

みやびは勇気をふりしぼって顔を上げると、生唾（なまつば）をゴクリと呑み込んだ。

「あの、もちろん先輩が思うように、大賀見さんは素敵な男性だと思います。でもわたしの……好みとかけ離れてる……というか」

その点は嘘じゃない。確かに大賀見のことは大好きだが、理想の男性は、昔から物静かで穏やかなお兄さんタイプだ。

「そっか。みやびんは大賀見さんが好きなんだと思ってたんだけど……。でも、それは現在の話で、将来はどうなるかわからないよね？」

まるでみやびの気持ちは知っているとでも言いたげに、先輩はにっこり笑った。

「はい、その話はもう終わり！」

皆川が手を胸の前で叩いて言った。彼女の意味深な言葉に内心ドキドキしていたみやびは、やっと胸を撫で下ろした。

「すみませんでした。でも、みやびんがあまりにも可愛くて」

先輩は肩をすくめて謝ったが、またすぐにみやびに目を向ける。

「嫌な思いをさせちゃってごめんね。ところで恋バナが出て思ったんだけど、奈々ちんの様子はどう？　メディア出演が増えてきたせいか、最近綺麗になってきた気がするの。こういう時って、恋愛が関係していることもあるから気を付けてね。うちの事務所は恋愛NGだし」

奈々の名前が出るなり、みやびは背筋をピンと伸ばした。

「はい。十分に気を付けます」

「うむ、頼む」

真面目に言いながらも、わざとおちゃらけて安土社長の口癖を真似する先輩。みやびと皆川は顔を見合わせてぷっと噴き出した。

皆でひとしきり笑い合ったあと、皆川が腕時計に視線を落とす。

「それじゃ、またあとで会いましょう」

皆川はみやびたちに頷くと、他のマネージャーたちの輪へ向かって歩き出した。

「じゃ、あたしも行くね」

先輩も、皆川とは違う方向へ歩いていった。ふたりの先輩がいなくなったことで、みやびはその場にひとりになった。

「わたしも動かなきゃ」

まだ挨拶していない人を探すように、周囲を見回す。できれば、顔見知りの人と初対面の人が混在している輪に入りたい。相手が男性であっても、今度はあまり緊張しないようにと自分に言い聞かせて、ゆっくりフロアを歩き出した。

その時だった。

「藤尾さん」

男性に名前を呼ばれて、みやびの躯はビクッとその場で飛び上がった。呼びかけただけでみやびをこんな風にする相手は、ひとりしかない。

みやびはゆっくり振り返り、そこに立つ大賀見を見上げた。

「お、大賀見……社長」

緊張のあまりどもってしまうが、みやびはすぐに背筋を伸ばした。でも目の前にいるのは、好きな人。彼を見ているだけで、胸の高まりを抑え切れない。

落ち着いて、今度は失敗しないように——と自分に言い聞かせて、みやびは大賀見を窺った。

視線がぶつかるなり、大賀見はどんな女性をも蕩けさせる極上の笑みを浮かべる。それだけで、みやびの躯に、甘くじりじりとした電流が走った。それに気付きもしない彼は、さらに距離を縮める。

「やあ、こんばんは。ところで、その〝社長〟は無しだって前に言わなかったかな」

「す、すみません！」

みやびはシドロモドロになりながら謝った。

大賀見は、何故かそう呼ばれるのを好まなかった。モデル業界でそれを知らない人はおらず、彼を〝社長〟と呼ぶのは、所属モデルたちと、面白がってからかおうとする人たちだけだ。

それをわかっていたはずなのに……

「改めてくれるならそれでいいさ。ところで藤尾さんは……今日も可愛いね」

突然の褒め言葉に、みやびの頬が熱く火照っていく。

大賀見は俗に言う女たらしとは違うが、職業柄か、誰に対しても優しく接する。だから、みやびに言ってくれた言葉も本気にしてはいけないとわかっているのに、どうしても照れてしまう。

「いえ、わたしなんか別に……。ところであの、……どなたかを探されているんですか？」

「そうなんだ。御社の安土社長が見えないんだけど、どこにいるのか知らない？　もしかして、もう帰られたのかな？」

そう言いながら、大賀見がさりげなくみやびに近づく。それに気付いたみやびは慌てて一歩下がり、距離を取った。

その態度に、大賀見が戸惑ったように笑う。でも彼の醸し出す雰囲気や堂々とした立ち居振る舞いのせいで、本当に困っているとは思えない。

どうしてだろう。大賀見を好きなのに、話しかけられて嬉しいはずなのに、心を覗き込む真っすぐな瞳を向けられただけで、彼の傍から走って逃げたくなる。

「藤尾さん？」

再び声をかけられて、みやびは飛び上がるほどビクッと躯を震わせた。

「あっ、安土ですよね？　確か、ほんの十数分前まではそこにいたんですけど――」

いったいどこへ行ったのかと、薄暗いクラブ内に目を凝らして安土社長を探す。でも、どこにも見当たらない。

「すみません。もし急の用件でしたら、わたし……えっ!?」

振り返った瞬間、みやびは目を大きく見開いた。お互いの躯が触れ合いそうなほどの距離に、大賀見が立っていたからだ。

あたふたと下がって距離を取るが、恥ずかしさで頬が一気に火照る。なんとかして平静を保とうと試みるが、そうすればするほど焦ってしまいそうになった。

「あのさ、俺ってもしかして……藤尾さんに嫌われてる？」

「えっ？　……き、嫌われ？」

大賀見の言葉に、みやびは何度も瞬きした。

「だって、そうだろう？　俺が近づけば、君はすぐに離れる。話しかけても心ここにあらずで、まるで早く逃げ出したい……そう態度で言ってるみたいだ」

大賀見は自信に満ちたあの表情を消し、少し寂しそうに口角を下げる。彼は本気でそう思っているようだった。

みやびは狼狽しながらも、違うと頭を振った。

「そんなことないです！　大賀見さんは、その……わたしみたいな他事務所のマネージャーにも気さくに声をかけてくださる優しい方です。そんな人から逃げたいだなんて」

「優しい？　男の優しさなんて、どす黒い裏があるのに――」

大賀見が小さな声で呟き、ふっと鼻で笑った。みやびはそんな彼を上目遣いで窺う。

　するとそれに気付いた大賀見が、居心地悪そうに苦笑した。

「おかしいな。藤尾さんが相手だと調子狂うよ。まるで……あの時みたいだな」

　大賀見の声は徐々に小さくなり、最後はほとんど聞き取れなかった。みやびはそんな彼の態度に、たまらず俯いた。

　どうして大賀見は、みやびを忘れてしまったのだろう。モデル業界へ入ると告げた時、彼は嬉しそうに〝楽しみに待っているよ〟と言ってくれたのに。

　結局のところ、あれは大賀見の社交辞令だったのだ。

　小さくため息を零すみやびの前で、彼も力なく息をついた。

「そろそろ吹っ切らないとな……」

　大賀見は一瞬辛そうな表情をする。でもすぐにその色を消し、急にみやびに目を向けた。

「藤尾さん、あの――」

　大賀見が何かを言いかけた、その時だった。

「みーやびん、……えい！」

　女性の声が聞こえたと思ったら、みやびは頭にいきなり何かをかぶせられた。

「キャー！　な、何!?」

　みやびはパニックになりながら、それを振り払おうとする。でも、上からしっかり押さえつけられているせいで逃れられない。

横を見ると、アットモデルプロダクションの女性モデルがいた。

アルコールが適度に入って高揚しているのかもしれないが、この行為は行き過ぎている。

「やめなさい！　わたしが誰と話しているのかわかっているでしょ？　こんな真似(まね)……ちょっ！」

みやびが話しかけてもお構いなしに、彼女はキャッキャと楽しそうに笑って離れていく。そのまま去っていくかと思いきや、一度立ち止まって振り返り、頭上で手を大きく振った。

「みやびん！　そのウィッグ、とっても似合ってるよ。昔に戻ったみたいで可愛い！」

言いたいことを言うと、彼女は再びモデル仲間たちのグループに戻っていった。

彼女の礼儀のなさに、みやびは力なく小さく頭を振る。そして、かぶせられたロングのウィッグに触れた。

「弊社のモデルが無作法で本当にすみません。きちんと言い聞かせますので――」

謝るみやびの手首を、突然大賀見が強く掴んだ。

「えっ？」

大賀見のその行動に、みやびは顔を上げた。これまで彼に声をかけられたことはあっても、触れられた経験はない。

咄嗟にその手を引こうとするが、大賀見の表情を目の当たりにして動きが止まる。彼は何かに驚いたような目をし、その顔を青ざめさせていた。

みやびの知る彼は、いつも堂々として、朗らかで、誰に対しても優しく、決して激しい感情を表に出さない人物だ。なのに今、目の前にいる彼は、思わずこちらがたじろいでしまうほどの感情を剥き出しにしている。しかも、その瞳の奥には、かすかに怒りに似た炎を滲ませていた。

こんな大賀見は、今まで一度も見たことがない。

怖い！

握られた手をもう一度引くが、彼はさらに強く握ってきた。手首に走る痛みに顔をしかめる。それでも彼の力は容赦ない。

「……っ！　お、……大賀見、さん！」

痛みのせいで声がかすれた。それが効いたのか、彼の力が一瞬緩んだ。その隙にみやびは手を引き抜き、胸の前で手首を擦る。

「いったい、どうされたんですか？」

みやびがたまらず訊ねると、大賀見は再び乱暴に手を伸ばしてきた。

嘘……な、殴られる!?

みやびは咄嗟に躯を縮こまらせ、恐怖から逃れるように瞼をギュッと閉じた。なのに、三秒、五秒と経っても一向に痛みはやってこない。

恐る恐る目を開けて、みやびはハッとした。大賀見がみやびの頭にかぶせられたウィッグの毛先をしっかり掴んでいたからだ。

「な、に……を」

声を震わせるみやびをじっと見ながら、大賀見はそれをゆっくり引っ張った。頭からウィッグがはずれ、みやびの剥き出しの肩と腕を舐めるように滑り落ちる。

「……そういうこと、か。そういうことだったんだな」

感情を押し殺したような低い声音に、みやびの躯は恐怖で震えた。不可解な大賀見の態度に、心臓が不規則なリズムを打つ。胸が痛くなり、だんだん呼吸が荒くなってきた。

このまま大賀見の傍にいてはいけない、早く逃げなければ！

「あの、す、すみません！　わたし、用事を……思い出したのでこれで失礼します」

みやびは大賀見の鋭い眼差しから顔を背け、その場を逃げるように駆け出した。

好きなのに、ずっと大賀見だけを想い続けていたのに……

感情を昂らせたままフロアを走り、廊下へ出た。足を止めずエレベーターホールへ行き、ソファを見つけて腰掛けた。

大賀見が追ってくるのではとクラブの方を見るが、彼の姿はない。

「良かった……」

ホッとしたものの、急に態度が変わった彼の行動や表情を思い出すだけで、また手足が震える。その震えを抑えようとするが、なかなか止まらない。

どうして大賀見はあんな態度を取ったのだろう。ただ、いつも穏やかな彼を苛立たせたのは、みやびなのだとわかった。

何かが彼の気に障ったのなら、今すぐ大賀見に謝るべきだ。でもまだ彼があの状態なら、彼のもとへ言っても結局また同じことの繰り返しになる。それなら少し時間を置き、ほとぼりが冷めた頃に行った方がいい。

「わたしって、意気地無しだ……」

口に出して自分を戒めるが、やはり出るのはため息ばかり。

手足の震えと早鐘を打つ心臓の鼓動が落ち着いてくると、みやびはソファにぐったりもたれた。

その時、静かな廊下にどこからともなく女性の話し声が響いた。

「うん？」

みやびはその声が気になって立ち上がった。静かに周囲を見回すが、人の姿は見えない。

もしかして、体調の悪い人がいるのだろうか。

みやびは声のした方へ早歩きで向かった。何を言っているのか内容は聞き取れないものの、女性の声は徐々に大きくなってきた。だが廊下の角を曲がったところで、みやびは回れ右をする。その先の階段の途中で、男女が抱き合っていたからだ。

男性は階段の途中で壁に手をつき、女性を襲うように上体を倒している。そのまま次のステップへ進むのではと思うほど、男性が女性を熱く求めていた。

キスだって、それ以上だって経験のないみやびにとって、目の前で繰り広げられていた抱擁（ほうよう）シーンは強烈だった。

頭を振って瞼（まぶた）の裏に焼きつくその光景を消そうとするが、薄れるどころかより鮮明になっていく。

自然に染まる頬、速くなる鼓動。それらがみやびの思考を鈍らせる。早くこの場を立ち去ろうと思うのに、足が動かない。どうしたらいいのかと、唇を強く引き結んだ。

「ヤダ、ダメだよ……大輔（だいすけ）」

突然聞こえた女性の声。その瞬間、みやびの羞恥（しゅうち）は一瞬にして吹き飛んだ。

今の声って……

「……いいだろ？　これぐらい大丈夫だって。なあ、奈々」

男性の声に、みやびは息を呑んだ。勢い良く振り返り、階段で躯（からだ）を寄せる男女のカップルに目を向けた。

最初に見た時、女性は男性の肩に顔を埋（うず）めていたのでわからなかったが、今はその横顔がはっきり見て取れる。

やっぱり、みやびが担当しているモデルの奈々だ。

「そこのあなた！　今すぐ奈々から離れなさい！」

アットモデルプロダクションは恋愛禁止。早くふたりを引き離さなければと、みやびは腹の底から声を出した。

「えっ？　み、みやびん!?」

奈々が慌てた様子で男性と離れる。だがその瞬間、男性は足を踏み外したらしく「うわああ！」と声を上げて階段を転げ落ちた。

みやびの頭が、一瞬真っ白になった。

「大輔！」

奈々が急いで階段を駆け下り、動かない男性の傍に跪く。声を震わせる奈々を見て、みやびはようやく我に返った。足になんとか力を入れ、ふたりのもとへ駆け出す。

「だ、大丈夫……ですか！」

傍に近寄って初めて、その男性が誰なのかわかった。彼は大賀見モデルエージェンシーに所属している人気急上昇中のモデル、二十三歳の渋沢大輔だ。彼は綺麗な頬に擦り傷を負い、形のいい唇には血を滲ませている。そして、鎖骨に手をあてて呻いていた。

「大輔！　ああ、どうしよう……大丈夫!?　ねえ、しっかりして！」

「だ、大丈夫、だから……」

苦痛に顔をゆがめながらも、声を震わせている奈々を思いやる渋沢。そんなふたりの傍にいるのに、みやびは気遣いの言葉すらかけられなかった。歯が音を立てるほどぶつかり、血の気も引いていく。手は、これ以上ないほどぶるぶる震えていた。

みやびの頭には、早くふたりを引き離すことしかなかった。だから、大きな声を出した。

渋沢をこんな目に遭わせたのは、みやびだ。

「みやびん！　どうしよう……大輔を病院へ連れて行かなきゃ」

奈々は潤んだ瞳を向けて、助けを求めてくる。なのに、みやびは何も言えなかった。言葉が喉の奥で詰まり、上手く声を出せない。

みやびは自分を叱咤するように、瞼をギュッと閉じた。

「いったい何をしてるんだ！」

突然聞こえた、男性の低い声。びっくりして、みやびの躯がビクンと跳ねる。

ぎこちない仕草で振り返ると、そこには大賀見が立っていた。彼は一瞬みやびを強い眼差しで射抜くが、すぐに倒れている渋沢へ視線を移す。途端に、彼の眉間に皺が刻まれた。

「……渋沢、か？」

「しゃ、ちょう……」

渋沢が起き上がろうとしたが、奈々が「動いちゃダメ！」と止める。

すると、大賀見は足早にこちらへ近づき、みやびの隣に膝をつく。額に冷や汗を浮かべる渋沢を見て、躊躇せず擦れた頬、切れた唇、そして肩に触れた。

「……っ！」

痛みに呻く渋沢を見ているだけで、みやびの手が再び小刻みに震え始めた。

「打ち身だけならいいが……、これは鎖骨が折れているかもしれない」

「すみ、ません……社長」

渋沢が痛々しそうな声で謝るが、大賀見は彼ではなく、彼の傍にいるふたりを交互に見る。そしてその視線が、青ざめるみやびの上でしばらく止まった。

「渋沢、君の今後の撮影スケジュールは？」

大賀見は渋沢に訊きながらも、みやびから視線を逸らそうとしない。みやびの反応を見て、どういう状況でこういうことが起こったのか探っているようだ。

「わかっている範囲でいい。特に直近のスケジュールが知りたい」

大賀見の言葉に、みやびは生唾をゴクリと呑み込み、手を強く握った。

手帳を開いて確認しなくてもわかる。来週、巨大娯楽施設スパリゾートで広告スチール撮りが行われる。それは奈々が参加する仕事だ。そして、奈々の友達以上恋人未満の役を演じる相手が、渋沢となっていた。

でも、きっと渋沢は撮影に参加できないだろう。一週間やそこらで彼の傷が治るとは到底思えない。

この仕事が決まった時、奈々は、彼の相手役を務められると喜んでいたのに。

みやびが奈々を窺うと、彼女は気丈に涙を堪えて、渋沢に手を貸していた。

「お、俺は――」

上体を起こした渋沢は、声を絞り出そうとした。しかし大賀見が頭を振って、彼の言葉を遮る。

「悪い、仕事より病院へ行くのが先だな。西塚さん、渋沢に付き添ってくれないかな？本当なら俺か、もしくはうちのスタッフが連れて行くべきなんだが」

「大丈夫です、あたしが付き添います！」

奈々がはっきりそう答えると、大賀見は携帯を取り出し電話をかけた。

「タクシーを一台お願いします。場所は六本木の――」

クラブの住所を、続いてこの場所から一番近い救急病院へ向かってほしいと告げて通話を切った。

「すぐに来てくれるそうだ。下まで俺も手伝おう」

「いえ、ひとりで大丈夫です。もともと、あたしがここまで……いえ、なんでもありません」

奈々は激しく頭を振り、「大輔、あたしの肩に掴まって」と言った。

渋沢は時々よろけそうになりながら、ゆっくりと歩いていく。奈々はそんな彼の腰に腕を回し、エレベーターホールへ向かった。

「……奈々、わ、わたしも」

みやびも手を貸そうとした。だが、伸ばしたその手を大賀見に掴まれる。

「藤尾さんは、まず俺と話をしよう」

「は、はな……し？」

みやびは呆然と大賀見の言葉を繰り返した。でも彼は気にせず、奈々と渋沢の姿が消えるなり、近くにあるソファへみやびを誘った。促されるままそこに座ると、彼も隣に腰を下ろした。

「何があったのかは訊かない。渋沢と西塚さんの様子を見ていたら、だいたい予想はつくし。ところで仕事の話だけど、渋沢と西塚さん、近々……同じ仕事が入っていなかったかな」

大賀見が目だけを動かしてみやびを見る。そこには、誰かを責める色は一切ない。それがまた辛く、みやびは唇を強く引き結んでうな垂れた。

「はい……。来週、スパリゾートで広告のスチール撮影が入っています」

そこでみやびはまだ大賀見に謝っていないのを思い出し、隣に座る彼に目を向けた。

「渋沢さんに怪我をさせてしまい、本当に申し訳ありません！　怪我の状態によっては、仕事をキャンセルしなければならないですよね？　そんなことになったら――」

声が震えて、その先を続けられなくなる。自分のせいで皆に迷惑をかけてしまったと実感すればするほど感情が昂り、涙が込み上げてきた。

泣くなんて最低だ。泣くよりも前に、するべきことがいろいろあるのに……

このまま逃げてはダメ！——みやびは、そう自分に言い聞かせた。手の甲で零れ落ちそうな涙を乱暴に拭い、きちんと話せるまで気持ちを落ち着けようとする。

そんなみやびの肩を、大賀見が突然抱いてきた。前触れもなく触れられたせいで嗚咽は一瞬にして止まるが、それとはまた別のパニックが込み上げてくる。

「あ、あの！」

手をどけてほしいと懇願するつもりで顔を上げて、みやびは言いかけた言葉を呑み込んだ。そこに、驚くほど真剣にみやびを見つめる大賀見の瞳があったせいだ。

触れられている肩と首筋が熱を帯びる。心臓が早鐘を打ち、送り出された血液が躯中を駆け巡って体温が上昇していく。

みやびが動揺しているとわかっているはずなのに、大賀見は顔色を一切変えない。それどころか、まるで観察するようにみやびを見つめる。それだけで、みやびの心に戸惑いと緊張が入り乱れ、唇がかすかに震え始めた。すると、彼の視線がそこに落ちた。

これ以上はもう耐えられない！

その時、大賀見はみやびに触れていた手をさりげなく退けた。

「あの仕事は、渋沢にはいい経験になると思って受けさせたが。まさか……自分で自分の首を絞めるとは」

大賀見がボソッと呟いた。その口調は淡々としていたが、みやびはきつく咎められた気がした。

「……ヤバイな。俺が動くしかないか」

大賀見は上体を前に倒すと膝に肘を載せ、難しそうな顔をして絨毯の一点をじっと見つめる。強く引き結んだ唇、双眸に冷たい光を宿す細められた目、そして手の甲に浮かんだ筋。

それを目にし、みやびは自分が大変なことをしでかしてしまったのだと再認識した。

みやびは膝の上に置いた手を強く握り、瞼をギュッと閉じた。

〝ごめんなさい〟と言うだけではダメだ。謝る以外に、みやび自身が何かをしなければ。

そこまで考えてから、みやびは心の中で激しく頭を振った。

一介のマネージャーにできることなんてたかが知れている。大賀見の事務所での補助や、使い走りぐらいしか思いつかない。だが、そんなことでも彼の役に立つなら手伝いたかった。

みやびは思いを込めて、大賀見の顔をじっと見つめた。

「大賀見さん。あの、わ……わたしにできることならなんでもします！」

「……はあ？」

大賀見が素っ頓狂な声を上げた。

「わたしが何かする程度では、お詫びにはならないとわかってます。でも、大賀見さんのお役に立ちたい。だから、してほしいことがあれば言ってください。わたし……本当にお手伝いしたいと思ってるんです」

みやびは頭を下げ、嘘偽りのない気持ちを伝えた。でも、大賀見は一言も発しない。

みやびなんかが彼の役に立つわけがないと思っているのだろう。だがたとえそうだとしても、今の自分にできるのはこれしかなかった。

「本当に……なんでもします。大賀見さんの望むことを言ってください！」

さらに深く頭を下げる。

「……へえ、〝なんでもする〟ね」

突然頭上から降ってきた、大賀見の低い声。これを耳にするのは二度目だった。一度目は彼がみやびの頭にかぶせられたウィッグを引っ張った時、そして二度目が今だ。

何かがおかしい……

また大賀見の機嫌を損ねてしまったのかと、彼をそっと窺う。でも思ったほど怒っているようには見えない。みやびはホッと安堵した。

「はい。大賀見さんの助けにはならないかもしれませんが、一生懸命努めます！　事務所が違うので、いろいろと問題があるかもしれませんけど――」

「じゃ、俺の恋人に……いや、俺の恋人を演じてくれる？」

ええ、もちろん！――と頷こうとしたところで、みやびの思考がピタッと止まる。

「……えっ？　こ、恋人？　わたしが、ですか？」

「ああ、もちろん。ここには君しかいないのに、いったい誰に頼むと言うんだい？」

「だ、だって……わたしが……恋人？」

呆然と受け答えしていたが、徐々に〝恋人〟という単語が頭の中に浸透していく。それがどういう意味なのかわかると、一瞬にしてみやびの顔が真っ赤になった。

「ダメ……、わたしにはできません！」

絶対に無理だ。男性と付き合った経験のないみやびに、そんなことできるわけない。

それに、どうして彼はそんなことを頼むのだろう。渋沢の件で大賀見を手伝いたいという流れで話をしていたはずなのに、彼が急に話をすり替えたのも理解できなかった。

みやびは唇を歯で噛み、全てを拒むように激しく頭を振った。

「そんなの、絶対にダメです！」

「絶対に、ダメ……ね。結局、〝なんでもする〟って言ったのは、口先だけってことか」

みやびを嘲るように、大賀見が鼻で笑う。それを耳にした途端、みやびは気付いた。

大賀見は、別に話をすり替えたわけではないのだ。彼はみやびにしてほしいことを、ただ口にしただけだ。

みやびは、膝の上に置いた手に視線を落とした。

大賀見の望む恋人を自分が演じられるとは到底思えない。でもそれが彼の望みなら、みやびはその気持ちに応えるべきだろう。彼に〝なんでもする〟と言ったのは、その場しのぎの嘘ではなく心からの言葉だから。

緊張のあまり、口の中がからからになるのを感じる。それでも、みやびは今、誠意を見せなければならない。

覚悟を決めると、みやびは何度も生唾（なまつば）を呑み込みながら顔を上げた。

「あ、の……大賀見さん」

大賀見が、ゆっくりみやびに顔を向ける。

「うん？　何？」

「わたしなんかで務まるのか……わからないですけど、大賀見さんの助けになるのなら、わたし頑張ります」

「……つまり？」

大賀見は大げさに片眉を上げて見せ、続きを求める。彼の意地悪な訊き返し方に、みやびの喉の奥がうっと詰まった。

返事の意味をわかっていてそんな風に言うなんてひどい。だけど、こういう展開になったのは自分のせいだと思い直し、もう一度彼と向き合う。

「わたし、大賀見さんの恋人……役を引き受けます」

そう言った瞬間、大賀見が満足げに口元を緩めた。その笑みに、みやびの心臓がドキッとする。

「藤尾さんなら、必ずそう言ってくれると思ったよ」

その心を蕩(とろ)けさせる艶(つや)っぽい笑顔を見ていられず、みやびは慌てて顔を背(そむ)けた。そして恥ずかしさのあまり目を伏せる。

「で、でも……大賀見さんは、本当にいいんですか？」

「何が？」

「何がって――」

みやびは思わず顔を上げ、大賀見と目を合わせてしまった。

何か問題が？　――そう言いたげな様子で、大賀見はじっと見つめてくる。みやびはその眼差しにどぎまぎした。

「あの……正直、わたしなんかでは大賀見さんの恋人役は務まらないと思っています。大賀見さんの隣に立てるような美女でもありませんし。なので、もしわたしにできる事務作業とかがあれば、そちらのお手伝いをできればと――」

「そういう藤尾さんがいいんだ。それに自信なんて必要ない。ただ俺の傍(そば)にいて、俺の恋人……として隣に立ってくれればそれでいい」

　みやびの言葉を、大賀見は一蹴する。

「ですが、わたしなんて、とても大賀見さんに相応しいとは――」

「へえ。藤尾さんは相応しいとか相応しくないとか、そういう基準で人と付き合うんだ？　確かに俺たちは特に外見を重視する世界にいる。だからといって、俺はそれがその人の全てだとは思わない。俺はそれを知ってるから……他の誰でもない、君がいいと言ってるんだ」

　みやびに向けられた、迷いのない真っすぐな言葉と眼差し。

　大賀見はどうやら言葉を撤回する気はないみたいだ。それならば、もう腹をくくろう。

　みやびは膝の上に置いた手にそっと目線を落とし、覚悟を決めるようにギュッと強く握った。

「それじゃ、俺の恋人役よろしく」

　俯いていたみやびの目に、差し出された大賀見の手が映った。

「あっ！」

「……何？」

「いえ、なんでもないです」

　慌てて頭を振り、恐る恐る手を差し出して大賀見と握手した。彼の武骨な手に包まれ、強い力で握られる。

大賀見は覚えていないだろう。かつて、大学四年生だったみやびと握手し、〝この業界に入ってくるのを待っているよ〟と言ったことを。

みやびは力のない笑みを浮かべ、彼の手の中から自分の手を引いた。

大賀見が、腕時計に目を落とす。

「……そろそろ、動かないとな。俺はこのままパーティを抜けさせてもらうよ」

「えっ?」

ソファから立ち上がった大賀見が、みやびを見下ろしながら頷く。

「渋沢はおそらく、スパリゾートの撮影は無理だろう。代理店側にキャンセルを申し出るにしても、それだけではうちのイメージダウンは必至だ。そうならないためにも、代役を探さないとね」

その言葉で、みやびは現実に戻された。渋沢の痛みに呻く顔が脳裏に浮かび、再び手が震える。

みやびの動揺を目にした大賀見が、口元をほころばせる。

「そんなに心配しなくていい。俺にも考えがあるから」

大賀見はそう言うなりポケットに手を突っ込み、みやびに背を向けて歩き出した。

「あの! ……考えって、なんですか?」

みやびはソファから立ち上がり、彼に声をかけた。数歩進んだところで大賀見は立ち止まり、ゆっくり振り返る。

「もちろん渋沢の代役だよ。渋沢に引けを取らない、いや……彼以上のネームバリューを持つモデルを用意し、それで先方を納得させる。ただ残念ながら弊社に彼以上のモデルはいない。そして申し訳ないが、藤尾さんの事務所にも渋沢を越えるモデルはいない」

みやびは唇を震わせながらも「わかっています」と答えた。

「つまり、別事務所のモデルに頼むことになる。ただ人気モデルはスケジュールが詰まっていて、代役を頼んでも無理な場合がある。だから時間との勝負なんだけど、今回はあまりにも時間がなさ過ぎる。少し……難しいかもしれない」

そう言い終わった時、かすかに大賀見の唇が引き結ばれ、何か考えるように目が細められた。さっきはみやびを安心させるために微笑んでくれたが、今の渋い顔が本当の心情だろう。

そんな彼を、みやびはただ見ていることしかできない。それが歯がゆかった。

「……わたしにできることがあればなんでも言ってください。お手伝いさせていただきますので」

「手伝う？　ああ。それなら渋沢の件を頼んでいいかな？　西塚さんと連絡を取って、彼の怪我の状態を教えてほしい。あいつきっと……社長の俺には言い辛いと思うから間に入ってほしいんだ」

「わかりました！」

力強く頷くみやびに、大賀見が急にふっと笑う。甘い笑みに戸惑い、どこかへ消えていた彼に対する緊張が込み上げてきた。頬が火照(ほて)る。そこを手の甲で冷ましながら、視線を彷徨(さまよ)わせた。

「あの……あまり、そんな風に見ないでください」

これ以上舞い上がってしまわないようにと気を付けているのに、大賀見はお構いなしに色っぽい声を漏らして笑った。

今までに感じたことのない疼(うず)きが背筋を這い、それがさらにみやびの躯(からだ)を熱くさせる。

「悪かったね。だけど、そんな状態では俺の恋人は務まらないな」

「えっ？」

大賀見の言葉の意味がわからず、つい訊き返したみやびに、彼は苦笑いした。だが何も言わず、再び腕時計に視線を落とす。

「……悪い。本当にそろそろ事務所へ戻るよ」

「あっ、はい！」

それから大賀見はみやびには目もくれず、背を向けて歩き出した。そんな彼をエレベーターホールまで見送るために、急いであとを追う。

目に入る広い背中、ランウェイにいるみたいにしなやかな足取り、そして廊下の角を曲がった時に見えた凛とした横顔。全てにおいてパーフェクトな大賀見を、みやびはうっとりと見つめ続けた。

こんな風に目を奪われるのは、みやびだけではない。みやびの知る限り、この業界で働く人の中にも彼の目に映りたい、隣に並びたいと思う女性はたくさんいる。それほど大賀見は女性にモテていた。

そんなことを考えていたせいか、突然疑問が湧いた。

何故大賀見は恋人役を必要としているのだろう。みやびに頼まなくても、彼が指を鳴らせば美女が寄ってくるのに……

小首を傾げた瞬間、大賀見が立ち止まって振り返った。

「藤尾さん。それじゃ、渋沢の怪我の状況がわかったら俺に連絡してくれ。いいね？」

「はい！」

不意に声をかけられ、動揺のあまり大きな声で返事をしてしまった。

「何時になっても構わない。たぶん今夜は……遅くまで事務所に残って対応しなければならないと思うから。できれば仕事用の番号ではなく、俺専用の……プライベートの番号へ連絡してくれないか？」

「プライベートの、ですか？」

「ああ」

「はい、わかりました」

頷くみやびに、大賀見が苦笑した。そして「やっぱりな……」という小声の呟きが耳に入った。

何？——と訊ねようとしたが、その前にエレベーターの扉が開いた。そして大賀見はひとりでそれに乗り込み、行ってしまった。

大賀見の姿が消えてひとりになると、みやびは躯の力をゆっくり抜いた。

「まずは、奈々に電話をするところから始めなきゃね」

みやびはクラッチバッグを開けて携帯を取り出すが、そこでふとエレベーターに視線を戻した。

大賀見は電話をしてくれと言った。でも、事務所で夜遅くまで頑張ると言ってくれた彼に対し、本当に電話で連絡するだけでいいのだろうか。

みやびはその場で激しく頭を振る。

それでいいはずがない。みやびはみやびなりに、誠意を示すべきだ。

クラブの入り口に向かって歩き出しながら、奈々に電話をかけた。

コール音が鳴り響く。しかし十コールほど鳴っても、その音は止まない。かけ直そうと思った時、回線の切り変わる音が聞こえた。

「奈々？」

『……みやびん、今診察が終わったんだけど、大輔……やっぱり鎖骨骨折してるって』

奈々の嗚咽まじりの声が聞こえる。

「わかったわ。怪我の件については、わたしから大賀見さんに連絡を入れるね。渋沢さんには、今日は何も考えず、躯を休めるように言ってあげて」

『うん、わかった。ごめんね……、本当にごめんね、みやびん』

どうして奈々が謝るのだろう。謝るべきなのはみやびなのに……。

「奈々も、今日はもう家に戻って、ね」

みやびは事故のことはもう口にせず、通話を切った。

本当は、すぐにでも大賀見の事務所へ走り出したかった。でもおそらく彼のやるべきことは山積みで、今あとを追ったとしても迷惑なだけだろう。ここはまずパーティに戻り、自分の仕事を終えてから動くべきだ。

みやびはやるべきことを頭の中で整理すると、ドアを開けて音楽の鳴り響くクラブに入った。

二

——二時間後。

デスクのライトだけを灯した薄暗い社長室で、大賀見一哉は椅子に座っていた。

渋沢の件は、彼のマネージャーに指示をした。詳しい話は、明日事務所でと伝えている。

そして一哉はというと、自分にしかできないことに取り組んでいた。コツンコツンと指でデスクを叩いては、受話器の向こうから聞こえる、相手ののらりくらりとした捉えどころのない話に相槌(あいづち)を打つ。

「……吉住社長」

本当はこの相手には頭を下げたくない。でも彼に頼むことで、藤尾みやびの歓心を買えるのならと腹をくくった。そう思うほど、一哉の心には余裕がなかった。

この約四年、一哉は〝みやちゃん〟という女性をを探し続けていた。だが彼女はその間に外見を変え、何食わぬ顔をして一哉の前に立っていたとは。

みやびは、この先も真実を話そうとはしないだろう。数時間前、大声で一哉をタイプではないと言い放った彼女が、自分から接点を持とうとするはずがない。

向こうが来なければ、こちらから先手を打つしかない。

一哉は奥歯を噛み締め、漏れそうになる怒りを堪える。そして受話器をしっかり耳に押し当てた。

「……吉住社長、そろそろ要点をまとめてもいいでしょうか？」

『おいおい、私を諌めるような声を発しないでくれ。別にいいじゃないか、一哉の方から頭を下げてくるなんて久しぶりなんだし。ただ、クラブで顔を合わせた時に言ってほしかったけどね』

嫌味ったらしい言い方に、受話器を持つ手に力が入る。だがその件については触れず、さっさと話を進める。

「それでは御社のモデル、豊永孝宏を推薦してよろしいんですね？」

『もちろん、いいに決まってる！　一哉の頼みを私が断るとでも？　うちに所属していた十五歳から二十七歳までの間、ずっとお前を可愛がってきたんだ。だから一哉のことは、なんでも覚えているよ。何と引き換えに独立したのかもね』

また嫌な言い方をする。一瞬苛立つがすぐに感情を抑え込み、わざと笑みを零す。

「吉住社長にいただいた恩を忘れてはいません。少しずつですが、それをお返しできるようこれからも頑張りますよ。もちろんどこへも行かず、この自分の事務所で……ですが」

吉住社長が、一哉の強気な言葉に大声で笑う。続いて、受話器の向こう側から、クラクションにまじって「どうされました？」と問いかける男性の声が聞こえた。

パーティ後、車でどこかへ移動中なのだろう。

「近々御社に伺います。でもまずは、先方に豊永の名を出して話を進めさせていただきます。時間がないのでお許し願えればと」

『わかってる、わかってる。そういう風に動けと、私が一哉に教えたんだ。まっ、頑張りなさい。一哉が成功の道を進んでいるのは私も嬉しいからね。……未来を考えると』

「それではこれで失礼します」

吉住社長の高笑いが聞こえたが、一哉は一方的に通話を切った。

「あの……狸（たぬき）め！」

イラッとした感情が言葉となって出た。一哉は乱暴に椅子にもたれ、一度ため息をついてから、音を立てて椅子を回転させた。

三階建ての窓から見える景色は、客観的にいえばそれほど良いものではない。それでも自分で築き上げた城から眺めるイルミネーションは、格別だった。

しばらく外に目をやっていたが、やがて一哉はデスクに置いたプライベート用の携帯電話へちらっと視線を移した。

「これで渋沢の一件は片付いた」

モデルの交代を言い出せば、当然広告代理店側はいい顔をしないだろう。ただ、豊永への代替案は快く受け入れてもらえると考えられる。一哉が事前に得ていた情報では、もともと広告代理店側は、俳優としても名前を知られる二十五歳の豊永を起用したがっていたからだ。

だが彼はオーディションを受けなかった。そのため、次点候補の渋沢が繰り上がったと聞いている。つまり、この仕事は本命に戻ることになるのだ。

渋沢にしてみれば残念な結果だが、乗り越えてもらうしかない。何があっても顔だけは守らなければならないと知っているのに、彼はそれを怠った。怪我を負った理由など、この世界では一切関係ない。渋沢は甘かった、ただその一点に尽きる。

そんなこと、みやびも知っているはずだ。なのに彼女は自分のせいだと自らを責め、そして一哉に言われるまま恋人役を引き受けた。

本当は恋人なんて全く必要ないのに、みやびは一哉の嘘に見事引っ掛かってくれた。

「……まあ、彼女はそういう人だからな」

誰かのためなら、自分を犠牲にしてでも懸命に動く。だから一哉は、どの美女よりも彼女に興味を持った。

みやびと初めて言葉を交わしたのは約四年前。たった数分の会話だったが、それだけあれば彼女の魅力を知るには十分だった。

「四年、か。長かったな……」

一哉は足を組み、そっと目を閉じた。

＊＊＊

――四年前。

二十七歳の時、一哉はこれまで世話になった吉住モデルプロモーションを辞め、一月付けで独立を果たした。とは言っても、すぐに独立を許されたわけではない。吉住社長は一哉に目をかけていて、そう簡単には手放してもらえなかった。

独立して十ヶ月ほど経ち、所属モデルをひとり、ふたりと抱えられるようになってもなお、彼は一哉を気にかけ、頻繁に仕事を回してくれていた。

この日もそうだった。吉住社長から紹介された仕事で、相藍女子学院大学のミスキャンパスコンテストの特別審査員をするため、一哉は車を走らせていた。

吉住社長との付き合いは、一哉が高校生になって吉住モデルプロモーションに雑用のバイトで入った時からだ。もともと裏方だったはずが、モデル並みに身長が高く、また物怖じしない性格を気に入られ、彼の一声でモデルの道に進むことになったのだ。

吉住社長の引き立てもあり、一哉はモデル業界で成功を収めるが、正直経営の方に興味があった。

そのため、大学を卒業すると同時にきっぱりモデルを辞め、事務所で経営の勉強をさせてもらうことにした。ただ、いくら経営の勉強をしてもこのままでは自分のしたい仕事ができないと気付き、それで独立を希望したのだ。

最初こそ首を縦に振ってくれなかったが、話し合ううち条件付きで独立を許された。

その条件とは、〝将来吉住社長の愛娘（まなむすめ）と結婚し、吉住モデルプロモーションを継ぐ〟というものだった。

もちろん安易にそれを呑むわけにはいかない。

一哉はこの条件に対して、ひとつ制約を提示した。現在アメリカへ留学中の吉住社長の娘が日本へ帰国した際、どちらにも恋人がいなければ社長の望むとおりにする、と。

「社長なりの譲歩か、それとも……俺が女に真剣にならないと知って受け入れたのか」

どちらにしろ、吉住社長には相当気に入られていたということだろう。

もちろん恩義を抱いてはいる。だが、それと自分の結婚は別問題だった。これ以上吉住社長に恩を重ねるのは得策ではない。今後は極力、自分から何かを求めない方がいいだろう。

もらえるものは、有り難くいただくが――という本音に苦笑した時、一哉の視界に相藍女子学院大学が入った。

モデルを引退して六年も経つのにＩＣＨＩＹＡの名で仕事するのは、今更な感は否めない。でも逆に、そこへ行けば新しい人材を発掘できるかもしれないという期待もあった。

一哉は特別パスを警備員に提示して大学内に入り、駐車場に車を停める。

朝夕はめっきり冷え込むようになってきたが、この日の空は深く澄み渡った秋晴れで、穏やかな陽射しが降り注いでいた。まさしく文化祭日和(びより)だ。

「大賀見さん！」

その声に振り向くと、一哉に向かって走ってくる女性が目に入った。

「本日は、どうもありがとうございます！」

出迎えてくれたのは、何度か打ち合わせで顔を合わせた相藍女子学院大学のミスキャンパス実行委員長だった。駐車場へ車を入れてすぐに彼女が現れたということは、あの特別パスで警備員から連絡がいくよう手配していたに違いない。

「こちらこそお招きありがとう」

一哉は、笑顔の可愛い実行委員長に微笑んだ。

「コンテストの流れは事前にお渡しした台本どおりで、変更はありません。コンテスト終了後の総評も大賀見さんにお願いしたいと思っていますので、どうぞよろしくお願いします」

「あのさ、本当に俺でいいの？　君たちの世代には、俺なんて記憶に残ってないと思うけど」

実行委員長は、驚きの表情を浮かべた。だがすぐに、頭を振る。

「そんなことないです！　今回、ＩＣＨＩＹＡの大賀見さんが特別審査委員で参加すると発表した途端、大学内では凄いことになったんですよ」

必死に力説してくれる彼女に、一哉は頰を緩めた。

「どうもありがとう。ＩＣＨＩＹＡの俺を覚えてくれているのは嬉しいけど、今回の主役はミスキャンパス候補たちだからね。今回は審査員に徹するよ」

「はい、それはもちろんです！　では、控え室へご案内しますね」

一哉は実行委員長の案内を受け、会場に隣接した控え室に入る。開始の時間が迫っていたため、荷物を置くと実行委員と一緒に特設会場へ移動した。

会場内は満員で、投票権を持つ一般参加者と学生たちは盛り上がっていた。既に会場がひとつになっている。

ただ、審査員はそれに呑まれてはいけない。

ミスキャンパスコンテストの開始宣言後、一哉は表情を引き締め、意識を最終選考に残った十五人に集中させた。審査員の見方は人それぞれだが、一哉は先入観を持たないよう、ミスキャンパス候補の資料には一切目を通していない。

そのため、舞台に出てくるミスキャンパス候補を見ては手元の資料に目を落とす行為を繰り返す。一哉が一番大事にしているのは、初めてその人を目にした瞬間にインスピレーションが湧くかどうかだった。

緊張していて顔が強張るのは仕方ない。でも目を奪われてしまう何かがある人ほど、その道で成功する人が多い。経験上それをわかっているから、一哉はその一点を注視していた。

なのに、その集中力がだんだん散漫になってきた。少し前から一哉の視界にちらちら入ってくる、ジャージ姿の髪の長い女性が原因だ。

舞台袖にいる彼女は、実行委員のひとりだとわかる。彼女はランウェイに向かう候補者ひとりひとりに声をかけ、その強張った顔に自然の笑みを戻させていた。そして舞台の袖に到着すると泣き出す候補者を、柔らかい笑顔で迎え入れる。彼女に声をかけられて肩の力を抜いた候補者は、涙を零しても最後は笑みを浮かべて奥へ下がっていった。

いったいあの女性は、どうやって候補者たちの心を軽くしているのだろう。

知りたい……、彼女と直に話してみたい。

一哉は突然湧いた自分の感情に驚いた。独立して以降、女性を目にしてもモデルとして通用するかしないか、その基準でしか見ていなかった。

なのに今、久しぶりに感じた女性に対する好奇心と欲望で、胸がドキドキしている。

だが一哉は、すぐに彼女から候補者へ視線を戻した。

別に急がなくてもいい、コンテストが終われば彼女と話ができる――そう自分に言い聞かせ、今やるべきことに集中した。

候補者たちのウォーキング、特技披露、そしてスピーチと、順調に進んでいく。全ての審査が終わり、投票が始まった。一哉は自分の直感で票を投じ、それを実行委員に渡した。

発表を待つ間、一哉は他の審査員たちと談笑していたが、数十分経った頃に集計を終えた実行委員たちが戻ってきた。

実行委員の指示で、一哉は他の審査員の学長や学部長、そして学生自治会会長たちと一緒に登壇する。すると、実行委員長が白い封筒を持って現れた。マイクを握り、場内をぐるっと見回す。

「大変お待たせいたしました。これより賞に選ばれた三名を発表したいと思います」

実行委員長からマイクを渡された学生自治会会長が、審査員特別賞、準ミスキャンパスと発表する。前者は一哉の希望が通り、後者は会場を沸かせた学生が選ばれた。

「さあ、栄えあるミスキャンパスに選ばれたのは――」

シーンと静まり返った会場内に学生の名が発表されると、一斉に歓声が沸き起こった。

正直、一哉にはあまり魅力的に映らなかったが、それでも笑顔でミスキャンパスに拍手を送った。

もちろん最終選考に残るだけあって、美人の部類には入る。だがどの仕草もわざとらしく、また媚(こび)の色が濃過ぎた。一部には支持されるかもしれないが、万人受けするモデルにはなれないだろう。

そう思ったから、一哉は彼女に票を入れなかった。とはいえ、ミスキャンパスは審査員の票だけで決まるものではない。

一哉は心の中で残念な気持ちを抱きながら、ミスキャンパスの傍(そば)へ歩いていった。実行委員からファー付きコートを受け取り、彼女の肩の上にかける。続いて、ライトに反射して煌(きら)めくティアラを彼女の頭上に載せた。

「ミスキャンパス、おめでとう」

「ありがとうございます！」

一哉は彼女を称えるために軽く抱擁(ほうよう)を交わすが、その時いきなり「このあと、わたしのために時間を作っていただけませんか？」と囁(ささや)かれた。

マイクが声を拾わないとはいえ、ここは舞台上。あまりの大胆さに度肝を抜かれるが、そこは一哉もプロ。彼女の言葉には一切反応せず、ただ笑顔を張り付けて、抱擁を解いた。

ミスキャンパスは満面の笑みを浮かべていたが、一哉の目に宿る冷たい光を見て、その表情が崩れた。

舞台上で声をかけるしたたかさは、彼女の強みになるかもしれない。だが、それを嫌う者もいる。

一哉は返事すらせず、さっさと他の審査員のもとへ戻った。

「それでは、特別審査員を務めてくださった大賀見一哉さんに一言いただきたいと思います」

実行委員長からマイクを受け取った一哉は、舞台に立つ全員に目を向けた。

「最終選考に残られた十五人全員に、まずはおめでとうと言わせていただきます——」

一哉は、祝いの言葉で始めた。十二人は賞を得られなかったとはいえ、そのパフォーマンスは素晴らしかったと称賛する。そして賞を獲得した人たちに対しては、あえて驕るなかれと辛口のコメントをした。

もともとはそうするつもりはなかったが、先程のミスキャンパスの振る舞いは、この先彼女のためにはならないと判断したためだ。また、他の受賞者にも肝に銘じてほしいと思った結果のコメントでもある。

会場は一瞬静まり返ったが、最後にもう一度全員を祝福する言葉で締めくくると、拍手が起こり、コンテストは無事に幕を下ろした。

「申し訳ありません。祝いの言葉を述べるだけで良かったんですが、できませんでした」

裏に下がってすぐに、一哉は六十代の学長の傍へ行き、彼に謝った。

「いやいや、もっと言ってほしかったぐらいですよ。彼女たちはこれから社会へ出ていく。このコンテストを機に芸能界へ進みたいと望む者もいるでしょう。その業界にいる大賀見さんの言葉だからこそ、彼女たちも真剣に受け止めたと思いますよ。今日はどうもありがとうございました」

「いえ、こちらこそお呼びいただきありがとうございました」

一哉は学長が差し出した手を取り、力強く握手した。

「もし今回のミスキャンパスコンテストに参加した学生がモデル業界へ進みましたら、その時はどうぞよろしくお願いします」

最後に学生の先行きに心を配る学長と挨拶して別れると、代わって実行委員長が駆け寄ってきた。口を開きかけた彼女を、一哉は軽く手を上げて制する。

「悪い。少し時間をくれないかな」

実行委員長の「わかりました」という返事を聞くなり、一哉はすぐに周囲を見回した。ミスキャンパス候補者たちの緊張をほぐしては笑顔をもたらしていた、あの女性を探すために。

だが、どこにも見当たらない。

急いで舞台裏に回り、ジャージ姿の彼女を探す。でもそこにいるのは、最終選考に残った十五人と実行委員たちだった。声をかけてもらえるのではないかとでも思っているのか、ちらちらと流し目を送られるものの、一哉はそれを無視する。

「おい……いったいどこに消えた？」

一哉は再び舞台上に行き、一般席に目をやる。既に客の退場したそこは閑散として、誰もいない。

彼女は、ミスキャンパスコンテストの実行委員のひとりのはず。コンテストが終わってそれほど時間が経っていないので、まだ会場内にいると踏んでいたが、彼女の姿を見つけられずにいた。

「……クソッ！」

苛立たしさを口に出したその時だった。誰もいないはずの客席から、急に黒い頭が現れる。ハッとした瞬間、黒くて長い髪をポニーテールにしたジャージ姿の女性が立ち上がった。

「見つけた！」

一哉は舞台を飛び降りるとすぐに走り出し、下ばかり見ている彼女に近づく。

「君！」

「えっ？」

ジャージ姿の女性がビクッと躯を震わせて顔を上げ、一哉に目を向けた。

一瞬にしてふたりの視線が絡まり合う。

滅多に動じない一哉だが、彼女の澄んだ瞳が自分を見ているとわかった途端、心臓がドキンと高鳴り、躯の芯が震えた。それだけではない。ひとりで会場の掃除をする真面目な性格に、今まで接してきたどの女性とも違うと好奇心がさらに増す。

なのに、一哉は彼女の姿にぷっと噴き出してしまった。

「ご、ごめん……」

顔を見た途端笑うなんて失礼なのは承知している。だが、笑いが止まらなかった。

ゴミの入ったビニール袋を手に持つ彼女の顔が黒く汚れ、綺麗な黒髪に大きな埃をつけているせいもある。だが笑いが込み上げてしまった真の理由は、実行委員の彼女が後片付けもせず会場をあとにするような人物だと、一瞬でも思った自分に呆れたせいだ。

彼女は、そういう女性ではないと直感でわかっていたはずなのに……

「あの……えっと？」

恥ずかしそうに頬をピンク色に染めながらも、一哉の目を覗き込む彼女。故意にする上目遣いとは違う純粋なその眼差しに、自然と引き寄せられる。こんな女性を見るのは久しぶりだった。

「笑って悪かったね」

一哉は笑いを引っ込めるが、口元は弧を描いたまま彼女のノーメイクの顔をじっと見た。化粧っけが無いせいか、幼く見える。下手したら高校生でも通じそうだ。

「いえ。それで……その、わたしに何か用でしょうか？」

「君の仕事ぶり、見ていたよ」

「えっ？」

彼女が一哉を見上げる。そのキスを望むような顎の上げ方に欲望を刺激された一哉は、思わず手を出して彼女の頬に触れた。

彼女はまたビクッと躯を震わせ、大きな目をより一層見開いて一哉を見つめる。その表情を見て、一哉は自分が何をしようとしていたのか気付き、息を呑んだ。

初対面の女性に、いったい何をしているのだろう。

一哉は、自分に触れられて頬を染める彼女を見下ろした。

彼女はまるでウサギのように一哉をじっと見て、次の行動を待っている。一哉は彼女の無垢な瞳を見ているだけでオオカミになりそうだ。こんな衝動に駆られるなんて自分らしくない。なのに、一哉を惹きつける彼女の魅力に逆らえなかった。

「あの、わたし……」

その言葉で一哉は湧き起こった感情を堪え、そっと指を動かして彼女の頬の汚れを拭った。

「頬、汚れてる。一生懸命ゴミ拾いしているせいかな」

「え？　あっ……す、すみません！」

彼女は一哉の手を避けるように顔を伏せ、一歩後ろへ下がった。汚れを取ろうと急いで頬を拭うが、一哉を気にしているのか、何度もこちらを窺ってくる。

その計算のない彼女の仕草に、一哉はさらに心を動かされた。

直感だった。彼女は一哉の周囲にいる、媚を売る女性たちとは違う。

一哉は、彼女との距離を縮めたくなった。さらにその先へ進み、自分の手で彼女の初心な表情が女の顔へ変わるその瞬間を見たいとさえ思った。

それほど一哉の心は、彼女のことでいっぱいになっていた。

仕事中心の生活を送っていた一哉にとって、久しぶりに味わう感情に戸惑いはある。

それでもこの時ばかりは、自分の直感を信じたかった。

「あの、それでは、わたしこれで……」

彼女が頭を下げ、一哉に背を向けて歩き出そうとした。何事もなかったように離れていく姿に、一哉はあたふたして手を伸ばす。

「待って！」

一哉は、彼女の手首を乱暴に掴んだ。

「えっ!? あの、何か……？」

「……少し、いいかな？」

声が震える。そんな自分に驚きはしたが、久しぶりに味わわせてもらったこの感情は嫌ではない。それどころか、一哉に影響を与える彼女にさらに引き寄せられる。

一哉は頬を緩め、こちらを見上げる彼女と目を合わせた。一瞬にして恥ずかしそうに目を伏せ、彼女は逃げようとする。それでも一哉は、手首を握ったまま一歩さらに近づく。

「あ、あの……な、なんでしょうか？」

彼女は、怯えながらも応じる。逃げ出すことは考えていないと踏み、一哉はそっと手を離した。すると、彼女は一哉の前でその手をさっと背に回した。その行動さえも愛らしく思える。

「俺は大賀見一哉。審査員席から、舞台袖にいる君の姿が目に入ってね。君は、ランウェイへ向かうミスキャンパスの候補者たちに声をかけていただろう？　君が話しかけたら、皆肩の力を抜いて素敵な笑顔になっていた。とてもいい仕事をしていたね」

「あ、ありがとうございます！」

一哉の言葉に、彼女はまるで花が開いたように明るい笑顔になった。

「最終選考まで残った人たち皆には頑張ってもらいたくて……。舞台へ上がる直前に声をかけられるのはわたしだけでしたから、なるべく彼女たちの緊張をほぐしたかったんです。そうは言っても、ただ〝こんな風に楽しめるなんて最高ね〟とか〝ターンしたらわたしに笑顔を見せてね〟と言っただけなんですけどね」

つい先程まであんなに照れていた彼女が、今は目をキラキラと輝かせて楽しそうに話している。それがあまりに眩しくて、一哉は彼女に吸い寄せられた。

「そうだったのか。いったい何を言っていたのかとずっと気になっていたんだ。君の頑張ってほしいという素直な気持ちが、彼女たちに伝わったんだね。相手を思いやれる気持ちを、これからもなくさないでほしいな」

彼女は嬉しそうに微笑むが、突然はにかんだ表情を浮かべる。

「あの、実は……わたし、来年からモデル事務所で働くんです」

「えっ？　モデル!?」

一哉は彼女の言葉に唖然とした。彼女は小動物のようにふんわりとした雰囲気をまとっていて、可愛いとは思う。だがはっきり言って、モデルとして通用するとは思えない。第一、身長が足りない。どうやってもステージモデルは無理だ。

だが改めて冷静に観察すると、彼女には武器があった。この艶やかな長い黒髪は、パーツモデルとして十分通用する。

一哉はたまらず手を伸ばし、彼女のポニーテールにした長い黒髪に触れた。

「あ、あの！」

戸惑う彼女には目もくれず、一哉は指の間をさらさらと滑る上質の髪の毛に驚嘆した。誰が彼女をスカウトしたかわからない。だが一哉は、その人物に拍手を送りたい気分だった。

彼女はモデル業界へ足を踏み入れる。ここで彼女を落とさなくても、来年になれば彼女の方から自然と一哉のテリトリーに入ってくる。この業界は、広いようで実はかなり狭い。だから、焦らなくていい。今はアピールだけして、彼女の心に自分のことを刻ませる。そうしておけば、来年再会した時にはもっと近寄りやすくなるに違いない。

自分の考えに満足した一哉は、ふっと笑った。

「なるほど。それなら来年になれば俺と会えるね。そうだ——」

さりげなく言って、一哉はスーツの内ポケットに入れていたケースを取り出し、名刺を一枚抜き取った。さらに、ペンでひとつの番号を書き添える。

「プライベート用の携帯番号を書いておいた。この業界に入ってきたら、俺に連絡をしてくれないか？　今日は君も忙しいし、俺もこのあと仕事があって時間を割けないんだ。いいかな？」

一哉は名刺を彼女に差し出す。それをおずおずと受け取った彼女は、じっと名刺を見るが、すぐに頬を染めた顔で一哉を見上げた。

「あっ、はい！　……ありがとうございます！」

「じゃ、約束だ」

彼女に握手を求めると一瞬驚いたようだが、やがて静かに一哉の手を握ってくれた。

思っていたとおり彼女の手は小さくて柔らかい。そして、その指は細くとても綺麗だ。

「この業界に入ってくるのを待っているよ。……そうだ。君の名前を——」

一哉がそう口にした時だった。

「みやちゃん、何してるの？　集合かかってるよ！」

突如舞台の方向から聞こえた女性の声。そちらを見ると、実行委員のひとりがこちらに向かって大きく手を振っている。

「わたし、行かなきゃ。それじゃ、失礼します」

彼女は一哉の手を離すと、ペコリと頭を下げた。

「あっ……」

彼女はそのまま走り去り、声をかけてきた実行委員と舞台の奥へ消えた。

「……みやちゃん、か。となると、宮田、宮路、宮野……」

きちんとした名前はわからないが、〝宮〟のつく新人モデルを探せばいいのだ。

もし見つけられなかったとしても、彼女の手には、携帯番号を書き添えた一哉の名刺がある。おそらく、彼女は連絡してくれるだろう。礼儀正しい態度から、とても素直な人物に見えた。今は焦らず、ただその時が来るのを楽しみに待っていればいい。

「さてと、俺も実行委員長に挨拶して帰るとするかな」

スーツのポケットに手を突っ込むと、一哉は頬を緩ませたまま舞台の裏へ歩き出した。

＊　＊　＊

一哉はさらに深く椅子にもたれ、深くため息をついた。

「藤尾みやびが、あのみやちゃん。なるほどね、みやびだからみやちゃんと呼ばれていたのか」

この数年、一哉は名字に〝宮〟のつく新人パーツモデル、特にヘアモデルを探していた。だが、一哉は該当する女性を探し出すことはできなかった。

徐々(じょじょ)に記憶から薄れていく彼女の姿。一方で、一哉の心の中に、新たに出会った他事務所のマネージャー、藤尾みやびが入ってきていた。

男性を前にするとおどおどするが、仕事となると一生懸命。担当する西塚奈々のために奔走するその姿は、一哉の目に好意的に映った。

なのに今日のパーティで、偶然立ち聞きしたみやびの本音。〝好きじゃない、好みとかけ離れてる〟と言われて、一哉は腹が立った。彼女に好意を持っていたからこそ、黙っていられなくなったのだ。

それでパーティでみやびに近づいたのに……

まさかずっと探していたあの女子大生が、彼女だったとは。

それも、一哉の記憶より一層綺麗になった姿で目の前にいた。

女子大生とみやびが同一人物だと知った時に感じた、煮えたぎったあの怒り。それを、みやびは知らない。

「眼中にないだって？　ああ、上等だ！」

　そっちがその気なら、こちらにも考えがある！

　怪我をした渋沢には悪いが、あの一瞬でこれから何をするか考え、一哉はみやびを落とすために罠を仕掛けた。実際には必要のない恋人役を彼女に求めたのは、その始まりだ。

　全て、彼女の心を手に入れるために……

　一哉は、デスクに置いた時計をちらっと見る。そしてキラキラと輝くイルミネーションではなく、歩道へ視線を落とした。

　連絡すると言っていたのに、みやびからの着信はない。

　それはつまり、みやびが一哉の仕掛けた罠に掛かったということだろう。

　真面目な彼女だからこそ、この件について電話で済ませられないと思っているに違いない。

　さあ、早く動いて。君ならそうするだろう？　――心の中でみやびに囁いたその時だった。歩道を急ぎ足で進む人影が一哉の目に入る。街灯に照らされたその顔を、はっきり見て取れた。

「罠にはまったな。さあ、ここからだ」

　一哉はニヤッと口元を緩めるとリモコンを手にし、自動でカーテンを閉めた。次にデスクの上に置いてある受話器を取り、ボタンを押す。

「これからアットモデルプロダクションの藤尾という女性が来る。こっちに通してくれないか？　俺が仕事をしていてもだ。そして彼女が来たら、もう帰っていいから」

秘書の白石にそう伝えて通話を切る。だが、受話器は下ろさなかった。これから仕掛ける罠のため、一哉はこの瞬間から演技をスタートさせた。

三

「ここが、大賀見さんの新事務所」

みやびは幹線道路を少し奥へ入った場所にある、大賀見モデルエージェンシーの自社ビルを見上げた。自社ビルとはいえ、一戸建て風の三階建て。それほど大きくはない。だが、コンクリートの外壁には間接照明があたり、とても洒落ている。行き交う人が目を惹かれているのがわかる。

二階の部屋は真っ暗だが、三階はカーテンの隙間から灯りが漏れていた。

あの部屋で、大賀見が仕事をしているのかもしれない。

ここまで来て今更だが、みやびは緊張で心臓がドキドキしてきた。それでもなんとか深呼吸して気持ちを落ち着けると、駐車場の脇を通り、事務所の玄関へ向かう。大きなドアの前で立ち止まり、インターホンのボタンを押した。

『はい』

男性の声にドキッとするが、大賀見の声よりも幾分高い。本人ではないと気付きほんの少しホッとするものの、みやびはすぐに背筋を伸ばした。

「アットモデルプロダクションの藤尾と申します。大賀見社長はいらっしゃいますか？」

『藤尾さんですね？　お待ちしておりました。どうぞお入りください』

えっ、待っていた？

約束していないのに待っていたとは、いったいどういうことなのだろう。

不審に思うみやびの前で、オートロックのドアが開く。入っていいのか一瞬迷うが、すぐにその考えを振り払った。

大賀見に渋沢の怪我の状態を知らせ、そして代役を見つけられたのかを訊くために来た。ここに来ると決めたのは自分自身。ビクビクする必要なんて全然ない。

みやびはドアの取っ手を掴んで開け、中に入った。後ろ手にドアを閉め「失礼します」と言うと、奥からひとりの男性が出てきた。

「お待ちしておりました。大賀見の秘書の白石と申します。さあ、こちらへどうぞ」

大賀見と同年代らしき白石は、みやびを三階へ案内した。

初めて足を踏み入れる、大賀見の新事務所。みやびの勤めるアットモデルプロダクションは一般的な事務所の造りだが、彼の事務所は全然違った。

事務所というより、まるでどこかのペンションみたいな綺麗な内装だ。天然木で作られた家具がそこかしこに置かれていて、温もりを感じる。そこに鮮やかな色彩の雑貨やタペストリーが配され、華やかさもあった。

まるで、この事務所に歓迎されているように感じる。初めて入るみやびがこれほどリラックスできるということは、所属しているモデルや社員たちは、もっと過ごしやすいに違いない。

綺麗な室内をうっとりと見回していると、白石が立ち止まった。彼が目の前のドアを軽くノックする。

「白石です。藤尾さんがいらっしゃいました」

彼がドアを開けてくれたので、みやびは白石に頭を下げた。

「大賀見は現在電話中ですが、どうぞ中でおかけになってお待ちください」

「えっ？　あの、いいんですか？　電話を終えられるまでここで待たせていただいても――」

「いえ、大丈夫ですよ。さあ、中へどうぞ」

白石はそう言うと微笑み、みやびに背を向けて歩き出した。

「あの！」

みやびは急いで白石の背に声をかけるが、既に彼の姿は廊下の奥へ消えていた。

どうしようかとその場で呆然と立ち尽くしつつも、ちらちらと開け放たれたドアを見る。

本当に電話中の社長室へ入ってもいいのか悩んだが、みやびは意を決して、一歩踏み出した。

「失礼します」

小声で言って社長室へ入る。

白石が言っていたとおり、大賀見は電話中だった。でも彼は、みやびを見るなり手招きし、傍へ来るように促す。それを受けて後ろ手にドアを閉めると、彼の方へ歩き出した。

何か言われるのかと思ったが、大賀見は素直に従ったみやびを見て、ただ満足そうに微笑むだけだった。そして、すぐに意識を電話の相手に向け、相槌を打つ。

みやびは大賀見のデスクを挟んだ向かいで足を止め、その場に立ち尽くす。でも彼の電話が終わるまでじっとしてはいられず、そっと室内を見回した。

座り心地の良さそうなソファ、天板がガラスのローテーブル、窓際にある大賀見のデスク、そして書類が入っている書棚。

通ってきた廊下やちらりと目に入ったレッスン室とは違い、この部屋は実務的に作られていた。それを見るだけで、大賀見が精力的にここで仕事をしているのが伝わってくる。

その時、部屋の中にもうひとつドアがあることに気付いた。

あのドアはいったい？　続き部屋があるのだろうか。

そんな風に考えていると、大賀見の声が突然部屋に響き渡った。我に返ったみやびは、慌てて彼に視線を戻す。

「ご迷惑をおかけし大変申し訳ありません。こちらの無理は十分承知しております。はい……それでは失礼いたします」

受話器を置くと、大賀見が辛そうにため息をついて椅子に深くもたれた。そしてゆっくりと視線を上げ、みやびをじっと見つめる。

大賀見の瞳はデスクライトの灯りを受け、危険なほどあやしく煌めいている。ただ見られているだけなのに、みやびの心臓が痛いほど高鳴った。

大賀見に話すことがあるからここまで来たのに、急に口が重たくなり、いったい何を言えばいいのかわからなくなる。

「あの……、その――」

上手く舌が回らない。目を泳がせるみやびに、大賀見が頬を緩めた。

「渋沢の件では電話で知らせてと言ったのに、どうしてわざわざ俺の事務所へ？」

大賀見の言葉に、みやびはハッとする。

もしかして、彼は話す切っ掛けを作ってくれている？

みやびは話が途切れてしまうのを防ぐように、数歩でデスクを回る。そしてある程度の距離を保ったところで足を止め、懸命に言葉を発した。

「大賀見さんの仕事を増やしてしまったのはわたしなのに、電話で済ませるなんて……それではダメだと思ったんです」

「優しいんだね、藤尾さん」

「そんな！　優しいのは大賀見さんの方です！」

髪の毛が乱れるのも構わず、みやびは大きく首を横に振った。

「……優しくはないんだけどね。これから卑怯な真似(まね)をするし」

「えっ？」

にっこりした顔で告げられた言葉のギャップに、上手く頭が追い付かず、みやびは目をぱちくりさせた。

「いや、こっちの話。ところで渋沢の怪我はどうだった？」

そんなみやびを見て、大賀見が静かに苦笑する。

「……西塚が言うには、鎖骨(さこつ)を骨折していると」

「なるほどね。となると、固定バンドか手術になるかもな……」

「手術、ですか⁉」

みやびの胸に、針で刺されたような痛みが走った。

「いや、まだわからない。医者から直接聞いた話ではないしね。ただ、酷い場合は手術でボルトを入れることになるだろう。以前、そういうモデルがいたから」

みやびは力なく「はい……」と答えるが、渋沢と大賀見に迷惑をかけてしまった心苦しさで俯き、唇を強く噛んだ。

「渋沢が怪我をしたのは自業自得。だが、これから彼は精神的に追い込まれるかもしれない」

大賀見の言葉にみやびはゆっくり顔を上げ、静かに彼と目を合わせる。

「渋沢の件では、藤尾さんにも迷惑をかけると思う。それとなくでいいから、彼の擁護に回ってくれたら嬉しい」

「それはもちろんです！　渋沢さんが怪我した責任は、全てわたしにあります。できるだけ彼の役に立てればと思っています！」

大賀見にみやびの気持ちを素直に伝える。彼なら優しく微笑み、応援してくれるものとばかり思っていたのに、何故か彼は不機嫌そうな顔をしていた。

「いや、そういう意味じゃない……」

「あ、あの？」

みやびが訊き返すと、ジロリと鋭い視線を投げられてしまった。

「その気持ちは有り難いけど……、あまり渋沢ばかりに気を取られないでほしいね」

みやびは口籠もった。

「それより、渋沢の代わりの件がどうなったのか、藤尾さんは気にならないのかな？」

大賀見の言葉にみやびははっとした。その件を忘れていたわけではなかったが、彼の目にはそう映ったに違いない。

「大賀見さん！　わたし――」

そんなことはないと一歩前へ踏み出した時、みやびを見る大賀見の瞳があやしく光った。みやびの心臓が早鐘を打ったかと思ったら、締め付けられるような苦しさに襲われた。部屋の空気が重たく感じる。呼吸がだんだん浅くなってきた。

「……何？」

続きを訊かれているのに、舌が上手く動かない。それでもなんとか息を吸い、声を振り絞った。

「あの……気にならないなんて決して思っていません。渋沢さんの代わりは見つかったのでしょうか？」

みやびは奥歯をギュッと噛み締め、こちらを見上げる大賀見と目を合わせた。

「別にそんな風に緊張しなくてもいいのに」

そう言いながら、大賀見がふと視線を落とし、急に身動きして手を伸ばす。ハッとした時、彼の手がみやびの手を握った。

いきなり触れられたせいで、みやびの躯がビクッと震えた。

「えっ⁉　あの……お、大賀見さ――」

強い力で彼の方へ引っ張られる。その勢いで、みやびは手にしていたクラッチバッグとショールをその場に落としてしまった。

大賀見はそれを気にもせず、みやびを見つめながら目を細めた。

「安心していいよ。渋沢の代役、見つかったから」

「……えっ？」

「吉住モデルプロモーションの豊永孝宏だ」

その名に、みやびは息を呑んだ。

二十五歳の豊永は十代の頃から大人気で、モデルに限らず俳優としても大活躍している。最近企業との契約が増えてきたので、徐々に単発の仕事を減らしてきているところだと噂されていた。

その豊永が、渋沢の代わりにスパリゾートの仕事を引き受けてくれたなんて、大賀見はいったいどんな魔法を使ったのだろう。

「代理店には明日出向いて、豊永に変更してほしいと伝える。いい顔はしないと思うが、最終的には受け入れるはずだ」

嬉しさと申し訳なさと安堵が相まって、何をどう言えばいいのかわからない。でも気持ちを込めて、みやびは大賀見に頭を下げた。

「ありがとうございます」

そこで、まだ彼に手を握られたままだと気付く。どぎまぎしながらそっと窺うと、真摯な目を向ける大賀見と視線がぶつかった。

「渋沢の件は、正直うちとしては痛手だ。他の仕事もあるからね。でもまずは、俺にできる手は打てたと思う。藤尾さん、君が俺のためならなんでもしてくれると、強く言ってくれたからだ」

「そんな、わたしの言葉なんて関係ないです！　全て大賀見さんの力です」

慌てて言うが、大賀見はみやびの手をギュッと掴んで小さく頭を振る。

「いや、違う。男はね、ご褒美があれば……いつも以上の力を発揮できるんだ。俺にとってそのご褒美は、恋人役を引き受けると言ってくれた藤尾さんの言葉だった。あの言葉に嘘はないよね？」

「もちろんです！　わたしで役に立つなら、大賀見さんのために……頑張りたいと思っています」

はっきりと伝えるのが恥ずかしくなって、言葉尻が小さくなる。でもこの気持ちは本物だとわかってもらうため、静かに彼の目を見返す。

「ありがとう。ところで、藤尾さんは俺の恋人として、どう振る舞おうと思ってる？」

「えっと……、わたしが大賀見さんをその……好きって表現すればいいのかなって」

それならできる。大賀見はみやびを忘れているが、自分はずっと彼だけを想い続けていたのだから。好きという感情は、想いを隠すのを止めれば自然と滲み出るに違いない。

「オーケー。それでは契約だ」

突然、大賀見が椅子から立ち上がった。あっと思った時は既に彼の顔が間近に、手は側頭部に添えられていた。息を呑んで躯を強張らせるみやびに、彼がゆっくり顔を寄せる。

「な、何を……っん！」

みやびの言葉を塞ぐ勢いで、大賀見がキスをしてきた。瞬間、みやびの心臓が激しく高鳴り出す。それは、耳の傍でも大きく音を立て始めた。

大賀見は、固く閉ざされた貝の合わせを開けるように何度もみやびの唇をついばむ。濡れた舌先、熱い吐息が唇に触れるだけで、今までに感じたことのない疼きが背筋を這う。堪え切れず喉の奥で低く呻くと、大賀見の唇がそっと離れた。自由になれたと気を抜いた直後、彼にファーストキスを奪われた事実に気付き、ハッとして唇を手で覆った。

想像していたキスとは全然違った。友達が話してくれた、心がほんわかとするものではない。彼とのキスは、みやびを翻弄させるものだった。

でも、どうして突然キスを……

恐る恐る大賀見を見ると、彼は困ったような表情を浮かべていた。

「俺の恋人になれば、周囲にどう見られるかわかってる？　人前で俺に腰を抱かれても、られる」

キスをされても逃げないってことだ。つまり、俺たちはセックスをしている仲として見

生々しい言葉に、みやびの頬が一瞬にして真っ赤に染まる。躯を巡る血が熱くなり、まるで脳が沸騰しそうなほどの羞恥に襲われた。

「君の男慣れしていない初々しいところは魅力のひとつだが、それでは困る。藤尾さんには、俺の恋人は無理かな?」

人前でキスするなんて絶対に無理!——そう言えたらどんなにいいか。でも、大賀見は渋沢の件で一度もみやびを責めなかった。そんな彼に、今になって恋人役はできないなんて言えない。自ら〝なんでもする〟と言った言葉を口先で終わらせてはいけない。

みやびは、まだ自分の手を握る大賀見の手に視線を落とした。今まで握られるままだったが、おずおずと力を入れ、ほんの少しだけ握り返す。

「無理……なんかじゃありません。わたし、大賀見さんのお役に立ちたいです」

「本当に意味をわかってる? 俺に触れられただけで緊張されたら困るんだ。微笑みかけ、好きだという気持ちを表に出してほしいと思ってる。藤尾さんにそれができる?」

「できるように頑張ります。……頑張りたいんです! 大賀見さんの望む恋人を演じられるかどうかはわかりません。でも——」

それ以上どう言っていいかわからず、みやびは俯いて口籠もった。すると、大賀見が

手を伸ばしてきた。彼の指が頬に触れて、みやびの心臓が一際高く跳ねる。でも、怖さは全くなかった。

大賀見は変わっていない。かつてみやびの頬の汚れを拭（ぬぐ）った時と全く同じ優しい触れ方をしてくる。その手つきが懐かしくて、心の奥に温かなものが生まれる。

ああ、やっぱり彼が好きだ。

悩ましげな吐息を零（こぼ）したみやびの頬を、大賀見がほんの少し力を入れて触れる。促されて顔を上げると、彼の嬉しそうな顔がそこにあった。その目には、情熱に似た強い感情が渦（うず）巻いている。

大賀見はみやびの柔らかい唇に指を這わせ、緩急をつけてそこを愛撫した。親密な触れ方に、みやびは鋭い音を立てて息を吸い込む。

「どこまで俺に……躯を許せるか、一度試してみる？」

言葉の意味がゆっくりみやびの脳に浸透したところで、首筋の産毛が総毛立つ。畏怖（いふ）と、緊張と、そしてそのどちらでもない何かが複雑にまじり合い、みやびの躯を雁字搦（がんじがら）めにする。

「俺に触られるのが嫌でなければ」

みやびは、そんなことはないと頭を振る。でも、上手（うま）く声を出せなかった。

もしみやびが男性に慣れていたら、違った返事ができたかもしれない。だが、なにせ彼氏いない歴イコール実年齢。キスだって、たった今彼に奪われたばかり。そんなみやびが、センスのいい受け答えをできるはずがない。

でも、ただひとつだけわかる。大賀見を好きだと思うこの気持ちは、本物だということだ。

「……おいで。藤尾さんは……みやびは何もしなくていいから」

男性に、しかも好きな人に初めて名前を呼ばれて、心の奥がざわざわとする。それは手足にまで伝染し、喜びに包まれていく。

大賀見はデスクに体重をかけると両脚を開き、その間にみやびを誘った。

彼の手が腰に回される。それだけで、みやびの心臓が口から飛び出そうなほど早鐘を打ち始める。彼はその手を僅かに上へ移動させ、たくましい躯にみやびを引き寄せた。

「……ぁっ」

大賀見の腕に触れて、体勢を立て直そうとする。でもそうするよりも前に、彼が不意にみやびの首にキスを落とした。柔らかな唇が、みやびさえ知らない快感のツボに触れていく。

くすぐったいような、それでいて得も言われぬ快い疼きが躯に走る。それは下腹部奥に集中して、急激にそこが火照り出す。

堪え切れなくなってかすれ声を零した時、大賀見の手がみやびの露になった素肌に触れた。キャミソールドレスの肩紐の下に彼の手が滑り込み、肌を舐めるようにそれをゆっくり引き摺り下ろしていく。

「ま、待って……」

思わずそう言うが、既に胸の谷間が見えるほどドレスを下げられていた。ここまで大胆に乳房を晒した経験など、みやびにはない。

「……ぁっ」

今まで出したことのない甘い声が漏れた。恥ずかしくなって唇を噛む。だが大賀見の唇は這い上がり、みやびの耳の裏、耳殻、そして耳朶を舌でなぶっていく。

「いいんだよ、声を出しても」

必死に声を殺しているのが伝わったのだろう。大賀見はみやびの頬にキスし、そして唇を求めてきた。

「っんぅ……」

鼻から漏れる小さな喘ぎが妙にエッチだ。それでも声を抑えられない。

「どうしてそんなに堪えようとする？」

みやびの唇の上でそう囁くと、大賀見は頭を下げて乳房に顔を埋めた。熱い吐息とキスを、その膨らみに落とす。

「その……声を、出して……いいのかわからなくて」

心にある不安を吐露したその時、大賀見の愛撫がピタッと止まる。

「……声を出していいかわからない？」

みやびの乳房から顔を上げた大賀見の目には、戸惑いが浮かんでいる。

「声を出すなと誰かに言われた？」

「あの……わたし、こういう経験がなくて」

「一度も？　……誰にもこんな風にされたことがない？」

大賀見は怒ったのか、語尾がいきなり強くなる。

「ごめんなさい！　こんなわたしが大賀見さんの恋人を演じるなんてダメですよね？　でも、わたしは大賀見さんの役に立ちたくて――」

必死に気持ちを伝えようとすると、大賀見が急に動いて自らの唇でみやびの言葉を呑み込んだ。

「んふぅ……っ！」

「……黙って。俺はみやびを責めてなんかいない。初めてなのに、俺に触れられてもいいと強く思ってくれたことに驚いたんだ」

「あの、怒っていないんですか？」

恐る恐る訊ねるみやびに、大賀見が微笑む。

「怒るものか！　……初めてなんて言われて感激さえしてるというのに」

そこで大賀見の顔つきが険しくなる。何か葛藤しているのか、彼の眉間に皺が寄った。

「大賀見、さん？」

みやびが名を呼ぶと、彼は感情を隠すように目を閉じた。だが、再び目を開けてみやびを見た時には、先程そこに浮かんでいた色は消えていた。

代わりに彼の表情は凛とした真剣なものに変わっている。柔らかな笑みはそこにない。その怖いと思ってしまうほど強い力を宿した大賀見の目が、みやびを射抜く。

「俺が全部教えてあげる。男女がどんな風に求め合い、相手に想いを伝え合うのか……」

大賀見がみやびを強く抱きしめた。上から覗き込むように顔を寄せ、薄く開いたみやびの唇を奪う。これまでのキスと全く違い、大賀見の求め方は激しかった。唇を甘噛みされて我慢できずに唇を開くと、舌を突き込まれる。

「っ……ぁ、んぅ！」

彼の舌に我が物顔で口腔を舐められ、吸い上げられては舌を絡め取られる。貪るような口づけに、頭の奥がじんと痺れた。鈍くなっていく正気の代わりに、体感したことのない鋭い性感がみやびを煽る。

たまらず大賀見の背にしがみつき、彼のスーツに皺が寄るのも構わずそれを握る。すると、みやびを抱く彼の手が少し上にずれ、さらに引き寄せられた。ふたりの間の隙間がなくなる。

感じるのは、シャツを通して伝わる大賀見の体温と、激しく鼓動する拍動音だけ。

「はぁ……、っん！」

躯の芯が疼き、下腹部の深奥では熱いものが生まれる。そしてそれが蕩けて蜜となり、みやびの両脚の付け根を濡らし始めた。

こんなことは初めてだった。

誰とも付き合った経験はない。それでも気持ちが昂った女性の躯がどう変化するのか、知識では知っている。でも知っているのとそれを体感するのとでは全然違う。何かを求めて躯が疼く。あふれ出しそうな羞恥と快感が相まって、キスだけじゃ物足りなくなる。

怖いのに、未知の快感に溺れたいと望む自分がいた。

もっと、もっとして――と自然に躯が大賀見に傾く。なのに彼は唐突にキスを止め、みやびと距離を取った。

「……ヤバイな。君のせいで俺は――」

肩で息をする大賀見は視線を落とし、顔を伏せる。言っている意味がわからず、みやびはじっと大賀見を窺う。視線を感じたのか、彼がゆっくりみやびの方に顔を向け、目を合わせてきた。

「良い顔をしている。潤んだ瞳がライトの光を受けてキラキラ輝いてるし、俺を見るその目つきは……俺がずっと望んでいたものだ」

えっ？　……望んでいた!?

みやびは大賀見の言葉に驚いた。でもその意識はすぐに別のところへ取って代わられた。彼がドレスをさらに下げようとしたからだ。

「あっ……、ま、待って！」

このままでは乳首が露になってしまう。

慌てて躯を捻って胸を隠そうとするが、そうする前に大賀見がみやびの背に回した片腕に力を入れた。そして、その退路を断つ。

「逃げるなよ。言っただろ？　俺が全てを教えると……」

みやびに顔を寄せた大賀見が、艶っぽい声で囁く。彼の熱い吐息が唇にかかると、みやびは背を這うぞくぞくした疼きに躯を震わせた。

「痛い思いはさせないから。まずは、どこまで俺に躯を許せるか……だ」

大賀見の手で、キャミソールドレスを胸の下までずらされる。外気にさらされた乳房に彼の手が伸び、豊かなそれを下から包み込んだ。

「……っぁ」

「恥ずかしがらなくていい。それが素直な反応なんだ」

大賀見の武骨な手が、みやびの乳白色の膨らみを揉みしだく。それは形を変えて大きくゆがみ、そして赤く色付いた乳首が彼の指の間から顔を覗かせた。

「柔らかい……、俺の手にしっくりくる」

その乳首を大賀見の指が弄び、転がし、キュッと抓る。

「……っ！」

みやびは唇を引き結び、時折襲いかかる悩ましい恍惚感に呻き声を漏らした。

「もっと俺に声を聞かせて」

直後、大賀見が上体を屈めた。あっと思った時、彼の吐息が乳房を撫で、濡れた舌がみやびの乳首を舐めた。そしていやらしく舌先を動かしては、強く吸う。

「お、大賀見……さんっ！」

背を這うビリビリとした甘い電流にたまりかねて腰を引くが、大賀見にしっかり抱かれているせいで逃れられない。

しかも彼の指がみやびの素肌に触れた傍から、そこかしこが熱くなる。生まれた小さな火が徐々に大きくなり、それが躯全体を包み込んでいく。脳の奥が麻痺して考えが上手くまとめられない。

わかるのは、大賀見の手で送られてくる心地良い前戯に翻弄されているということだけ。

「いい子だ。だが……もっと、もっと俺に心を開いてくれ」

大賀見がゆっくり上体を起こす。みやびの乳房を弄っていた手はそこを離れ、胸の下で止まっていた生地の上から腰骨、尻、大腿を撫でた。

「な、何を……？」

大賀見はみやびを見下ろしながらキャミソールドレスの裾に手をかけ、静かにそれを捲り上げる。

「待ってください。あの……、んっ！」

みやびの躯がビクンと跳ね上がる。大賀見の指が、誰にも触られたことのない秘所に触れたためだ。

「だ、ダメ……！」

生地越しなのに、ほんの少し触れられただけで強烈な愉悦が尾骶骨から脳天へ走った。

「何がダメなんだ？ ……キスと、胸に触れただけで、こんなに濡れてる」

その言葉で、みやびの躯がカーッと燃え上がった。

「やめて、恥ずかしい……。あっ！」

大賀見の指がパンティの上から秘められた部分を愛撫し始めた。そうされればされるほど腰が甘怠くなり、足の力が抜けていく。たまらず彼の腕を掴んで躯を支えた。それでも、秘所から送られる狂熱にばかり集中してしまう。

「恥ずかしい？ それじゃダメだ。恋人失格だよ。恋人同士は、こういうことをしてるってわかってるだろ?」

大賀見は口元をほころばせて、その目にあやしげな光を宿す。その瞬間、数時間前にクラブで皆川たちと話していたことがみやびの頭を過(よぎ)った。

まるで大賀見がオオカミのように見えてくる。美味(おい)しそうな獲物に狙いを定め、どうやって食べようかと舌なめずりしているみたいだ。

「さあ……俺を受け入れて」

静かな部屋に、大賀見の誘惑に満ちた声が響く。それにまじって衣服の擦れる音、みやびの荒い息遣い、そしてあふれ出た愛液が立てる淫靡(いんび)な音がみやびの耳を侵食してくる。

何をされるかわからないまま、オオカミにペロリと食べられてしまいそうな感覚に襲われる。

「……っぁ、やぁ……っんぁ……はぁ!」

襲いかかる快感に堪(こら)え切れなくなり、みやびの口から喘(あえ)ぎが漏れる。恥ずかしいのに、躯(からだ)が燃え上がっていくのを止められない。

「みやびのココ、凄いことになってる」

彼の言うとおり、粘膜のくちゅくちゅと音を立てるいやらしい音が部屋を満たしていた。

「は……あ、ああ……っ」

快楽に躯を震わせる。すると大賀見は、みやびのパンティに指をかけてそれを引っ張り下ろした。

秘所に冷たい空気が触れたせいでハッと我に返るが、すぐに意識はどこかへ飛んでいった。彼の指が濡れた部分に直に触れ、甘い刺激を送り始めたためだ。

大賀見は、みやびの表情がくるくる変わるのをじっと見ている。なのに、まるでその目で秘所を見ているかのように、彼の武骨な手は器用に優しく、複雑な形をするそこを動き回る。躯は今まで以上に燃え上がり、みやびは送られてくる心地いい電流に打ち震えることしかできなかった。

「んっ……はうっ、……んぁっ」

脳の奥にできた熱だまりに、くらくらしてしまう。

その時、大賀見の指がどこか敏感になった硬いところにあたり、みやびはビクッと躯を震わせた。強烈な刺激に息を呑む。

「大賀見、さん……い、今の……。ヤダ、わたし怖い……！」

「うん？　クリトリス？」

そう言うなり、彼は再び同じ場所を擦り上げ、強い快感を送り込んできた。みやびの躯が跳ね上がる。ずきずきする痛みに耐え切れず、彼の胸板に顔を埋めた。

「今の、イヤです。わたしの躯が壊れてしまう」

「……もしかして、自分でクリトリスを弄ったことがないのか？」

大賀見の言う場所がどこなのか、なんとなくわかる。彼の手で弄られるたびに強い衝撃が走り、一箇所に血が集まり膨れ上がっている場所だ。

「あの……わたしこういう疼きを一度も感じたことがなくて」

羞恥で顔を隠しながらも正直に気持ちを伝えると、大賀見の鋭く息を呑む音が耳に届いた。

「それじゃ、もしかして、自分でココに――」

秘所に触れていた彼の指が動く。秘められた門を開くように指で濡れた襞を押し開き、蜜口に指をあてがうとゆっくり挿入した。

「……あっ！」

刺激に我慢できず顎を突き上げ、背を反らした。

「やっぱりとても狭い。だがこうやってほぐしていけば、女性のココは男を受け入れられるようになる。それよりも、どうして自分で自分を慰めなかった？　性欲がないのか？」

あまりに赤裸々なその問いに、みやびは何度も頭を振る。

「それはイエス？　それともノー？」

誰にも触れさせたことのない秘所を、大賀見に触られている。ここまで親密な行為をしておきながら、個人的な部分に踏み込まれたからといって言葉を濁す必要はないかもしれない。ただそれを自分から言えるはずもなく、みやびは目をきつく閉じた。

　でも、それがいけなかった。彼の指がみやびの膣（ちつ）を侵（おか）す動きに意識が向いてしまう。

「……んっ、は……ぁ、っんぅ！」

　その指は膣壁を擦っては出され、また奥深く濡れた蜜壺へ埋（うず）められる。何度も同じ行為を繰り返されるたび、じわじわと広がる熱に全ての感覚をさらわれそうになる。

　このまま何も考えず意識を放り出せばいいかもしれない。でも気を許して、この甘い潮流に乗ってしまったらどうなるかわからないという怖さもあった。

「や、やめて……怖いっ！」

　みやびが懇願すると、大賀見の挿入のリズムがゆったりしたものに変わる。

「何をそんなに怖がるんだ？　送られる快感をただ享受すればいい」

「っんぅ……ぁ、そんなのできない」

　先程とは違うじわじわと侵食してくる快（こころよ）い刺激に、みやびはいやいやと強く首を横に振る。

「できるさ。これはみやびだけに起こる症状じゃない。相手を信頼していれば、自（おの）ずと心と躯を解放できる」

「……信頼？」

指での挿入を繰り返し、みやびの躯を蕩けさせる大賀見。その彼が、みやびの問いに急にその動きを止め、困惑した表情を浮かべる。

「俺を信頼できない？　まあ、確かに少し……やっていることは強引かもしれない。それでも俺に心を開いてほしい。……無理？」

「そんなことないです！　だってわたし大賀見さんが……っぁ！」

思わず〝好き〟と告白しそうになった時、大賀見が挿入のリズムを作り始めた。

「それなら自分で自分を律するんじゃなく、心を開いて。俺に全てを投げ出して」

大賀見の指のスピードが増す。甘い痺れがみやびの背筋を這い上がっていく。

「あ……っ、っん……、っんぅ」

みやびの全身に恍惚感が広がる。耐えかねて身をよじろうとするが、大賀見の指が膣壁の敏感な箇所を擦り上げ、それさえもできなくなる。

「っふぁ……っ！」

押し寄せる快感を無理やり抑え込むように、みやびは震える手で彼の腕を強く掴む。

「みやび、俺を見て」

大賀見がみやびの耳の傍で囁く。彼の熱い吐息と懇願に似た声音に、おずおずと見上げた。すると、欲望で輝く彼の瞳とぶつかった。

「みやびに触れているのは俺だ。これから恋人になる俺には何も隠す必要はない。そうだろ？」

大賀見がみやびの耳殻に、頬に、そして唇にキスを落とした。ついばむように口づけたと思ったら、舌を突き込まれ激しく唇を貪る。

「あっ、……んふぅ！」

さらに大賀見は蜜壺に挿入した長い指を掻き回し、ぐちゅぐちゅと卑猥な音を立てて抽送のリズムを速くする。

想像でしかわからないセックス。男性の屹立したものを我が身で受け止めると、きっとこんな風に蕩けそうな悦びを感じるのだろう。

そう思った時だった。大賀見の指が、敏感になって膨れ上がった蕾を強く擦り上げた。

「っんぅ……っんんんっ！」

突如襲ってきた情欲の嵐に、みやびは悲鳴を上げた。それは全て大賀見の口腔に呑み込まれる。

予想すらしていなかった、全てをさらう甘い狂熱に下肢の力が抜けていき、腰が抜けそうなった。大賀見の片腕がしっかりみやびを支えていたので崩れ落ちることはなかったが、それでも強烈な快楽にぐったりして、彼にもたれかかる。

「いい子だ」

まるで子どもをあやすように、大賀見がみやびの髪にキスを落とす。

子ども扱いしないで——そう言いたくなったが、彼の指が蜜壺から引き抜かれた感触に意識がそちらへ向いてしまう。

「……っぁ」

鋭い性感を得たみやびの躯がビクッと震え、自然と甘えた声が零れた。

「ちょっと待って」

大賀見はみやびを抱く手を離さず、ほんの少しだけ躯を離し、デスクの上に置いてあるティッシュを数枚取った。体勢をもとに戻すと、みやびの秘所に手を伸ばしティッシュで愛液を拭う。突然のことにびっくりするが、大賀見は気にせず再び新しいティッシュに手を伸ばす。

淡々と事を進める彼の行動をぼんやりと見ていたが、みやびは半裸の自分の姿にやっと気付いた。

下げられたパンティと胸の下で止まるキャミソールドレスを、震える手で引き上げる。なんとか胸元を隠した時、みやびの目の端に何か光るものが目に入った。

何気にそちらへ目をやり、息を呑む。デスクライトに反射してキラキラと光っているのは、彼の指だったからだ。しかもそこだけではなく、彼の手のひらもみやびの愛液で濡れている。

とろりとした粘液を目にし、みやびは顔を真っ赤にした。声を発せられないまま、それをティッシュで拭う彼をまじまじと見ていると、彼が笑みを漏らした。

「その頬が染まった顔は〝恥ずかしい〟って意味かな?」

「あの、えっと……」

大賀見は愛液を拭ったティッシュをゴミ箱へ放り投げると、みやびと向き合った。

「恥ずかしくはないさ。俺だって――」

大賀見は、急にみやびの手を取る。そして、彼は自分の股間にその手を持っていった。

みやびは突然のことに驚き、慌てて手を引こうとする。

「い、イヤ!」

でも、大賀見がそれを許さなかった。

手のひらにあたる、硬くて大きな大賀見自身。それはズボンの生地を強く押し上げていた。みやびの躯が熱くなり、顔から火が出そうになる。

「わかる? ……これが男の反応。みやびが感じたように、俺も君に興奮させられた」

「……わたしなんかに?」

「なんか? ……それは違う。みやびだからさ」

彼の言い方に心をくすぐられる。こんな自分でも大賀見の心を揺さぶることができるんだと言われて、胸に温かいものが込み上げてきた。

大賀見に見惚れていると、彼がふっと笑いみやびの手を離した。ずっと彼の股間を触っていたと気付き、急いで手を自分の方へ引き寄せる。

すると、大賀見がみやびの顔を覗き込むように上体を倒してきた。

「そう、その瞳。はにかむ仕草の中にある女の欲望。俺が欲しかったものだ。これまでのみやびなら、決してそんな目をしなかった。わかる？　俺に触れられて、俺を見る目が変わったってことが」

大賀見の言葉に、みやびはきょとんとする。何を言われているのか、よくわからない。

「あの――」

そう口にした途端、大賀見がキスをしてきた。そしてびっくりして目を見開くみやびを、そのたくましい腕で胸に掻き抱く。

「っんぅ……っん！」

貪るような激しさとは裏腹に、そのキスはどこまでも優しい。ただ、大賀見の鬱積した感情がみやびに流れ込んでくるみたいに感じられた。

口づけが終わり、キスで腫れた唇に彼の吐息がかかる。

「……どうする？　この先に進む？　俺は……みやびを味わいたいけど」

「あ、味わう？」

「そう。みやびのココを唇と舌を使って……」

大賀見が甘く囁き、みやびの躯に手を這わせてくる。彼の手の甲が胸の膨らみをかすめ、そしてその手をどんどん下げていき、彼の手で弄られて濡れた秘所へたどり着く。まだ敏感なままのそこに刺激が走った。

「まず、みやびをデスクに座らせて両脚を大きく開かせる。俺はそこに顔を埋めて、みやびが悦びの喘ぎを零すまま舌と指を使って可愛がる。……言っただろ？　俺が教えると」

みやびに向けられた情熱的な瞳、言葉、そして未知の世界へ誘おうとする手つき。

彼の仕草全てに、くらくらしてしまう。

「返事無しは、オーケーとみなす。いいね？」

大賀見は胸を隠すみやびの手首に触れ、そっとその手を退ける。支えのなくなったキャミソールドレスは再び胸の下までずれ落ち、乳房が露になった。

「さっき、言わなかったね。君の胸は……とても綺麗だ」

称賛の眼差しをみやびにちらりと向け、乳房を手で包み込んだ。

「……っぁ」

「初めてなのに……感じやすいところも、俺をそそる」

みやびの乳房を揉みしだく彼の指が、乳首を擦る。濃厚な空気に包まれた部屋に響く、ふたりの淫らな熱い吐息。それは、未経験のみやびの心と躯を震わせる。

「みやび……」

大賀見がみやびに顔を近づける。そして耳の下の窪みにキスをした。続けて鼻で優しく首筋を愛撫し、尖らせた舌先で舐め、柔肌に軽く歯を立てる。それだけで下腹部奥が熱を持ち、甘い疼きが尾骶骨から背筋にかけて走り抜けた。

「……っん！」

たまらず喘いだその時、ノックの音が響いた。

ふたりの間に漂っていた甘くて濃厚な空気が一瞬にして霧散した。みやびはハッと我に返る。それは大賀見も同じだった。腕の中にみやびを引き寄せると、ドアに背を向ける形で立った。

みやびは怖さのあまり、彼の胸に顔を埋めてシャツを強く握った。

「帰っていいと言ったのに」

大賀見が小さな声でボソッと呟くのが聞こえた。そして、みやびを抱いたままほんの少しだけ躯を捻った。

「白石か？　……用件はそこで言ってくれ」

ドアの向こう側で沈黙が流れ、そして咳払いがひとつ。

「お仕事中、失礼いたします。……社長、私はこれで失礼します」

「お疲れさま。また明日」

大賀見は声色を変えず、まるでこういうことは慣れていると言わんばかりに、悠然とした態度で返事をした。それは、彼の秘書も同じだった。

突然、もやもやした感情が胸の奥で渦巻き始める。理由もわからず、みやびは大賀見の胸を押して距離を取った。

「みやび？」

声をかけられてもそれには答えず、みやびは片手でキャミソールドレスを胸元で押さえ、肘までずれ落ちた紐を肩へ戻した。

「……魔法が解けてしまったか」

大賀見は残念そうに呟くが、再びみやびに両腕を回そうとした。みやびの心臓が飛び跳ねる。でも彼がしたのは、キャミソールドレスの胸元を綺麗に直しただけだった。

気抜けしたようにぽかんと口を開けるみやびに、大賀見は苦笑する。

「俺の本音はもっと先へ進みたい。でも、みやびは初めてだし……今夜はこのあたりで終わりにしよう。なんと言っても、第一段階は突破できたわけだし」

「第一段階？」

そう訊き返すと大賀見が頷いた。そして、そっと手を伸ばし、触れるか触れないかのタッチでみやびの頬を優しく撫でる。

「そう。俺に触れられると恥ずかしそうにするものの、俺を見る目の輝き方が全く違う。ただ、これではまだ親密な付き合いをしているとは思ってもらえないと思うけどね」

クスッと笑みを浮かべた大賀見は、みやびの背に手を添えるとドアへ促す。

今日はこれで終わり……

そう思った途端、みやびはまだ大賀見と離れたくない、もう少し彼と一緒にいたいという強い衝動に駆られた。

好きな人が相手だから、こういう気持ちになるのだろうか。

みやびの足取りが重くなり、ついにはその場で足を止めてしまった。

「何？ 少し休んでいく？」

大賀見の言葉に飛びつきそうになる。だが、彼の秘書が言っていた〝お仕事中〟という言葉を思い出し、みやびは小さく頭を振った。

「あの……、今日はこれで失礼します」

「わかった。家まで送っていこう。アルコールが入ってるから俺は車を出せないが、タクシーを呼べば――」

「いいです！」

強く拒むみやびに、大賀見が目を見開く。

「いったいどうした？」

「あの、大丈夫です。駅はすぐそこですし……それに本当の恋人でもないのに、そこまでさせてしまうのは申し訳ないです」

「……本当の、ね」

大賀見の声が低くなり、みやびは息を呑んだ。彼は何か言いたそうにしているが、続けて言葉を発しない。無表情な彼の顔からは、何を考えているのか感情を読み取れない。ただ時折目の下がぴくぴくと痙攣（けいれん）するのを見ていると、もしかして彼の中で怒りが湧き起こっているのではと思ってしまう。

でも、怒らせるようなことはしていないはずなのに……

静寂に包まれた部屋は、どんどん張り詰めていく。それがわかっていても、みやびは自分から動けなかった。

その時、大賀見に手を握られた。そこから彼の体温が伝わってくる。エネルギーに似た熱いものを送り込まれるような錯覚に、目の前がぐるぐるしてきた。

彼の大きな手が、優しくみやびの手の甲を撫でる。どの指がみやびに悦（よろこ）びを与えたのかはわからない。でもそのどれかが、みやびの秘所に触れ、濡れた蜜壺（うず）に埋められたのだと思っただけで躯（からだ）が震えた。

既にあのたぎるような狂熱は消えているはずなのに、手の甲を優しく撫でる彼の指を見ているだけで、それを鮮明に思い出してしまう。

瞼（まぶた）をギュッと閉じた時、彼が強くみやびの手を握った。

「みやびがそう思う限りそうなんだろうな。……ただ、それでは俺の恋人は務まらない。

本気で俺を想ってくれないと、ふたりの関係が嘘だとバレる。だから気を付けて……」

大賀見の言うとおりだ。彼のために恋人を演じると決めたのに、これではその約束を破ってしまうことになる。

「わたし……」

そっと彼を見上げた時、彼がみやびの手を離した。

「みやびの嫌がることはしないよ。俺に送ってほしくなければ……今はそうしない。この部屋から見送ろう」

大賀見は上体を屈めるとクラッチバッグとショールを拾い、それらをみやびに差し出す。

「ありがとうございます」

それを受け取ると、大賀見はみやびの背を押し社長室のドアへ向かった。

「じゃ、気を付けて帰って」

「あっ……はい」

大賀見の変わりように、みやびの頭がついていかなかった。優しい彼と、意地悪な彼。そのギャップに戸惑いを感じているのに、彼から目を逸らせない。

「さようなら、みやび」

「……お仕事、頑張ってください」

そう言うだけで精一杯だった。みやびは大賀見に頭を下げると、彼に背を向けて廊下を進む。

「みやび！」

突然声をかけられて、みやびは足を止めて振り返る。

「なんでしょう？」

大賀見はドアを開けたそこに腕を組んで立ち、ドア枠に寄りかかってこちらを見ている。

「俺はさ、渋沢の件で電話してきてって頼んだんだけど、一度も電話してこなかっただろ？　もしかして俺の……プライベートの携番がわからなかった？」

「いえ！　きちんと携帯に登録しています」

そう言った途端、急に大賀見が嬉しそうに口元をほころばせ、軽く俯く。

「……そうか。それを聞いて、こちらの計画も立てやすくなった」

「計画、ですか？」

小首を傾げるみやびに、彼が大声を上げて笑った。

「こっちの話だよ。それじゃ、これから俺に連絡する時は、そっちの携帯にかけてきて」

「はい。それでは、これで失礼します」

みやびは大賀見に頭を下げると階段を下り、オートロックのドアを開けて外へ出た。

ショールを肩にかけてみても、素肌を刺す冷たい風にブルッと震えが走る。

大賀見モデルエージェンシーの敷地を出たところで、みやびは振り返った。ビルを照らす電灯は消えているが、道路に面した三階の部屋からは灯りが漏れている。

「大賀見さん……」

彼の名を囁いただけで躯の芯が熱くなる。やはり親密な行為に、かなり影響を受けているようだ。

みやびは我知らず、うっとりとした吐息を零していた。自分の甘い声を耳にしただけで、生まれた熱に煽られそうになる。

こんな調子では大賀見の恋人を務められないと、強く頭を振った時、突然疑問が脳裏に浮かんだ。

大賀見は、なんのために恋人を必要としたのだろう。誰かを牽制するため？

「わたしには言う必要がない、関係はないってことなのかな」

少し寂しい気がして口角を下げるものの、みやびはすぐに前を向いて歩き出した。

四

――数日後。

みやびは奈々と一緒に、南青山にあるブライダルハウスに来ていた。八月に行われるブライダルショーで着る、ウェディングドレスのシルエットチェックのためだ。

ブライダルモデルのオーディションに初めて合格し、奈々と喜びを分かち合ったのは昨年のこと。これまで採寸やチェックで何度も足を運んでいたが、その時の奈々は毎回意気揚々（いきようよう）としていた。なのに今日の彼女は気持ちが乗らない様子で、ここへ来る途中もずっと無口だった。

みやびは、その理由を知っていた。予定されていた巨大娯楽施設スパリゾートのモデルが、正式に豊永孝宏に代わったと事務所に連絡が入ったせいだ。

相手役が渋沢よりも知名度の高い豊永に代わったと知った事務所は、当然大喜びだった。でも何故代わったのか、詳しい経緯を知っている奈々とみやびは、皆と同調はできずにいた。

渋沢は手術はしなくて済んだが、一ヶ月ほど安静にしなければならないという。そのことが、みやびと彼女の胸に深く突き刺さっていた。

だが、だからといって、その件を仕事に持ち込んでいいわけがない。

今のところみやびにしか奈々の不機嫌は伝わっていないが、このままでは他の人たちにも気付かれてしまうだろう。

みやびは、ガラス越しにフロアの時計に目を向けた。奈々がそこへ入ったのは十八時。あれから一時間経つが、彼女のテンションは一向に上がらない。

「すみません、ちょっと失礼します」

みやびは他事務所のマネージャーたちに声をかけ、ガラス張りの控え室を出ると、フロアに足を踏み入れた。奈々のドレスをチェックしていた担当者が離れた隙に、彼女の傍(そば)へ近寄る。

「奈々、体調が悪い？　もう少しで終わるけど、無理なら——」

「大丈夫！」

奈々はそっぽを向いた。そんな態度を受けて、みやびは寂しくなる。でも彼女の気持ちがわかるからこそ、それ以上何も言わなかった。

ただ、奈々の一番の理解者だというのは伝えたい。

「うん、そうだね。じゃ、奈々の頑張ってるところ、わたしは見てるからね」

みやびは優しく言い、気持ちを込めてそっと彼女の肩に触れた。

再び控え室に戻って椅子に座り、離れた場所から彼女を応援し続けた。声をかけたのが良かったのか、徐々に奈々の表情が柔らかくなっていく。

みやびがホッと胸を撫で下ろすと同時に、緩めた口角が自嘲するように下がった。

奈々の素直な性格が本当に羨ましい……

みやびは今、自分の気持ちをコントロールできずにいる。そのため、大賀見に親密な行為をされたあの日から、彼に連絡できずにいた。

彼の事務所で体験したことを、後悔しているわけではない。

ただ、ひとり暮らしのアパートへ戻って服を脱いだ際、赤く色付いた痕が肌のそこかしこに残っているのを見て羞恥に襲われてしまった。その部分に大賀見の唇が触れたと思っただけで躯が熱くなり、彼が欲しいと疼く心にまたも赤面してしまう始末。

夢ではない。大賀見の手で快感を得て、彼の唇で躯を焦がしたのは全て事実。

だから、次に彼と顔を合わせたり言葉を交わしたりした時、いったいどういう態度で接すればいいのかわからなくなってしまったのだ。

そして、時間だけが過ぎていく。

時間を置けば置くほど声をかけにくくなるとわかっているのに、あと一歩を踏み出せない。しかも大賀見からも連絡がなかったので、それを逃げに使っていたのもある。

「弱虫……」

みやびがため息をついたその時、急にフロアがざわついた。いったい何があったのかと、周囲を見回す。そして、フロアにいる女性陣がある方向をじっと見ていると気付いた。つられてそちらへ目を向けて、みやびは息を呑んだ。そこには大賀見がいた。彼の姿を見ようとして、思わず椅子から立ち上がる。彼は、大賀見モデルエージェンシーに所属する若手女性モデルと彼女のマネージャーと一緒に立ち、デザイナーの伊崎（いざき）と挨拶（あいさつ）を交わしていた。

「大賀見さんよ！ いつ見ても、やっぱりカッコいいよね！」

「ねえ、あの横にいる子、今年成長株と雑誌で騒がれている若手モデルの子よね。まだ十八歳で今年高校を卒業したばかり、っていう。その子を連れてくるなんて、意味深じゃない？」

「もしかしてブライダルモデルに抜擢されたのかな。ああ、やっぱり大賀見さんの手腕がいいのね」

控え室には、他事務所のマネージャー同士のひそひそ話が響き渡る。そんな中、みやびはただ一心に大賀見だけを見つめた。

こうやってこっそり眺めるのは初めてではない。なのに、いつもと違って彼の仕草のひとつひとつに胸の奥がきゅんと高鳴る。細めた目、ほころんだ口元、そしてブライダルデザイナーとがっちり握手するその手に、興奮を覚えてしまう。

「藤尾さん？　どうしたの？」

他事務所のマネージャーが、立ち上がったままのみやびに声をかけてきた。

「いえ、別に……」

そう答えるが、みやびは大賀見から目を逸らせなかった。頬を染めて彼を見ていると、不意に大賀見が目線を上げ、控え室にいるみやびを捉える。ふたりの視線が絡まり合った瞬間、心臓が口から飛び出そうになるほどドキドキした。数日振りに見つめられて、躯の中心に生まれた熱が波状に広がっていく。

大賀見は一瞬みやびと目を合わせて口角を上げるが、直後素っ気なく顔を背けた。隣に立つ女性モデルの頭を優しく撫でて彼女と会話したあとも、控え室には意識すら向けない。

その大賀見の態度に、みやびの胸に心臓を鷲掴みにされたような痛みが走った。感じた痛みを消そうと、胸元をギュッと握り締める。

「おおが、み――」

思わず大賀見の名を小さな声で囁くが、彼はみやびを見ようともせず、その場に所属のモデルとマネージャーを置いてフロアを出ていってしまった。みやびは、たまらず身を翻す。

「す、すみません！」

周囲から訝しげな目を向けられるものの、みやびの気持ちは大賀見だけに向いていた。マネージャーたちの間を縫い、廊下とつながったドアを開けて控え室を出た。

大賀見はみやびに背を向け、廊下の先を足早に歩いている。

もしかして、みやびを見限った？ ……嫌われた？

そう思った一瞬に、みやびは大賀見を追って走り出していた。あれほど羞恥心に悩まされていたのに、この時はそんな思いすらなかった。彼と話したい、目を見たい、そしてあの背筋をざわつかせる低い声で名前を呼んでほしい。その一心で、彼に駆け寄る。

「お、大賀見さん！」

あまりに感情が昂ったせいで、声がかすれる。だがそんな声でも大賀見の耳に届いたのか、彼が足を止めて振り返ってくれた。みやびを目にするなり、彼は頬を緩める。

「やあ、藤尾さん」

みやびに反応してくれたのが嬉しくて自然と笑みが零れるが、その表情はすぐに固まった。呼び方が、名前から名字に戻っていたせいだ。

「あの……その、おはようございます」

「ああ、おはよう」

挨拶を返してはくれるが、大賀見はそれ以上何も言わない。何か言ってくれれば会話の糸口を掴めるのに、彼はただみやびをじっと見つめている。

無言のまま、十秒以上たっただろうか。ついに耐え切れなくなり、みやびは目を逸らし俯(うつむ)いた。

「あの！……渋沢さんの件、正式に事務所へ連絡が入りました」

「確か、パーティの翌日に連絡が入ったと思うけど？」

「はい。あの日の、あっ……えっと――」

自分から〝あの日〟と意味深に発言してしまい、みやびの顔が真っ赤になる。でも面(おもて)を伏せていたので彼の目には映らないはず。ホッとするもののそのまま口籠(くちご)もると、大賀見はまた何も話さなくなった。

このままでは、彼は去っていってしまう！

それを恐れて、みやびは顔を上げた。そして、静かにこちらを見る大賀見と目を合わせる。すると、彼が呆れたように深くため息をついた。

「わかってはいたけどね……。こうなるんじゃないかって」

「えっ？」

これまでの印象とは違う大賀見の態度。

もしかして、彼は本気で怒っている？

みやびは何か言わなければと口を開くが、大賀見の苛立った吐息を耳にし、それを閉じた。

「これまでの藤尾さんなら、仕事ということで俺に電話をかけるはずだ。豊永に代わるとわかっていても、あの時点では先方のオーケーはもらえていなかったからね。なのにそれをしなかった。個人的な感情はさておき、連絡をしなかったのは俺との約束を反故にするため。そうだろ？」

「ち、違います！」

どもってしまったが、みやびは激しく頭を振って彼の言葉を否定した。

「連絡できなくて本当にすみませんでした。しようとは思ってたんですが、時間が経つにつれて勇気が出なくて……。仕事と私情を混同させてはいけないのはわかっています。でも、あの日の——」

そこまで言って、また顔が赤くなる。でも、もうこれ以上誤解はされたくない。

みやびは手の甲で口元を隠し、あわよくば頬の火照りも収まったらいいのにと思いながら大賀見と目を合わせ続けた。

「あの日の出来事は、その、とても衝撃的で……どんな風に大賀見さんと話せばいいのかわからなくて……。つまり、誰にも見せたことのない自分を大賀見さんに見せてしまったので、わたし……」

そう言った瞬間、大賀見の表情が柔らかくなった。彼は口元をほころばせ、嬉しそうに目を細める。そして手を伸ばし、みやびの前髪に優しい手つきで触れた。その指をこめかみへ移し、愛しげに愛撫する。

「今ので帳消しだ。藤尾さんの気持ちを聞けたしね」

大賀見の声音は優しい。もう苛立っていないみたいだ。でもまだこの話を終わらせたくなくて、みやびは彼の手を自分から握った。

「……イヤです」

「嫌？　いったい何を言って？」

大賀見は困惑した面持ちで、みやびを凝視する。

「藤尾呼びに戻るのはイヤです。あの日のように……みやびって呼んでください」

みやびは自分の気持ちを伝えたくて、彼の目をじっと見返した。

「はあ？」

戸惑ったように、大賀見は口をぽかんと開ける。だがその後、急に笑い声を上げた。

笑われた？

こんな風に笑われるようなことを言った覚えはない。でも彼の屈託のない楽しそうな笑顔を見ていると、だんだんどうでもよくなってきた。彼の柔らかな表情を見られただけで、心がほんわかしてくる。

うっとりと大賀見を見ていると、彼がようやく笑いを収めた。

「……なるほどね。そこが気になったわけか。でも、いいのか？　仕事場で俺が藤尾さんを名前で呼ぶと、いろいろと周囲が騒ぐと思うけど？」

確かに多少ざわつくかもしれない。でも彼の恋人を演じると決めた時、それはもう覚悟していた。

みやびは奥歯を噛み締めて決意を漲らせるが、ふとあることに気付き小首を傾げた。

今の話を聞く限り、仕事場では恋人役を求めているわけではない雰囲気を感じた。もしかして、恋人として見せたい相手は、この業界の人ではないのだろうか。

「でも、まあ……日頃のレッスンは必要かもな」

大賀見が目を細め、みやびに顔を寄せてくる。彼の行動に取り乱してしまい、みやびの頭の中から今考えていたことが全て吹っ飛んだ。

「大賀見、さん……！」

感情が昂って、みやびの声がかすれる。たまらず握っていた彼の手に力を入れた。

男性的な香水が鼻腔を、熱い吐息が頬をくすぐる。たったそれだけで、時間があの日に巻き戻る。

みやびは自然と瞼を閉じ、ほんの少しだけ顎を上げて彼が与えてくれる情熱を受け取ろうとした。

その時だった。

「大賀見社長」

若い男性の声が後方から聞こえて、みやびはハッと我に返り目を開けた。大賀見の手も離し、慌てて平静を装う。でも自分たちの世界に浸っていた姿をその男性に見られたかもしれないと思うと恥ずかしくて、頬が火照るのを止められない。

「……豊永か」

その声を聞く限り、大賀見に焦ってる様子は見られない。みやびだけがどぎまぎしてることが少々悔しくもあったが、そこでふと思考が止まる。

えっ？　……今、豊永って!?

みやびはさっと振り返り、そこに立つ人物に目を向ける。

この人が、豊永孝宏……

みやびは彼とは面識がなく、雑誌やテレビでしか知らない。でも今、初めて彼を目の当たりにして、その凄さが良くわかった。

大賀見より少し身長は低いようだが、それでも百八十センチを超しているだろう。モデルとして申し分ない。男らしい立ち姿に、女性を虜にする甘いマスク。それも彼の魅力のひとつだった。

豊永を見ているだけで、彼の覇気に圧倒されてしまいそうになる。これがトップモデルへと駆け上がるオーラ。業界の間で第二のＩＣＨＩＹＡと囁かれるのも頷ける。

「お前もブライダルショーの出演が決まっていたんだな。うちの渋沢は今日欠席だが、当日は参加するから。その時はよろしく頼む」

大賀見の言葉に、みやびは顔を輝かせた。二ヶ月後にあるショーの頃には、渋沢の怪我は回復していると取れる。

みやびは、いつもと変わらない声音で話す大賀見を仰ぎ見た。でも彼は、豊永に目を向けている。豊永を見ると、彼は大賀見を憎々しげに睨み付けていた。

うん……？

みやびはすぐに大賀見に目を戻した。彼は豊永に横柄な態度を取られても冷静で、大人の対応をしている。

「あなたには、たくさん言いたいことがある」

「そうかもな。だが、豊永にそれを言う権利はない」

苛立ちを抑え込むように歯をくいしばっているのか、豊永の顎のあたりが痙攣している。そんな彼をものともせず、大賀見は腕時計に視線を落とした。

「次の仕事が押してるので、これで失礼するよ。藤尾さん――」

急に大賀見の目がみやびに向けられたと思ったら、親しげに肩をポンッと叩かれた。

「いつでも連絡してくれていいからね」

「あっ、はい」

そこまでは良かった。大賀見が豊永の見えないところで、みやびの首筋を優しく愛撫するまでは。

「……っ！」

背筋に甘い電流が走り、みやびの躯が飛び上がる。大賀見はそんなみやびに微笑むと、ゆっくり手を離し、背を向けて歩いていった。

みやびは大賀見を見ながら、熱を持つ首筋にそっと触れる。

こういうところが経験値の差なのだろう。みやびをその気にさせるのが上手過ぎる。年齢を考えれば当然だが、人前でさらりとやってのける彼の行動力はさすがとしか言いようがない。

そこでみやびは鋭い視線を感じ、ハッとして横を向いた。初めて自分を見つめる豊永と目を合わせる。首筋に触れていた手を下ろし、ポケットに入っている名刺入れを取り出した。

「ご、ご挨拶が遅れてしまい申し訳ありません！　アットモデルプロダクションの藤尾と言います」

「アットモデルプロダクションの藤尾、さん？」

差し出した名刺を、豊永が受け取る。

「はい！　スパリゾートでの撮影では、うちの西塚奈々がお世話になります。精一杯頑張らせていただきますので、撮影ではどうぞよろしくお願いいたします」

「ああ、あの仕事ね」

大賀見に話しかけた時と同じく、豊永の声が不機嫌そうに響く。

みやびが恐る恐る豊永を仰ぎ見ると、彼の冷たい視線とぶつかった。何やら不穏な空気に、躯が強張る。

訊かなくてもわかる。みやびは、豊永からいい印象を持ってもらえていない。このままでは、奈々との仕事に支障をきたしてしまう。

「あの、西塚はモデルとして未熟ですが――」

「あのさ、藤尾さんと大賀見社長はいったいどういう関係？」

話している途中で言葉を遮られただけでなく、仕事とは関係のない話をされて、みやびは目をぱちくりさせた。

「……はい？」

そんな言葉しか出てこないみやびに、彼はさらに距離を縮める。ひとつ年下とはいえ、相手は人気モデル。一介の他事務所マネージャーが強気な態度に出られるわけもなく、逃げるように後方へ下がる。だが、下がれば豊永が一歩前へ出てくるので、みやびはまたさらに下がった。

それを繰り返していたら、どこかで行き詰まる。まさしくそのとおり、みやびは廊下の壁際まで追い詰められてしまった。

その瞬間を豊永は逃さなかった。彼はみやびに迫ると壁に手をつき、逃げ出さないよう躯と手で檻を作る。

「俺ね、最初からスパリゾートの件は眼中になかったんだ。オーディションをする前から誰に決定しているのか、そういう噂を聞くと気持ちが萎えてね。うちの社長は、そんな俺の心情を察してくれていた。それなのに……どうして今になって社長が俺に命令する？　俺よりも、何年も前に事務所を巣立った大賀見社長の願いを聞き入れるんだ？」

「豊永さん、それはあの――」

豊永がみやびの顔の横に置いた手で壁を強く叩いた。

乱暴な態度に躯を縮こまらせるが、豊永は気にせず、さらに顔を寄せてくる。

「そもそも大賀見社長は、人に頭を下げるのは嫌いだと聞いている。特にうちの社長にはね。でも彼は頭を下げた。その皺寄せが俺に回ってきた」

豊永は本気で怒っている。口ぶりから、彼がこの仕事をしたくなかったのが伝わってきた。

豊永の怒り収まらぬ鋭い眼差しが、それを物語っている。そんな彼を直視できなくなり、みやびは唇を引き結んで視線を落とした。

どうしよう、どうやって彼の怒りを解いたらいいのだろう！

みやびが緊張の面持ちで豊永を窺うと、彼が急に意味深に口角を上げた。

「大賀見社長がうちの社長に頭を下げたのって、いったい誰のため？　ねえ、藤尾さん？」

「えっ？」

豊永の顔がさらにみやびに近づく。あまりの近さに逃げたくなるが、彼はそれを許さなかった。

「なるほどね。大賀見社長はあなたのために頭を下げたんだ。藤尾さんってさ、いったい何者？」

「何者って……わたしはただのマネージャーです！」

顔を寄せてくる豊永から顔を背ける。彼の吐息が頬をかすめた。みやびはそれ以上耐えられず、彼の腕を押して拘束された檻を逃げ出した。でも、すぐに豊永がみやびの手首を強く掴む。

「藤尾さんの何が、大賀見社長の心を揺さぶったのかな。はっきり言って美人じゃないし。まあ百歩譲って……胸はC？　D？　ぐらいあるみたいだから、そこには目が行くけど」

これ見よがしに、豊永の視線がみやびの胸元へ落ちる。露骨な視線と言い方に、羞恥と苛立ちが込み上げてきた。

「大賀見社長にしかわからない何かが、藤尾さんにはあるのか？　それなら俺も――」

「孝宏！　何やってるの！」

突然聞こえた女性の悲鳴に近い声に、豊永がみやびの手首を離した。みやびが振り返ると、初めて見る大人びた女性が、こちらへ走り寄ってくるところだった。

「すみません！　うちの豊永が、何かご迷惑をおかけしたでしょうか？」

彼女の言葉で、豊永のマネージャーもしくは吉住モデルプロモーションの関係者だとわかった。

「いえ、ご挨拶させていただいていたところなんです」

「彼女は笠岡、俺のマネージャー」

みやびは笠岡に向き直り、名刺を差し出して自己紹介した。彼女からも名刺を受け取り、近いうちに一緒の撮影の予定があることを伝える。

するとやはり彼女もいい顔をしなかった。

「うちの西塚相手では不安かもしれません。ですが、豊永さんとの仕事は全力で頑張らせていただくので、どうか当日はよろしくお願いします」

頭を下げて挨拶を終えると、みやびはふたりに背を向けて歩き出した。

控え室を出て、だいぶ時間は経っている。奈々のドレスチェックは終わっているかもしれない。

「孝宏、早く行くわよ！」

突然、笠原の大きな声が耳に届き、みやびは思わず足を止めてゆっくり振り返った。

すると、先程の場所から一歩も動かず、こちらを見ている豊永と目が合う。表情のない顔にドキッとしながらも、彼に会釈（えしゃく）した。そして、すぐに背を向けて歩き出した。

みやびは、大賀見との関係を勘繰る、豊永の鋭い視線を背に感じていた。

何故だろう。彼に見られていると思っただけで、理由のわからない不安が湧き起こってくる。

なんとか気持ちを切り替えようと、みやびは急ぎ足で控え室へ向かった。

――数時間後。

ウェディングドレスのシルエットチェックを終えたあと、ふたりは雑誌の取材を受けるためカフェへ来ていた。

その取材も終わり、店舗前で編集者と別れるや否や、奈々は両手を突き上げて伸びをした。

「ふう～、やっと終わった！　みやびん、今日の仕事はこれで終わりだよね？」

「終わりだけど。何？　どこか寄りたいところでもあるの？」

「う、うん。ちょっと……友達と約束しててね。だから、ここで解散していいかな？」

男性と会うのか、それとも女性と会うのかはわからない。ただ、居心地悪そうに苦笑いで誤魔化すところが、妙にあやしい。

アットモデルプロダクションは、所属モデルの恋愛を禁止している。だが、奈々は渋沢と抱き合っていた。

　しかもあの日のことをいくら訊ねても、奈々は口を濁し、今もまだ真実を話そうとしない。いつか話してくれるとは思うが、だからといってこのまま放っておける問題でもなかった。

　ただ、ここで奈々を追及するのは逆効果になるかもしれない。

「わかったわ。だけど、なるべく早くマンションへ戻ること。夜更かしは肌に良くないからね」

　すると、奈々は嬉しそうに顔をくしゃくしゃにした。

「わかってる！　ありがとう、みやびん！」

　奈々が抱きついてきた。みやびは自分より背の高い彼女の背を優しく叩く。

「さあ、もう遅いし、早く行って」

「そうする！」

　奈々が後ろ歩きしながらみやびに手を振り、そのまま身を翻した。でもすぐに足を止め、勢い良く振り返る。

「みやびん……、ウェディングドレスをチェックしている時のことだけど、ごめん。言われるまで感情が顔に出てるってわからなかった。これからはもっと気を付ける」

　素直な奈々の態度に、みやびは笑顔で頷く。

「それと……豊永さんに挨拶してくれてありがとう。あたし、頑張るね。大賀見社長が大輔のために頑張ってくれたのを無駄にしない！」

そこまで言って照れたのか、奈々が髪の毛を触って恥ずかしそうに笑う。

「じゃ、また明日。お疲れさま！」

今度こそ奈々は駅に向かって走っていった。彼女に手を振って笑顔で送るが、みやびの笑みは徐々に消えていく。

大賀見に相談した方がいいだろうか。渋沢の代役を担う豊永だけでなく、吉住モデルプロモーションのマネージャーも乗り気ではなかったという話を。

みやびは携帯を取り出し、大賀見のアドレスを表示させた。それは四年前に教えてもらって以降、一度もかけたことのない彼のプライベート用の番号だ。

「いいよね、電話しても……」

みやびの手が緊張で震える。それでも自分は彼に許可をもらっているから電話をかけてもいいんだと言い聞かせ、強くボタンを押した。

心臓が早鐘を打ち始める。呼び出し音と協奏するように、だんだん大きくなる自分の鼓動音が聞こえる。

早くこの緊張から解放されたいと望みながら、瞼をきつく閉じる。なのに、一向にコール音は止まらない。既に十回以上は鳴り続けている。電話に出られない状況なのだろう。

もう切ろう——そう思った時、コール音が途切れた。

『……みやび？』

突然聞こえた大賀見の声に、みやびの心臓がドキンと高鳴った。先程とはまた違う緊張が走るが、それでもなんとか携帯を耳に押し当てる。

「お忙しいのにすみません！　あの、またあとでかけ直します」

みやびは取り乱しながら通話を切ろうとする。だが、彼の笑い声で指が止まった。

『忙しくて電話を取れなかったわけじゃない。携帯の着信音に気付かなかっただけだよ。それでどうした？』

大賀見のみやびを労る優しい声音に、下腹部奥が疼いた。躯の反応に戸惑いながらも、携帯を強く握り締める。

『みやび？』

名を囁かれただけで、吐息が零れそうになった。もうこの気持ちを止められない。それどころか、彼への想いはどんどん膨らんでいく。

こんな風に強く彼を想うようになるなんて……

みやびは、我が身を片手で強く抱きしめた。

『俺の声、聞こえてる？　……みやび？』

「……会いたいです。わたし、大賀見さんに今すぐ会いたい！」

みやびは素直に気持ちを伝えた。でも、電話の向こう側の反応がなくなってしまう。

そこでみやびは、自分が相手の都合も顧（かえり）みず我が儘（まま）を言ってしまったことに気付いた。

「あ、あの、気にしないでください。本当にすみません！」

大賀見の機嫌を損ねたのではないかとそれだけが心配で、みやびは彼の声に耳を澄ませる。

だが、緊張でドキドキするみやびの耳に届いたのは、大賀見の楽しそうな笑い声だった。

『いいよ。会おう。今、どこにいる？』

「えっ？　……えっと南青山ですけど」

戸惑いながら答えると、大賀見が『それなら近いな。俺は今、表参道にいる』と告げ、続けてギャラリーの名前と住所を言った。

『そこで待ってるよ。別に急がなくていいからね。じゃ、あとで』

そう言うと、通話は切れた。大賀見と会えるとなれば嬉しいはずなのに、みやびは呆然となる。

「ギャラリー？　こんな時間に？　……えっ!?」

どうしてそんなところにいるのか不思議だったが、大賀見を待たせるわけにはいかない。

みやびはすぐに表通りに出ると、表参道へ向かって歩き始めた。

五

一哉は、通話を切った。

初めてみやびからかかってきた電話。しかも今日は、名前で呼んでほしいと言ったり、キスを求めるように顎を上げたり感情を表に出してきている。一哉の作った罠に彼女自ら足を踏み入れ、次第に心を傾け始めたと思っていいだろうか。

口元をほころばせながら携帯を握り、それをズボンのポケットに入れた。

その時、傍にいた友人のひとりが一哉を肘で小突いた。

「何、女からの電話？　珍しいよな、一哉が女の電話で嬉しそうに笑うなんてさ」

眼鏡をかけた塚野が、ニヤニヤしながら一哉を見る。

「なあ、泉！　お前もそう思うだろう？」

塚野は、傍にいるもうひとりの友人に声をかけた。

「……まあ、そうだな」

「なんだよ、もっと反応を示せよ。仕事以外のこととなると、泉は本当に無関心だよな」

一哉は、塚野と泉の会話に苦笑した。

塚野は東京で企画会社社長を、泉は関西でプロカメラマンをしている。このふたりとは、一哉がモデルをしている時に知り合った。同年代ということもあり意気投合した一哉たちは、機会を見つけては会っている。

今日は、このギャラリーで開くイベントの話をしていた。なのに、一哉にかかってきた電話のせいで、話が逸れてしまった。

「あのね、俺のことは放っておいていいから、いい案を出してほしいね」

一哉がジロリと塚野を睨む。そして手にした瓶から一口、冷えたビールを飲んだ。

「これまで一哉がどんな女と遊んできたのか知ってるだけに、今のカノジョが気になるんだよ！」

塚野はまだ詮索をやめない。そもそも女好きの彼が、興味を持たないわけがなかった。

「あのさ――」

一哉は手で額を押さえ、小さく頭を振る。

「頼むからみやびに……彼女に構わないでくれ」

せっかくいい雰囲気でみやびの関心を一哉に向けられているのに、それを掻き回すような真似だけはしてほしくない。

ここへみやびを呼ばない方が良かっただろうか。だが彼女が初めて一哉に会いたいと連絡してきたのに、どうして拒めるだろう。

「へえ……みやびちゃんって言うのか。そこまで一哉が惚れ込む女に興味が湧いてきた！」

「だから、いい加減に――」

苛立たしく声を張った時、泉がいきなり一哉の肩を掴んだ。

「俺、思うんだけど……あのアングルって結構目に飛び込んでくるから利用したい」

泉はギャラリー内にある階段を、そして二階を指す。

「二階からモデルを登場させて、一階にいる人たちの視線を一瞬にして集めるんだ。どう思う？」

泉の気遣いに、一哉は感謝を込めて微笑んだ。

「確かにあの階段は、存在感あるよな。そこを使ってモデルを登場させるのは、いいアイデアだと思う」

一哉はそう言って、塚野に目を向けた。彼はビールを飲もうとしていた手を止め、力強く頷いた。

「そうだな。俺も使わない手はないと思ってる。他にもいい案、あるか？」

「じゃ、次は俺だ――」

一哉はそう口にし、ビールを持った手で何もかかっていない広い壁を指す。

「この壁を有効活用できないかと考えていたんだ。例えば、販売する物品の写真を泉に撮ってもらって、それを壁に飾る。その下にQRコードを張り付けて、注文を可能にする。但し、それらはイベント用に特化した商品にするんだ」

「なるほどね……付加価値はいい案だ。そこに、モデルの愛用品を抽せんで当たるという仕組みを取るのもいいな。とにかく、こういうイベントは楽しまなくちゃ損だし」

塚野の顔が仕事モードに入ったのを境に、一哉たちはいろいろな案を出しては議論を重ねた。

彼らと会うたびに刺激を受けられる。一哉は、この関係が好きだった。向上心をともに持てる仲間を持てたことに、感謝もしている。

これで塚野が女好きでなければ……

みやびが来ても、絶対に友人たちの紹介は簡単にすませよう。彼女には一哉の友人たちに興味を持ってほしくないし、また塚野にもみやびに好奇心を抱いてほしくない。

俺って、いつからこんなに心が狭くなった？――そう思ってしまう自分に苦笑しながら、一哉は腕時計に視線を落とした。

南青山から歩いてきてるのだとすれば、そろそろ着くだろう。

一哉は意識をガラス窓の外側へ向けつつも、友人ふたりの会話に相槌を打っていた。

六

表参道に到着したみやびは、生唾をゴクリと呑み込んだ。

そのギャラリーは、誰でも中を覗けるように、人通りの多い歩道に面した部分は大きなガラス窓で作られてある。そのせいで、外にいてもギャラリーの中にいる人たちを簡単に見つけられた。

背の高い男性が大賀見だ。ズボンのポケットに片手を突っ込み、もう片方の手にはビール瓶が握られている。そこにいる男性たちと、何も掛かっていない壁やギャラリーの奥を指して談笑していた。

みやびの目から見ても、それぞれ皆カッコ良くて目を惹かれてしまう。歩道を歩いている女性たちも同じように見惚れていた。足を止めてはちらちらギャラリーを覗き、ドアにかけられた〝ＣＬＯＳＥ〟のプレートを見て残念そうにその場を去っていく。

その時、急にみやびの横でギャラリーのドアが開いた。

「みやび」

「ひゃあ！」

慌てて横を見ると、そこにはドアを手で支えながら不機嫌そうに顔をゆがめる大賀見がいた。

「お、大賀見、さん……！」

「どうして驚くかな。それより、着いたらすぐに入ってくればいいのに。さあ、おいで」

大賀見はみやびの手を握り、ギャラリーの中へ引っ張り込んだ。

「やっと来たんだ、一哉のカノジョ」

大賀見と同年代らしき男性たちの目が、みやびに集まる。特に、正面にいる男性は、眼鏡越しに興味深そうな目を投げてきた。頭から足のつま先まで、舐めるように視線を動かす。

「この人が、一哉の大事なみやびちゃんか……」

そんな風に見られたことがないため、みやびは怖くなり、助けを求めて大賀見の手を強く握った。

「おい、そんな風にジロジロ見ないでくれ」

大賀見はみやびの手を離すと、肩を抱いてきた。躯が跳ねたが、そんなみやびを宥めるように、彼の指が首筋を優しく撫で上げる。

暗に〝これからどうするべきかわかっているよな？〟と言われた気がして、みやびは背筋を正した。大賀見の恋人役が、今この瞬間に始まったのだ。

恋人っぽくないと指摘を受けないためにも、しっかり役目を果たさなければ……

「みやび、こいつらは俺がモデルをしていた時に知り合った友人たち。関西では結構有名なカメラマンと、まあまあ成功を収めつつある企画会社社長」

「おい、その説明には棘があるぞ！　しかも名無しかよ」

企画会社社長と紹介された眼鏡をかけた男性が顔をゆがめ、ビール瓶を持った手で大賀見を指す。

「それで十分さ。彼女には他の男に興味を持ってほしくないんでね」

大賀見は友達の声を笑顔で受け流し、みやびに目を向けた。

「この場所を使って、来年の冬ぐらいにちょっとしたイベントができないかと話していたんだ」

みやびは大賀見に頷き、そして男性ふたりに目をやった。

「藤尾みやびです。どうぞよろしくお願いします」

そして軽く頭を下げた。すると、ずっとみやびの肩を抱いていた大賀見に、何故かそこを強く掴まれる。

大賀見を仰ぎ見ると、彼は居心地悪そうに苦笑いした。

「ビールしかないんだけど、飲む？」

本当のことを言えば、ビールは苦手だった。でも、皆が楽しそうにしているのに、いらないと言って水を差すわけにはいかない。

「……はい」

「ちょっと待ってて」

大賀見がみやびの傍（そば）を離れて、奥の冷蔵庫へ向かった。その隙にとばかりに、企画会社社長がみやびに近寄り顔を寄せる。

「ねえ、みやびちゃんは一哉のどこが気に入ったわけ？　あいつ、裏表あり過ぎるから大変だろ？」

「裏、表？」

「そう。一哉って笑顔の時ほど怖いんだ。知ってた？　そういう時のあいつは、意味ありげに甘い言葉で罠を仕掛けている最中なんだよ。まるでオオカミが赤ずきんちゃんを狙うように、虎視眈々（こしたんたん）と計画を練（ね）っているってわけ」

その言葉に、みやびは緊張した。事務所の先輩たちと大賀見が恋人の前ではオオカミに変身するだろうという話をして以降、彼からそういう雰囲気を感じているせいだ。

「おい、変な話をするな。俺の悪口を聞かせるために、彼女をここへ呼んだんじゃない」

ビール瓶を数本持った大賀見が戻り、それを友人たちに、そして残った一本をみやびに手渡す。

「ありがとうございます」

それを受け取るが、まだ意味深な目を眼鏡越しに向ける企画会社社長の視線に戸惑い、みやびはそっと視線を落とした。

「じゃ、話題変更！　ねえ、みやびちゃん。一哉に飽きたら俺とどう？」

「……はい？」

みやびは男性の言葉に目をぱちくりする。

「おい――」

大賀見が口を挟むが、男性はそれに耳を貸さず言葉を続ける。

「ここ数年、誰とも付き合わず遊びで終わらせていたあの一哉が、みやびちゃんを恋人に格上げ。つまり、君の何かが素晴らしかったってことだろ？　俺もそれを感じてみたいな」

一瞬口をぽかんと開けそうになり、慌ててその口を閉じる。

「おい、その辺でやめておけ。一哉が本気で怒るぞ」

カメラマンと紹介された男性が、初めて声を発する。彼の言葉で場の張り詰めた空気が一瞬和らぐが、それでもお構いなしに、企画会社社長の目はみやびに注がれていた。

「何故？　こんな話、俺らの間ではしょっちゅうしてるじゃないか」

「そうかもしれないけどさ、今回はいつもと違うだろ。それぐらい気付け！」

みやびは内心おろおろしながら、ふたりの男性を交互に見る。

その時、大賀見が急にみやびの肩を強く抱いて引き寄せた。

「友達のよしみで、今のは聞かなかったことにする。だが、これからは……みやびをそういう目で見ないでくれ。……今日はこれで帰るよ。また連絡する」

「い、一哉！」

大賀見はもう、振り返ろうとしない。みやびを乱暴に引っ張って、ギャラリーのドアへ向かう。みやびの手にあるビール瓶を取り上げ、傍のテーブルに置いたあと、ドアを開けて外へ出た。

タクシーを拾って後部座席に彼と並んで座っても、みやびは一言も話しかけられなかった。時間が経っても、未だに彼の怒りが見事な体躯から滲み出ていた。

みやびは大賀見の顔を窺った。彼の顔は強張り、とても話しかけられる雰囲気ではない。

タクシーは大賀見の事務所前に停まった。ビルは暗闇に包まれていて、誰もいないのがわかる。

怒りを漲らせている大賀見のせいで躯が強張って動けない。でも、彼はタクシーのドアの横でみやびが降りるのを待っていた。早く降りろと言わんばかりに、ドアをコツンコツンと指で叩く。

みやびは迷ったが、これ以上座り続けているわけにもいかず、タクシーを降りた。

すると、再び大賀見がみやびの肘を掴み、すたすたと歩き出す。セキュリティを解除し、事務所のドアの鍵を開けて中へ入るが、その間も決して手を離さない。三階に上がり、社長室に入ったところで彼はやっとみやびを解放した。きつく掴まれていた肘に痛みが走る。顔をしかめつつも、みやびは一言も声を発しない彼の様子を窺っていた。

大賀見がデスクに鞄を放り投げ、怒り肩で腰に手を置く。そんな彼の後ろ姿に声をかけられるはずもなく、みやびは途方にくれていた。

とりあえずソファにバッグを置くものの、みやびは大賀見の気持ちが落ち着くのを待つしかなかった。

事務所に入ってから、いったいどれぐらい時間が経っただろう。十分ぐらい経ったのか、それともまだたった数分なのかわからない。

小さく息を零した時、大賀見が急に振り返ってみやびを冷たい目で睨み付けた。

「どうして何も言わなかった？」

「えっ？」

「あいつに誘われた時、どうして自分の口で拒まなかったのか、それを訊いてるんだ」

刺々しく愛想のないその態度と言い方に、みやびは大賀見の傍へ駆け寄った。

「ごめんなさい！　その、ああいう言い方を今までされたことがなくて、どう反応すればいいのかわからなかったんです」

みやびは、睨んでくる大賀見と目を合わせられなくなり、彼のネクタイにそっと目線を落とした。

「最近、本当に変なんです。こんなこと、今まで一度もなかったのに、大賀見さんと一緒にいるだけで、何故か興味を持たれてしまって。今日だって——」

そこまで言って、みやびは自然と大賀見を仰ぎ見る。そこで見た彼の驚愕に満ちた表情を見て、みやびは両手を前に差し出して頭を振った。

「ち、違います！　大賀見さんを非難しているんじゃありません。大賀見さんの影響力って凄いなって……。わたしなんかでも、目に留めてもらえるんだなって思ったら本当に不思議で」

上手く言葉が出ない。でも、文句を言っているのではないという気持ちだけは伝えたかった。

「……悪い」

大賀見が急に謝り、うろたえたように口を手で覆う。みやびはびっくりして、さらに彼に数歩近づいた。

「大賀見さんは悪くありません！　全て、わたしが……その、いろいろと慣れていないせいです。もし男性との付き合いを人並みに経験していたら——」

「いや、そうじゃないんだ」

そう言うなり、大賀見がみやびの腰に手を回して彼の方へ引き寄せた。

「あ、あの！」

突然の密着に、みやびは慌てて彼の胸に両手を置く。手を突っぱねて距離を取ろうとするが、大賀見はみやびを離そうとしない。それどころかさらに強く抱きしめ、真剣な目を向けてきた。

「今、気付いたんだ。俺はあんな態度を取るべきじゃなかったと。友人たちは今までと全く変わらなかったのに、俺は過剰に反応していた」

「でも、わたしは……それでいいと思います」

「どうして？」

大賀見がみやびの腰に置いていた手を背中へゆっくり滑らせる。たったそれだけで躯の芯が疼き、みやびは息を呑んだ。

「だって……、自分の好きな人が言い寄られたら、普通は怒るものだと思います。もちろん、わたしにはそういう経験がないので、友達の話やドラマでしか知識がないですけど」

「みやびはそう思ってくれるんだ？」

「は、はい」

しっかり頷くみやびに、大賀見が頬を緩めていきなり顔を近づけてきた。

もしかして、キスされる!?

たまらず顎（あご）を引くが、彼はキスではなくみやびの額に自分の額を触れさせただけだった。でも、キスよりもそうされる方が心臓がドキドキしてくる。大賀見の吐息が、みやびの肌を愛撫するせいかもしれない。

「その気持ち、忘れないでほしいな。……この先もずっと」

あまりの近さに、上手（うま）く考えがまとまらない。みやびの頭の奥で生まれた熱が、考えを鈍らせる。それでもなんとか声を振り絞って、大賀見の言葉に「はい」と返事する。でもその声はかすれて、感情が露（あらわ）になってしまった。

冷静にならなければと思うが、彼の吐息に頬を撫でられ頭が真っ白になる。

「あ、あの……！」

みやびは瞼（まぶた）をギュッと閉じ、なんとかして話を戻そうとした。

「わたし、今言ったように恋愛の経験がないので、大賀見さんにご迷惑を――」

「感情のままみやびを責めてしまったことは、もう忘れてほしい。あれは俺自身……そう、予想外の感情が湧き起こり、戸惑っただけなんだ。だから、これからも今のままのみやびでいてほしい」

「えっ？」

「……言っただろ？　俺の傍（そば）にいてほしい女性は他の誰でもない。君だけだ」

　みやびは頭を後ろに引き、大賀見のこちらを見る真摯な目を見つめ返した。

「同じことがあったら、その時もまた、大賀見さんの気分を害するかもしれません。それでもいいんですか？」

　みやびの問いに彼は微笑み、背に回していた一方の手を動かしてみやびの頬に触れる。

「ああ、みやびがいい。君以外の女性はいらない」

　大賀見の言葉に、胸が張り裂けそうなほどの喜びが込み上げてきた。彼の胸に置いたみやびの手が、感激で震える。

「みやび……」

　大賀見も感情的になっているのか、声がハスキーだ。それが、初心なみやびに恋の魔法をかける。

　みやびの頬に触れていた彼の手が、こめかみから耳殻へと触れる。そして髪の中に手を滑らせ側頭部を包み込んだ。

　その行為に心拍数が急激に上がり、みやびの躯が熱くなる。呼吸のリズムを自分で作らないと、このままでは意識が飛びそうだ。頭の片隅ではわかっているのに、浅くなる呼吸を整えられない。

「みやび、そう……そうだ。もっと、俺に心を開いて」

　大賀見の手が後頭部に回る。その手に力が込められ、彼の方へ引き寄せられた。

「……っ」

大賀見が顔を傾け、みやびの唇を求めてくる。吐息が頬をかすめる距離に躯が慄くが、その震えさえも彼が片腕で受け止めてくれる。他のどの女性でもない、みやびだけに向けられた大賀見の瞳に吸い寄せられる。うっとりと目を閉じたその時、彼に唇を奪われた。

「……っんぅ！」

みやびを抱く、大賀見の強い力と口づけに自然と背が反り顔が上がる。そのせいで、さらに深いキスを求められた。

大賀見の柔らかな唇がみやびの唇に何度も吸い付き、そこを挟んでは軽く歯を立てて甘噛みを繰り返す。彼の濡れた熱い舌先が唇をなぞった時、躯の芯に疼きが走った。堪え切れなくなって口を開けると、彼の舌が滑り込み、口腔を侵すように蠢き出す。

「っ……う、ふ……ぁん」

色っぽい声が鼻を抜ける。それが大賀見の欲望を煽ったのか、さらに口づけが深くなっていく。

そうされればされるほど、みやびの足元がぐらぐら揺れて躯を支え切れなくなってきた。それを察した大賀見が、みやびを抱く腕に力を込めてくれる。彼の腰がさらに密着した。みやびの下腹部に、今まで感じたことのない硬いものが押し付けられる。一瞬にして羞恥が湧き上がった。

　恋人がいなくても、男性の生理現象は知っている。その昂りが何を求め、何を望んでそうなっているのかも。

「っん……っ！」

　たまらずキスを避けて俯き、みやびは彼の肩に顔を埋めた。それでも下腹部に触れる興奮した彼自身は、収まるどころかより一層大きく膨らんでくる。

「みやび、逃げないでくれ」

「あの、……わたしっ！」

　気持ちが定まらなくて声が上擦る。そんなみやびを落ち着かせるように、大賀見の大きな手が頭を撫でた。

「無理なら無理と言ってくれ。俺は聖人君子じゃない。このまま先に進んだところで止められても、〝はい、そうですか〟と引き下がることはできないんだ。初めてみやびの躯に触れたあの日とは全然違う。わかるだろ？」

　大賀見が動き、男性の欲望を伝えようと腰を押し付ける。未だに芯を失わない硬い昂りに、みやびの腰が自然と引けるが、彼はそれを許さなかった。

「これが男の性欲だ。若い時は女を見れば反応していたよ。でも、年を重ねれば落ち着いてくる。誰にでも欲望を抱くわけじゃない」

　大賀見を仰ぎ見る。間近で見る彼の瞳は、自分だけに注がれている。そこには、熱情に似た炎と辛苦で揺らぐ光が宿っていた。

信じられない思いで大賀見を見返すが、見れば見るほど、彼が本気でみやびを欲しがっているのが伝わってくる。好きな人に求められることが、こんなに嬉しいものだとは思っていなかった。

この人は本当の恋人ではない……

それがわかっているのに、もう大賀見の傍から離れられない。

「今、俺はみやびに反応している。あの日に得た快楽以上のものを与えてやりたい。俺は、初めて男を受け入れる君との時間を共有したい」

みやびは大賀見のシャツをギュッと握り締め、頬を染めながら小さく頷いた。

「俺が間違った解釈をしないよう、きちんと口に出して……」

大賀見の艶っぽい囁きが、みやびの耳殻を愛撫する。

「なんて……言えばいいですか？」

「抱かれてもいいと本気で思ってくれるのなら、俺が欲しいとその口で言ってくれ」

みやびの心臓がドキンと跳ねた。意識しないように努めても、今から大賀見の望む言葉を口にすると思っただけで、下腹部奥に生まれた熱がじわじわと躯中に広がっていく。

感情が昂って上手く声を発せられないかもしれない。それでもみやびは、しっかり顔を上げて彼の目を見つめた。

「大賀見さんが欲しいです。わたし、大賀見さんに……っん！」

抱かれたい、わたしに夢を見させてください――そう言う前に、大賀見の唇で口を塞がれてしまった。

そこに先程の優しさはない。あるのは、抑え込んでいた感情を爆発させたような、せわしない動き。息苦しさでみやびが口を開くと、その隙を狙って彼が舌を滑り込ませてきた。

内気な舌を追いかけては絡め、吸い、みやびの全てを食べ尽くす勢いで容赦なく口腔を攻める。

「っん……ふぁ……！」

甘い喘ぎが何度も鼻から抜ける。それでも大賀見は執拗に唇を求めた。唇だけではなく、みやびの躯にも手を這わせ、刺激を送ってくる。

「みや、び……」

大賀見が唇を触れ合わせながら熱い息を吹きかけ、みやびの名を囁いた。彼のすること全てが、敏感になったみやびの肌を粟立たせる。首筋の産毛が総毛立ち、躯中の神経がピリピリしてきた。立っているのが辛いほど足元がふわふわし、躯が浮いているような錯覚に陥る。

そんなみやびのジャケットを、大賀見が脱がしにかかる。

耳元で囁かれるまま手を離すと、いとも簡単にジャケットを脱がされた。足元にそれを落とし、彼の手はスカートのファスナーへ伸びる。締め付けがなくなると、足元にスカートの花が咲いた。

「いい子だ。……ああ、早くみやびが欲しい。俺の手で淫らに乱れる姿を見せてほしい」

感極まった声音で囁いた大賀見が、みやびのこめかみにキスを落とす。そして首筋に顔を寄せ、匂いを嗅ぎ、尖らせた舌先で感じやすい場所を舐め始めた。

「んっ……ぁ、はぁ……ぅ！」

強く吸われて痛みが生じるが、そこを優しく労るようにも舐められる。強弱のつけ方があまりに絶妙で、そうされるたびに腰が砕けそうな気持ちのいい疼きに襲われた。

「ここじゃゆっくりできない。みやび……おいで」

「あっ！」

大賀見が急にみやびの手を引っ張って歩き出す。でも、足腰に力が入らず、その場に崩れ落ちそうになった。

「おい！」

慌ててみやびの腰に片腕を回し、大賀見が躯を支えてくれる。

「ごめ、んなさい」

頬が羞恥で染まる。耐えかねて俯くみやびの耳元へ、大賀見が顔を寄せた。

「謝らなくていい。俺を喜ばせてくれたからね」

「……喜ばせる？」

そう訊ねるみやびに、大賀見は嬉しそうに頷いた。

「それほど前戯をしたわけではないのに、ここまで感じてもらえるなんて思っていなかったよ。とても新鮮な気分を味わわせてもらった。だが、これで終わりじゃない。さあ、おいで」

その言葉に照れながらも、みやびは大賀見の〝おいで〟という言葉に興奮を覚えた。

大賀見は、社長室の中にあるもうひとつのドアへ向かう。みやびが初めてこの社長室へ入った時に気になっていた、あのドアだ。そのドアを彼が開け、部屋の間接照明をつけた。

「さあ、入って」

みやびは大賀見に促されるままその部屋に入り、目に飛び込んできた大きなベッドに息を呑んだ。

部屋には余計な家具は一切置かれていない。あるのはベッドの横にあるサイドテーブル、シェルランプ、そして内線電話のみ。時計さえ置かれていないその部屋は、時間に制約されない空間を作るために設けられたみたいだ。

何かを楽しむために……

みやびの心臓が早鐘を打ち、零れる息遣いがだんだん速くなる。なんとかして視界に入るベッドを無視しようとするが、目がそこに釘付けになって動かない。

大賀見は、いったい誰とこの部屋を使っているのだろう。

そう思った時、大賀見が急にみやびを横抱きにして腕に抱え上げた。

「あっ！」

重心が失われて、目の前がぐるぐる回る。たまらず大賀見の首に両腕を回した。

「俺しか使わない部屋に、まさかみやびを招待するなんてな」

みやびの胸がドキンと弾む。みやびはゆっくり顔を上げ、息が触れ合うほど間近にある大賀見の目を見返した。

本当に？　わたしが初めてなの？　――そう問うように。

「絶対に後悔はさせない」

力強い言葉に、歓喜と期待が躯の奥で湧き起こった。

これから大賀見が与えてくれるものは、みやびにとってどれも初めてのもの。正直、未知の世界を体験すると思っただけで怖さもある。でも差し出された手を拒む気持ちはなかった。好きな人と肌を触れ合わせられるこの時間を大切にしたい。

そんな思いを宿した瞳が情熱的に輝いてるとも知らず、みやびはただひたすら大賀見を見つめた。すると彼は顔を寄せて、みやびの目の端にキスを落とす。

「俺は絶対に裏切らない。俺を受け入れてくれたその気持ちを大切にする」

大賀見が優しげに頬を緩め、上体を傾けてみやびをベッドに横たわらせた。そして彼は、スーツのジャケットを脱ぎ捨てた。ネクタイの結び目に指を入れて解くと抜き取り、続いてシャツのボタンをはずしていく。それを脱ぐなり、彼の鍛えられた見事な腹筋が目に入った。無駄な肉のない男らしい姿態に、みやびの胸が高鳴る。

男性のこういう姿は、みやびも撮影現場で頻繁に目にしてきた。でも大賀見の裸は、他のモデルたちとは全然違っている。彼のたくましい裸身を見ているだけで、みやびの躯に悶えそうなほどの震えが走る。

そのたびに、みやびは口腔に溜まる生唾を呑み込んだ。

大賀見がズボンのベルトを抜き取ると、ベッドに膝をついてみやびに躯を寄せてきた。

「お、……大賀見さん」

みやびの声は震えていた。あの悦びを再び味わえる興奮のせいか、それとも未知の体験に怯えているせいか、それはわからない。

「大丈夫、全て俺に任せて」

大賀見がみやびを安心させるように微笑み、頬にキスを落とした。その唇を耳殻、耳朶へと移動し挟んではペロッと舐める。そして、濡れた舌を耳孔に挿入してきた。

「……っぁ」

ねちゃっとした音に、みやびの躯が敏感に反応する。それでも大賀見は止めない。感じやすい首筋を舌と唇で攻めながら、彼の手がみやびの素肌を這う。腰から尻、続いて大腿を撫で上げることで、みやびの燻った火をさらに大きな炎へと燃え上がらせていく。躯はさらに敏感になり、心地いい疼きだけで脳の奥が蕩けてしまいそうだった。口元を手の甲で覆って漏れる喘ぎを抑えるが、それはどんどん大きくなる。

「……っんぅ、は……ぁっ！」

肌を舐めるように動いていた大賀見の手がキャミソールの裾を掴み、ゆっくり捲り上げる。ひんやりとした空気が、熱を帯びた躯を撫でた。ぞくっと震えたが、それは一瞬で終わった。今まで以上の熱が生まれたからだ。

「あ……っ！」

大賀見がブラジャーの上から乳房に触れる。みやびの首筋、鎖骨へとキスの雨を降らせては、執拗に乳房を揉みしだく。硬くなった乳首を生地越しに探し当てると、指の腹で強く刺激を加えた。燻った心地いい快感ではなく、ピリッとした痛いほどの甘い電流が、みやびの躯の芯を一瞬で駆け抜けた。

「っん……ああっ！」

「もっといい声で鳴いてくれ」

ブラジャーのカップを押し上げられて乳房が露（あらわ）になったと思ったら、大賀見の顔がさらに下がった。彼の髪が肌を優しく撫でていく。それだけでも全身にうっとりする愉悦が走るのに、彼はまだ先へ進む。みやびの乳房に顔を寄せ、そこに濡れた吐息を零（こぼ）し、硬く尖った乳首を口に含んだ。

その瞬間、みやびの下腹部奥に収縮が起こり、秘所は痙攣（けいれん）を起こしたようにぴくぴく蠢（うごめ）き出した。まだ触れられていない場所の反応に驚くが、意識がすぐに彼の愛撫に取って代わる。

大賀見はちゅぷちゅぷと音を立てて乳首を吸い、悩ましげな潮流を送り込んでくる。舌先を硬くさせて乳首を転がしては、舌全体を使って包み込む動きに、思考の全てを持っていかれそうになる。

その時、大賀見の指が屹立（きつりつ）した乳首をギュッと抓（つま）んだ。

「はぁ……っんぁ！」

下腹部奥が急激に熱くなり、とろとろとした愛液がパンティを濡らし始める。

恥ずかしさのあまり腿を擦り合わせると、大賀見の手は乳房を離れ、肌を撫でながら徐々（じょじょ）に下がっていった。手のひらが剥（む）き出しの腹部をかすめ、みやびはくぐもった声を漏らすが彼の動きは止まらない。

腰を撫でていた手が、柔らかな尻に触れた。その手が大腿へ滑り下りると今度は内腿をたどり、パンティの上から秘所に触れた。

　みやびは鋭い音を立てて息を吸った。待ち望んでいたはずなのに、躯が勝手に逃げようとする。でもその前に大賀見の指がそこを執拗に擦り始めた。じりじりと焦がす熱がそこを中心に広がり始める。

　みやびはたまらず顔をくしゃくしゃにした。

「ああ……っ、はぅ……ふぅ」

「みやび、凄いな……。生地から染み出てる。ぬるぬるして糸を引くほどだ」

　乳首を唇と舌で弄っていた大賀見が、少しだけ顔を上げる。感じている表情を彼に見られて、みやびの顔が真っ赤になった。

「そんな……風に、言わないでください」

「何故？　俺の手で感じてくれてるんだろ？」

　大賀見はみやびを見ながら、秘所に触れる指を襞に沿って優しく上下し、充血して膨らむ丘を何度も優しく撫でる。下肢が震えるほどの甘いうねりが起こる。

「……っん、ふぁ……ぁっ！」

　抑えようとしても零れる喘ぎ声。その声が大きくなるたびに、大賀見の指使いも速さを増す。パンティを濡らす愛液が指の動きを助け、そのたびにくちゅくちゅと音が立つ。そのいやらしい粘膜の音さえみやびの聴覚を刺激し、感情を昂らせた。

「あ……っ、はぁ……んんっ！」

充血した蕾に振動を送られ、身をよじるほどの快感に襲われる。躯が小刻みにぴくぴく震えるが、それは自分の意思で止められるものではなかった。

そんなみやびのパンティに大賀見の手が伸び、それをゆっくり引き下ろす。キャミソールとブラジャーも簡単にはぎ取られた。

ベッドで男性に裸身を晒し横たわるなんて、初めてのこと。本当なら恥ずかしさでいっぱいになるはずなのに、大賀見の情熱に潤んだ輝く瞳を目にするだけで、何故か誇らしくなる。

その目が、自分だけに向けられているせいかもしれない。

「とても綺麗だ、……みやび」

みやびに体重をかけ、大賀見が唇を求めてきた。

「あ……っ、んぅ」

大賀見に促される前に自然に唇を開けると、彼はするりと舌を滑り込ませてきた。みやびの全てを食べ尽くす勢いで口腔を攻めては、いやらしい手つきで乳房を揉む。その手を腹部から大腿へと滑らせ、膝の裏に添えてきた。そのまま両脚を大きく開かされたと思ったら、膝を曲げるように促される。

「あっ、あの……！」

凄い格好に恥ずかしくなって声を出すが、大賀見は気にする様子もなく、びしょびしょに濡れた秘所に指を這わせて刺激を送り始めた。

「ああ、早くみやびとひとつになりたい」

唇を触れ合わせながら囁くなり、大賀見の指が襞をゆっくり押し開いた。その指が隠れていた蜜口を探し当てると、そこを優しく撫で、一気に挿入してきた。

「っんぁああ……っ、……んふっ！」

一際高い喘ぎが零れるが、すぐに大賀見が口で塞ぎ、みやびの声を受け止める。でも彼の唇は再び離れ、首筋、鎖骨、そしてさらに下へ移動していく。そのままたどり着いた乳首に舌を這わせた。

音を立てて乳首を吸い、屹立してやや赤く充血したそこを舌で弄る。

その間も大賀見の指は、濡れた蜜壺に何度も繰り返し出し入れされている。あふれ出た愛液で、そこはびしょ濡れだった。それでも彼は容赦しない。最も敏感になった赤い蕾に触れ、撫で上げた。

「ダメ……、っん……ぁ、はぁう！」

一瞬にして駆け抜けた快い電流に、みやびの躯がしなる。張り詰めていた熱情がいきなり弾けて、甘美なものに躯中が包み込まれた。その余韻に浸りながら、みやびは悦びの吐息を零した。

「お……大賀見さん。わたし……」

みやびは頬を上気させ、息を弾ませる。すると、大賀見が口角を上げた。

「まだだ。……まだだよ、みやび。俺はまだ全然足りない」

「足りないって……っ、い、イヤ、ダメ……っんぁ！」

大賀見がさらに躯を移動させ、みやびの秘所に顔を埋めた。鼻で黒い茂みを掻き分け、尖らせた舌で赤く充血した蕾を突く。指の挿入も止めず、指を曲げて膣壁を擦り上げてはみやびが溺れていくのに手を貸す。

一度弾けて消えたはずの火が、再び燃え広がり始めた。下肢が震えるのに合わせて、膣壁が軽く痙攣しとろとろと蜜を垂らし始めた。

「ん……っ、く……んぅ……はっ、あぁっ！」

執拗に秘所に舌を這わせては、ちゅぷちゅぷと音を立てていやらしく舐められる。その音がどんどん大きくなり、部屋中に響き始めた。

シーツを濡らしてしまうほどの愛液の量に、恥ずかしくて頬がピンク色に染まるが、みやびに大賀見を止める余裕はなかった。躯を満たす甘いうねりが、意識の全てを凌駕する。

それほど大賀見の愛撫は、みやびを翻弄させていた。

「あっ……ん、んぅ……っ」

膣壁を擦り上げる、指の挿入のリズム。それは、徐々に速くなる。ぐちゅぐちゅと聞こえる淫靡な音が、そのスピードを象徴していた。

「は……ぁっ。……どう……しよ、……躯が……！」

送られる甘美な潮流に、みやびは顔をくしゃくしゃにして何度も頭を振った。

「……そうだな。凄い力で俺の指を締め上げてくる。二度目の絶頂が近いかな」

熱い吐息が敏感になった蕾にあたり、みやびの躯が強張る。

「最初は自然と自分でイッたけど、二回目は手を貸さないと難しいかな。……どう、イク？」

大賀見が何を言っているのかわからない。でも秘所に顔を埋め、舌先をちろちろと動かして蜜を味わう彼に、みやびは涙目で何度も頷いた。

「わかった。今度こそは、しっかりこの目で見させてくれよ」

優しげに微笑むなり、大賀見の指の挿入がさらに速くなる。それに比例して、送られる刺激的な痛みがすぐに甘やかなものに取って代わる。それは熱となって躯の中を駆け回り、渦となってみやびをどこかへ引き込もうとする。

「……あ、あぁ……っ！」

押し寄せる勢いに負けて身を任せたその瞬間、大賀見がぷっくり膨らんだ蕾を強く吸い上げた。

「あああぁぁ……っ」

襲いかかる快感に躯の制御を解き放ち、みやびは空へ飛翔した。

でもすぐに急降下する。張り詰めた四肢からゆっくり力を抜くと、みやびは息を弾ませながら柔らかなベッドに深く沈んだ。

これで終わりではない。まだ続きがある。

その先にある行為に頬を染めて吐息を零した時、ベッドの揺れを感じた。閉じていた目をゆっくり開けるが、みやびの視界に大賀見の姿が入らない。

「大賀見、さん？」

そう呼ぶと、みやびの横から「うん？」と返事する声が聞こえた。気怠い躯に鞭打って捻ると、そこに大賀見がいた。彼は唇に小さな袋を挟み、自分の股間に両手を添えている。

四角い袋の形状、股間に触れる動作で、彼のやっていることがわかった。恥ずかしくなってさっと目を背け、躯を丸めて縮こまる。

あれはみやびを守るためにしていること。それはわかっているのに、妙に生々しくて、見ていられない。

その時、再びベッドが揺れ、みやびの躯が後ろへ傾いた。あっと息を呑んで目を上げた時はもう大賀見の顔が近くにあり、みやびは彼に唇を奪われていた。

「……んっ、ふぅっ……！」

みやびの下唇に、彼の濡れた舌が這わされる。彼は優しくそこを唇で挟み、歯を立てて甘噛みしては、宥めるようにまた舌で舐めた。あまりにも優しい愛撫に、躯が過敏に反応する。

「……まだ躯は敏感なままだ。これなら大丈夫だろう」

大賀見がみやびの腰に置いていた手を下ろし、大腿を撫でる。その手が膝の裏に触れ、股を開くよう促された。襞がぱっくり割れ、隠れた蜜口が大きく開く。そこに熱くて硬いものがあてがわれ、みやびは息を呑む。

「みやび……俺に心を開いてくれ」

大賀見はみやびの唇の上で、かすれた声を漏らした。直後、彼が腰を前へ突き出し始める。蜜口に添えられた硬く大きく漲った彼自身が、膣壁を押し広げて侵入してきた。指を挿入された時とは違い、隙間なく彼自身が膣壁に密着する。さらに広げられたことのない方向へ皮膚が引っ張られて、鋭い痛みが走った。

「い、痛っ！　……待って……ああ、イヤ！」

引き裂かれるような痛みに逃げ腰になり、必死になって後ろへ下がる。彼のものが少し抜け、じんじんと熱を持つ疼きに代わってホッとしたが、それは一瞬で終わった。大賀見の力で封じ込められ、さらに脚を高く上げさせられる。

「言っただろ。止めてと言われても、もう……引き下がらないと！」

大賀見がゆっくり腰を前へ出し、奥へ奥へと突き進む。狭い場所をぐいぐい押し広げながら侵入する硬く太い彼自身。

「おね……がい！　わたしっ……ああ……っぅ」

皮膚が裂けてしまいそうな痛みに、激しく頭を振る。それでも大賀見は動きを止めない。

みやびは、膣内を埋め尽くす硬いものの存在から意識を逸らせなくなった。ゆっくりだが彼のものが奥へ進むにつれて、息苦しさで呼吸のリズムが崩れる。

耳奥で膜が張ったように音が遮断され、続いてキーンと響く高音の耳鳴りに襲われた。

「……息を吸うんだ。みやび！」

大賀見の声に、みやびは閉じていた目をパッと開けた。

「口を開けて息を吸って……」

大賀見の指がみやびの唇に触れる。そうされて初めて浅い呼吸になっていたと知り、みやびは深く息を吸った。それに合わせて、怒張した彼自身にぐいとさらに深奥まで貫(つらぬ)かれた。

「あああっ……、っん！」

躯を引き裂かれるような破瓜(はか)の痛みに、みやびの目に涙があふれた。それは目尻を伝い落ち、枕を濡らす。

「そう、それでいい。……俺のも全て入った」

なんとも言えない感覚にみやびの唇が震える。昂(たかぶ)った彼自身で満たされた膣内の違和感は、想像とは全く違っていた。しかもそこは、火傷(やけど)でもしたかのようにじんじんと熱を持っている。そのせいで、どうしても意識がそこに向く。

いつ、この痛みは引くのだろう。

早く大賀見が動いて、この昂った自身を抜いてくれればと切に願う反面、今動かされたら今度こそ皮膚が裂けてしまうのではという恐ろしさもあった。

こんな痛みを感じるなら大賀見に躯(からだ)を開かなければ良かったなんて、そんな風には絶対に思いたくないし、後悔もしたくない。でも想像を絶する痛みにまた襲われるかもしれないと思うと、みやびはこれ以上先に進むのが怖かった。

わたしの意気地無し、臆病者！　――そう心の中で叫ぶが、蜜口から膣壁(ちつへき)へと広がる熱と痛みで、またみやびの目に涙があふれる。

その時、みやびの唇に触れていた彼の指が頬を撫で、汗で額に張り付いた前髪を払った。みやびは挿入されて初めて大賀見の顔を見るが、そこに浮かぶ表情に目が釘付けになった。

苦しいのは、痛みに悲鳴を上げたのはみやびのはず。なのに、彼の顔は苦痛でゆがみ、その額には汗まで滲(にじ)んでいた。

「痛みは徐々に薄れていく。代わって、快感を得られるようになる」

何故大賀見が辛い顔をしているのかわからないまま、彼の言葉に頷く。でもそこであることに気付き、みやびは息を呑んだ。

大賀見もまた苦しみを味わっている。欲望のまま動きたいのを堪え、みやびが辛い思いをしないようにしてくれている。

それは彼がみやびを想ってくれているから……

大賀見の優しさに触れて、感極まってきた。痛みで流すのとは違う涙があふれてくる。

「……まだ痛むか？」

優しく声をかけてくれる大賀見に、みやびは大丈夫だと頭を振った。

正直、まだ痛みはある。じんじんとした痛みは、膣内に収まった彼の昂りに伝わるのではと思うほどに脈打っている。でもそれ以上に、彼の苦痛を取っ払ってあげたい衝動に駆られた。

大賀見の苦しみが取り除けるのは、自分だけ！

みやびは大賀見に手を伸ばした。彼がしてくれたように、指の腹で頬を撫で、汗で張り付く額の前髪を優しく払う。

「……ああ、みやび！」

大賀見が急に顔を傾け、みやびの手のひらにキスをした。彼の行為に、みやびの胸が高鳴る。

「大賀見さ……、っんぅ」

小さな声で大賀見の名を囁くなり、彼が顔を寄せて唇を重ねてきた。いつしか彼のキスの動きに合わせて唇を開く。すると彼の舌が口腔へ滑り込み、内気なみやびの舌を絡めては淫らに動かす。

「っふぅ……ぁ、んっ！」

誘うような喘ぎが鼻を抜ける。それが大賀見の欲望を煽ったのか、その口づけは貪るものへ変わり、執拗にみやびを求めた。

大賀見の手はみやびの乳房に伸び、何度も揉みしだき始めた。手のひらの中で形を変えてゆがむ白い乳房。そのたびに、彼の指の間から赤く色付いた乳首が顔を覗かせる。その乳首を指で弄び、転がし、キュッと抓んでは快楽を送ってくる。

「っんんぁ……はぁ……っぁ」

躯の芯に甘い疼きが走り、何度も慄いた。それでも大賀見の愛撫は止まらない。みやびの感じやすい首筋を鼻先で撫でては舌を這わせる。ねっとりと濡れた舌先で耳殻を舐め、硬く尖らせたそれを耳孔に突き込んだ。下腹部奥に蓄積された熱が一気に背筋を駆け抜け、みやびの脳を痺れさせる。

「ああ……っんぁ、は……っ！」

弾ける快感に躯が打ち震える。それは膣壁に伝わり、痙攣したようにぴくぴく蠢いた。

すると、大賀見の呻きが耳元で聞こえた。

「……これで、もう大丈夫だな」

息苦しそうにそう発した途端、大賀見がゆっくり動き始めた。再び意識が秘所へ向かう。

膣内に収まっている大きく漲った彼自身。違和感はあるし、みやびの躯に馴染んでいるとはとても言えない。

でもあんなに裂けそうだと感じた痛みは、もうそこにはなかった。ゆっくりだが膣壁を擦り上げられるたびに、甘美な疼きがじわじわと広がりを見せ、痛みを消し去っていく。

「あ……っ、ああ……はぁ……っ！」

みやびが喘ぎ声を上げると、徐々に大賀見の律動が速くなった。刺激を受けるたびに熱いものが下腹部奥に集中し、とろとろした愛液が蜜口から滴り落ちる。それが大賀見の動きを滑らかにし、何度も昂ったもので奥深く貫かれた。

もう痛みは完全になかった。大賀見が抽送をするたびに全身に愉悦の震えが走り、その快いうねりにさらわれそうになる。

「いい……っ、っぁ……っん……ああっ」

大賀見に、激しく総身を揺すられる。それに合わせて乳房が揺れるが、それさえも快感に変わる。

「みやび、もっとだ……。もっと俺に心を開いてくれ。そして、俺だけを感じてくれ！」

切なげに、でも強引に伝えてくる大賀見。それがみやびの心をくすぐる。彼の弱さと強さ、両方を垣間見たせいだ。彼の望むまま感じたい、求められるまま反応したい気持ちが強くなっていく。

「……あ、あぁ……っ！」

大賀見と気持ちがひとつにつながったと思った瞬間、みやびは歓喜の喘ぎを零した。爪の先から頭の先へと駆け抜けるこの上ない恍惚感に襲われる。ビリビリとした刺激に躯が反応し、膣壁が収縮した。埋め込まれた彼の昂りを強くしごいては奥へ奥へと誘う。

「クソッ！　……このままだと呑み込まれそうだ」

大賀見がしわがれた声を零す。途端、彼は上体を起こした。そしてみやびの腰を掴むなり、激しく突き始めた。

「ん……ぁ、は……っ、んぅ！」

凄まじい勢いで、猛り狂う彼のものが膣内に埋め込まれる。激しい律動は、みやびをより高く押し上げようとする。身悶えるほどの疼きに、みやびは艶かしく腰をくねらせた。躯が発火しそうなほど燃え上がっているのに、大賀見が抽送を速めて膣壁を擦り上げるたびに前の感覚を凌ぐ快感が生まれる。甘く熱い波紋が、躯の隅々まで広がっていく。

「あ、っ……ん、っ……」

大賀見がぐちゅぐちゅと淫靡な音を立てる。あふれ出た愛液を掻きまぜては、激しく腰を動かし始めた。どんどん膨れ上がる快いうねりに、躯が何度もビクンと跳ねる。

みやびは怖かった。躯中を這う悦びのせいで、駆け巡る血が沸騰したかのように暴れている。

こんなことは初めてだ。畏怖と、緊張と、そしてそのどちらでもない何かがまじり合い、みやびの躯を甘美な嵐で雁字搦めにする。

「もう……ダメっ……んぁ！」

強烈な悦びに顔をくしゃくしゃにして訴えるが、大賀見の律動は止まらない。彼は腰を回すように抽送したり、何度も角度を変えては膣壁を擦り上げたりする。

まるで、どの部分を愛撫すればみやびが歓喜に悶えるのか、それを探っているみたいだった。

「ああ、みやび……俺は君がっ！」

かすれ声で何かを口にした大賀見が、急にハッとして動きを止める。だが、すぐに挿入のリズムをもとに戻し、上体を前に倒してぴったり肌を合わせた。

大賀見は腰を動かしながらみやびの唇を求め、口腔に舌を滑り込ませる。くちゅくちゅと音を立てては、淫らに蠢く舌に合わせて甘い電流を送り続ける。そのせいでみやびの下肢がぞくぞくと震え、脳髄まで痺れるような快感を煽られる。

もうダメ、壊れてしまう！

その時だった。

「俺の名前を……呼んでくれ」

大賀見がみやびの唇の上で囁いた。その声は特に艶めき、耳だけでなく肌から、全ての感覚からみやびを追い立てる。でもそれはできないと頭を振った。

大賀見もそこは譲れないのか、みやびにわからせるために抽送のリズムを鈍らせた。膨れ上がっていた甘やかなものが少ししぼむが、彼自身に膣奥を抉られるたびに再びじりじりと焦がす新しい熱に満たされる。

「……んぅ、ふぁ……あんっ」

みやびの白い頬は紅色に染まり、漏れる吐息は熱を孕み始めた。愉悦で零れる声を抑えられない。

「みやび、さあ……！」

突然大賀見の容赦のない律動が速まる。淫靡な粘膜音を立てて、腰を激しく打ち付けた。上下、左右、様々な角度で攻めて奥深い場所を何度も掻き乱される。総身を揺すられて、みやびの躯に甘美な震えが一気に走った。

みやびは泣き声に似た喘ぎ声を零し、襲いかかるピリピリとした痛みから逃れたくて頭を振る。

このまま快感のうねりが蓄積され続けたら、本当に躯が壊れてしまう！

「俺の、名前を言って！」

みやびは喘ぎを零しながら、大賀見を見上げた。眉間に皺を刻み、辛苦を滲ませた顔をする彼。年上の彼を名前で呼ぶなんてダメだと強く思うものの、躯の芯を震わせる疼きがみやびの頭を鈍らせる。

わたしを助けて――と伝えたくて、みやびは大賀見の背中に両腕を回して抱きついた。

「ダ……メ、もう……、あ……っんぅ、い……一哉さんっ！」

「ああ、みやび！」

大賀見が感極まった声を出すなり、挿入のリズムをさらに速めた。ぐちゅぐちゅ音を立てて掻き回し始め、みやびを極みへと押し上げる。そのスピードが怖くて、さらに大賀見を強く抱きしめるが、その勢いは止まるどころかどんどん速くなりみやびを昂らせていく。

「はぁ……っ、……い、一哉さん、お願い……あっ、イヤ……っんぅ！」

強過ぎる快感に、みやびの目から涙が零れる。

「みやび、助けてあげるよ……」

大賀見はふたりの躯の間に隙間を作り、愛液で濡れた秘所に手を忍ばせた。茂みを掻き分けて、既に充血してぷっくりと膨れ上がった蕾を強く擦った。

「っ、んぁ……あ、イヤっ……きゃあぁぁ！」

躯に走った強烈な恍惚感に、みやびは大賀見を押しのけるほど背を弓なりに反らした。

それは瞬く間に爆発して七色に閃光を放ち、凄い勢いで躯中を駆け巡っていく。

収縮する膣壁が、漲った彼自身をしごく。それに負けじと彼が腰を打ち付けた。

刹那、大賀見が急に躯を硬直させた。

「ううぅっ！」

大賀見は獰猛な肉食獣のように咆哮を上げ、膣奥で精を迸らせる。何度か躯を痙攣させていたが、しばらくすると脱力し、みやびに覆いかぶさってきた。声をかすれさせながらも、みやびの耳元で愛しそうに名を呼ぶ。声音に込められた想いが嬉しくて、たまらず彼をギュッと抱きしめる。

ああ、やっぱり好き！偽りの恋人ではなく、本物の恋人になりたい！

大賀見の温もりを求めて躯を寄せる。すると、彼はみやびの背に手を回してふたりの躯の位置を変えた。みやびは彼の躯の上に載せられる。

その時、膣内に埋められていた彼自身が抜け、膣壁を擦った。

「っぁ……はぁ」

みやびは自然に甘い吐息を零した。ほんの小さな刺激でも、敏感な躯はまだ反応してしまう。その羞恥を隠したくて、彼の首に顔を埋めた。

そんなみやびの頭を、大賀見が優しく撫で、髪の中に手を埋めた。

「今度する時は、もっと感度が良くなるし、もっとスムーズに俺を受け入れられるようになる」

みやびは大賀見の言葉に心臓が高鳴り、思わず顔を上げて彼の目を覗き込む。

今度？　まだみやびを求めてくれると言っている？

大賀見はみやびの髪の中に埋めていた手を動かし、頬に触れた。

「覚悟しておけよ」

大賀見の髪がいつもより乱れて優しげな雰囲気に見える。それに、心なしか表情も柔らかく、何か憑き物が落ちたような朗らかな笑みを浮かべていた。

大賀見は仕事現場では、誰にでも優しい。でも、今みやびに見せている表情は、これまでに一度も見たことのないほどリラックスしたものだった。

こういう顔を見せるほど、大賀見はみやびに心を許していると思っていいのだろうか。

七

一哉の心をくすぐったあの女子大生のみやびが、自分のベッドに横たわっている。しかも彼女は、一度も男性に触れられたことのない、穢れのない躯を開いてくれた。一哉の肩に、満ち足りた甘い吐息を零すみやび。そんな彼女の頭を、一哉は愛しげに撫でた。

バカだな。恋する男が獲物に狙いを定めたら、何があろうと貪りつくすのに……みやびは一哉に用心しなければならなかった。貪りつくされる前に我に返り、自制心を取り戻すべきだったのだ。

とはいえ、みやびが一哉の手を拒んだとしても、自分は言葉巧みに傍へ引き寄せただろう。この恋に狂い、彼女の一挙一動に手足を絡め取られているのは一哉の方なのだから。もう、みやびを離せない。このまま自分のマンションへ連れて帰れたら……

そこまで考えて、一哉は心の中で小さく頭を振った。

恋愛初心者のみやびを、いきなり自宅へ誘えば、警戒心を抱くに違いない。今は、この状況に持ち込めただけでも良しとしなければ。

一哉は愛情を込めて、みやびの頭にキスを落とした。すると彼女が身じろぎし、一哉に目を向ける。まだ快感が残っているのか、その瞳は潤み、うっとりしているように見えた。

たったそれだけで、収まったはずの欲望がまた込み上げてきた。

みやびが欲しい、今すぐにでもあの温もりに包まれたい！

だが自分の欲求よりも、みやびの躯の方が大事だった。二回戦に突入すれば、バージンだった彼女の躯を酷使させてしまう。無理させたくない。

一哉はむくむくと込み上げる性欲を無視して、代わりに会話を楽しもうと笑みを浮かべた。

「それで、どうだった？　俺との……初体験は」

「……えっ？」

そんなことを訊かれると思わなかったのか、みやびの目が大きく見開かれる。自分を意識してくれているのが嬉しくなり、一哉はニヤリと笑った。

「気持ち良かった？　かなり淫らに感じてたけど、記憶に残る初体験になったかな？」

みやびの上気した頬がさらに染まり、一哉の素肌に触れる胸を通して、彼女の速まった鼓動が伝わってきた。

次第に一哉と目を合わせられなくなってきたのか、これ以上は耐え切れないとばかりに、みやびは視線を逸らす。

「……っ！」

結局みやびは何も言わず、再び一哉の首に顔を埋めて返事を拒んだ。

一哉はみやびの態度にクスクス笑った。

計算のない素直な反応を見せてくれるみやびは、本当に可愛い。そうされるだけで、一哉は彼女に意地悪をしたくなってたまらない。こういう感情を抱くのは本当に久しぶりのことだった。

一哉はモデルとして大人の世界に入って以来、極力気持ちの揺れを抑えようと努力してきた。それは功を奏し、独り立ちしてからは感情的にならなくなった。だが、みやびはそれをぶち壊してしまう。一哉の心をくすぐり、楽しくさせてくれる。

「悪かったよ」

一哉はみやびの頭を撫で、もう一度彼女の頭にキスを落とした。ここでなんらかの愛情を込めて応えてほしいところだったが、何故か彼女の躯は強張った。

まだ俺に慣れないか――と寂しく思ったが、そうなる気持ちもわからないでもない。みやびにすれば、何もかも初めての経験で頭がいっぱいなのだろう。

それならば、セックスの話をしなければいい。

一哉は、さらに彼女の腰を抱く腕に力を込めた。

「そういえば、今夜は何故連絡してきた？　俺に会いたいって言ってくれて嬉しかったけど」

「……えっ？　会いたい？」

　突然話が変わって、みやびが驚いた声を上げる。すると、彼女は先程まで強張らせていた躯の力を抜き、何かを考えるように眉間に皺を刻ませた。

　みやびの意識を別のところへ持っていくことに成功し、一哉は心の中で笑った。そして、彼女の表情がくるくる変わるのを見つめる。

　その時、みやびが唇を強く引き結び、そっと顔を上げる。

「あの、実は……相談したいことがあったんです。大賀見さんが帰られたあと、豊永さんとほんの少しだけ話したんですが、どうもスパリゾートの件は乗り気ではなかったみたいです。もちろん、相手がうちの西塚というのも理由があるんですけど——」

　みやびは身じろぎすると、ゆっくり上体を起こした。途端、呻き声を上げて顔をしかめる。

　一哉を受け入れた痛みが走ったのだろう。

　そこには触れず、一哉はみやびの素晴らしい裸体に目を走らせた。

「豊永さん、何故大賀見さんが吉住社長に頭を下げたのか気になっているようでした。そして、わたしと……大賀見さんとの仲も」

最後の言葉を発するみやびの声が、だんだん小さくなる。そしてその直後、みやびがハッと息を呑んだ。

「キャッ！」

みやびはベッドカバーを引き寄せて躯を隠し、頬を染める。真面目な話をしながら、裸体を一哉の目に晒していると気付いたのだ。

一哉を窺うような眼差しを向ける。そんな初々しいみやびの姿を見ながら、一哉はベッドカバーで隠し切れていない大腿にそっと触れた。

「君は本当に……仕事が絡むとハキハキするね。まっ、そういうところもみやびらしいんだけど」

「あ、あの？」

みやびが不思議そうに一哉に問いかける。だが一哉はそれには答えず、大腿に触れる指を彼女の内腿に滑り込ませ、柔肌を撫でた。すると彼女の躯がビクッと跳ねる。

まだみやびの躯に情熱の火が燻っている……

それが嬉しくて、一哉はかすかに指を動かしてはみやびに快い疼きを送り込んだ。それでいて真剣な表情を浮かべ、彼女の目を見つめた。

「別に豊永を気にする必要はない。これは俺とみやび、そして俺と吉住社長のことだから。その件について、あいつには口を挟む権利はない。事務所が通した仕事を、ただ受け入れる。それだけだ」

「……はい」

一哉の言葉に、従順に返事をするみやび。だが、彼女はまだ他にも気になる点があるのか、顔をしかめている。

何をそんなに考えることがあるのだろう。

一哉は不思議に思いながらも、シェルランプをじっと見て何かを考えるみやびの顔を眺めた。

だが、静かに見守っているのも苦痛になってきた。そもそも傍には一哉がいるのに、心をどこかへ向けられていると無性にイライラする。

「さあ、今日はここで寝よう」

「えっ？」

一哉はみやびの腕を掴んだ。そして彼女の気持ちを一哉に向けさせたい一心で、傍へ引き寄せる。

「久しぶりに欲求を満たしたせいか、躯が充足感に包まれてる。このままみやびを抱いて眠りたい。だからほら……躯の力を抜いて」

本当は、まだみやびを抱きたい。だが一哉は、彼女の腰に回した腕に力を入れ、暗にもう眠るだけだと伝える。

「あ、あの……でもわたし、帰らないと。明日の用意が」

「ここから出勤したらいい。レッスンルームの隣に、シャワールームもパウダールームもある」

それでも帰ると言いたげなみやびの目を無視し、一哉は目を瞑った。

とうとうベッドを抜け出すのを諦めたのか、徐々にみやびの躯から力が抜けていく。

「……うん、それでいい」

一哉はさらにみやびを抱きしめ、性欲を忘れるために目を閉じた。

それからどれくらい経ったのか。

一哉は急に目が覚めた。みやびがベッドを抜け出す振動で起こされたとわかるが、何も言わなかった。ただ、みやびが社長室へ行ってごそごそする音、再び一哉のもとへ戻って来る音に、静かに聞き耳を立てる。一哉の傍へ来た彼女は「すみません……」と耳元で囁いた。そして彼女は部屋から出ていった。

ドアの閉まる音がかすかに聞こえると、一哉はすぐに起き上がった。ベッドサイドには、手書きのメモが置かれている。そこには、仕事の用意があるので家へ戻ると書かれていた。

「まだ俺と一緒に朝を迎える心の準備はできていないか……」

一哉はそのメモを同じ場所へ戻すと、ベッドに横になった。

みやびにしてみれば、全て初めてのことばかり。だから今回は見逃すべきだ。とはいえ、このままそれを許すのも癪に障る。

「……とりあえずは、焦らすか」

もちろん一哉を受け入れたあとの躯はどうなのか、その心配はある。だが、みやびにも学んでほしかった。

初めて結ばれた夜に、メモは残したとはいえ、勝手に帰る行為がどれほど男性を傷つけるのかということを。

それをわかってくれたらいいんだが……

一哉は小さくため息をつくと、躯をひねってうつ伏せになった。枕に残るみやびの残り香を嗅ぎながら、静かに瞼を閉じた。

八

——五月中旬。

今日は、娯楽施設スパリゾートで広告スチール撮りがある。

早朝に都内を出発したみやびと奈々は、二時間後には郊外にある現場に着いた。

この日は休館日で、前乗りしていた撮影クルーが既に準備に追われていた。

「おはようございます！」

奈々とともに彼らに挨拶し、ディレクターのもとへ向かった。相手役の豊永サイドの関係者と合流するなり、スタッフと綿密な打ち合わせが始まる。そして最後に、撮影の時間は絶対に押せないと注意を受けた。十六時以降、この場所で他の撮影が入っているためだ。

「それでは、これから用意をお願いします」

打ち合わせが終わると、奈々と豊永はヘアメイクをするため別室へ移った。

全ての準備が整った十時過ぎ、スチール撮りがスタートした。

この日は天気に恵まれ、青空が広がっている。屋内撮影とはいえ、窓からは眩しい陽光が射し込み、自然光の温かみが周囲に生まれていた。

五月の爽やかな天候にあやかって、奈々もテンションを上げて頑張ってほしい。たとえ臆してしまう相手であってもだ。

でも、みやびの目に映るのは、奈々のやる気のなさだった。

豊永は、さすが人気者。この仕事をしたくないとはっきり口にしたのに、カメラを向けられただけでその場の空気を一瞬にして変えてしまう。

水着姿の奈々の隣でも、まるで恋人のように彼女に腕を回し、ポーズを取り、愛しいと言わんばかりに微笑みかけている。豊永の力に引っ張られて、奈々も自然に笑う時もあったが、すぐに我に返り表情を曇らせてしまうことがしばしば起こった。

最初は奈々が緊張していると思い、ディレクターは休憩を多く取ってくれていた。でも時間が経つにつれて、ディレクターやカメラマンの顔が強張り不機嫌になっていく。あれほど時間に余裕はないと言われていたのに、予定の半分も納得のいくカットを撮れていないせいだ。

「十五分休憩だ！」

カメラマンの怒声で撮影が止まる。

みやびはため息をつくスタッフたちに謝り、苛立ちを隠さないカメラマンに頭を下げた。

「申し訳ありません！」

彼は駆け寄ったみやびを一瞥し、無言でその横を通り過ぎる。でも気持ちを抑えられないのか、小さくボソッと「どんだけ時間取らせるんだよ。豊永ひとりの方がいいんじゃないの？」と険のある声で呟いた。

みやびの胸に、尖った矢が突き刺さったような痛みが走る。

「本当に申し訳ありません」

胸の痛みを堪えつつ、みやびはもう一度カメラマンの背に頭を下げる。しばらくその姿勢でいたが、彼の足音が遠ざかるとすぐに振り返り、プール際にいる奈々のもとへ歩き出した。

正面には、不機嫌そうな豊永がいた。マネージャーの笠岡が渡すタオル地のガウンを受け取ると、それを乱暴に羽織り、こちらへ向かって歩き出す。その彼がふと目を上げた。みやびの姿を見るなり、冷たい視線を投げつける。

「ご迷惑をおかけして申し訳ありません！」

みやびは、豊永にも誠意を込めて頭を下げた。謝って許してもらえるものではないが、マネージャーとしてはそうするしかできない。

視界に入った豊永の足が、そのままみやびの脇を通り過ぎようとする。みやびは唇を強く引き結び、スカートを握り締めた。

「あのさ――」

突然聞こえた豊永の声にハッとし、みやびは上体を起こした。いつの間にか傍で足を止めた彼が、こちらを見下ろしている。

「西塚って……、何かに気を取られてるんじゃないか？　時折それを忘れて、いい仕事をしてたし」

奈々を心配して言ってくれたが、直後豊永は真摯な目を向けてきた。

「もし彼女に何か事情があったとしても、俺は私情を仕事に持ち込むやつは大嫌いだ。

俺が西塚と仕事をしたくないと言い出す前に、あんたがどうにかするべきなんじゃないの？」

豊永の言葉に、みやびは横っ面を殴られたような衝撃を受けた。

「やるなら早くした方がいい。次の撮影に入るモデルがもう到着したし。こっちの撮影を見学してるみたいだから、西塚のためにも下手な仕事はしない方がいいんじゃない？……じゃ」

それだけ言うと、豊永はみやびに背を向けて歩き出した。彼の背中を見ながら、みやびは奥歯を噛み締める。

彼の言うとおり、そんな人とは誰だって一緒に働きたくない。それをあえて口にしてくれたのは、彼にも奈々と仕事をしたいと思う一瞬があったのだろう。だから、奈々の目を覚まさせろと助言してくれたに違いない。

「よし！」

腹に力を入れて自分に活を入れると、プール際で俯く奈々のもとへ歩き出した。

「奈々」

みやびが声をかけても、彼女は顔を背けて一言も発しない。話しかけられたくないのか、それとも話したくないのか、何を考えているのかはわからない。

それでもみやびは叱咤するのは自分しかいないとばかりに彼女の前に回り込み、俯く奈々の目を覗き込んだ。

「奈々、今日の仕事は良くないってわかってるよね？　相手の豊永さんだけでなく、カメラマン、広告代理店の方、撮影にかかわる全てのスタッフたちをがっかりさせてる」

みやびの言葉に奈々の瞳が揺らぎ、悔しそうに可愛らしい唇を歯で噛んだ。

その様子で、奈々自身も理解しているのが伝わってきた。納得のいく仕事ができていないとわかっていて、それでも仕事に集中し切れないでいる。

どうして気分が乗らないのだろう。こういう子じゃないのに。いつもはカメラマンに挑む生き生きとした表情を見せてくれるのに。

みやびは、奈々の二の腕を掴んだ。気持ちをこちらへ向けさせたくて、軽く彼女を揺する。

「ねえ、奈々。失敗してもいいから、どんどん挑戦していこうよ」

奈々の虚ろだった瞳がみやびに向けられる。歯で噛んでいたその唇は、今は小刻みに震えていた。

「みやびん……」

みやびは奈々に笑顔で頷き、二の腕を掴んでいた手を滑らせて彼女の手をしっかり握る。

「この仕事をして良かったなって思ってほしい。撮影後、ああすれば良かった、こうすれば良かったって悔やんでほしくないの。豊永さんのいいところをいっぱい盗みながら撮影に挑もうよ。いい仕事ができれば……渋沢さんだって、次こそは絶対奈々と仕事をするって思ってくれるよ？」

瞬間、奈々の顔が急に泣きそうなほどくしゃくしゃにゆがむ。そしてすぐにカッと目を見開き、みやびを射抜くように睨み付けてきた。

そしてみやびの前で、彼女が急に地団駄を踏み出した。

「……が、わかるのよ。……みやびんに、あたしの何がわかるのよ！」

奈々は悲鳴に近い声で叫んだ。今までざわついていた撮影スタッフが、その声でシーンと静まり返る。

「離して、……離してったら！」

癇癪を起こしたまま奈々が手を大きく振り回し、みやびの手を振り払う。その反動で、みやびの躯が大きく傾いた。

まるでスローモーションのように、奈々の怒りの表情が驚愕へと変わる。そしてみやびの名を大声で叫びながら両手をみやびに向けて差し伸べてきた。

えっ？　どうしたの？　――ぼんやりと思ったその時、みやびは躯に強い衝撃を受けた。同時に息ができなくなる。躯にまとわりつく水の感触で、プールに落ちたんだとやっと理解した。

大丈夫、かなづちではないので溺れる心配はない。

みやびは足をついて立ち上がろうとするが、足が底につかないどころか浮上さえもできなかった。慌てて不様に手足をばたばたさせるが、そうすればするほど躯が沈んでいく。ここにきて、初めてみやびは焦った。

嘘……、た、助けて！　誰か……！

その時、急に誰かの力強い腕がみやびの躯に回され、そのまま引っ張り上げられる。顔を水面に出すなり、みやびは激しく咳き込んだ。

「おい！　……大丈夫か？」

「す、すみ……ゴホッ……」

強く腰を抱いてくれている男性に謝るが、上手く声が出てこない。

「向こうの補助階段を使って上がる！」

彼は誰かに大声でそう言うと、みやびの胸の下に手を置き、水を掻いて泳ぎ始めた。

「泳ぎにくいから、力を抜いてて」

耳元で優しく囁きかけてくれる男性に、みやびは頷く。その間も咳き込みはしたが、呼吸が落ち着いてくるとゆっくり目を開けた。そして、隣にいる男性を見て驚愕した。

「と、豊永、さん？　どうして!?」

豊永は何も言わず、プール用補助階段に近づいた。そこにたどり着くと、彼はみやびの躯を抱くようにして腕を回す。

「ほら、しっかり歩いて」

そう言われるが下肢に力が入らず、みやびは階段を上がった場所でへなへなとへたり込んだ。

みやびの周囲にスタッフたちが集まり、心配そうに声をかけてくる。奈々は涙を流して何度も謝っていた。みやびはまずスタッフたちに迷惑をかけたことを詫び、そして奈々に意識を向けた。

「わたしなら大丈夫。それより泣いちゃダメ。撮影がまだ残ってるでしょ。悪いと思うなら、きちんと撮影に集中して。奈々ならできるってわたしはわかってるから」

周囲に目を向け、そこにヘアメイク担当のスタッフを見つける。

「すみません、奈々のことお願いしてもいいですか？」

「わ、わかりました……。あなたは控え室へ行ってください。何点か買い取りできる衣装も持ってきてるのでそれに着替えを。それとこのタオル、使ってください」

「すみません、ありがとうございます！」

座ったままでは失礼だとわかっているが、まだ手足が震えて力が入らない。みやびはとにかく礼を言ってタオルを受け取り、控え室へ向かう奈々たちを見送った。

みやびが怪我をしていないとわかり、周囲にいたスタッフたちが持ち場へ戻り始める。再び話し声があちこちで響くようになった。

ホッと胸を撫で下ろすが、助けてくれた豊永のことが気になり、少し離れた場所に立つ彼に目を向ける。大判のタオルを肩に引っ掛けた彼は、呆れた顔をするカメラマンと一緒にいた。

「あのさ、お前が助けなくてもスタッフの誰かが彼女を助けるってわかってただろ？なのに、無茶しやがって。このあとの撮影はいったいどうするんだよ！」

「すみません。でも、躯が勝手に動いてしまって。それより、濡れてしまったので、どうせなら水中でのシチュエーションに変更してはどうでしょう？　時間もないですし」

「それしかないか。ディレクターたちと話をするから時間をくれ。だが、一応髪とメイクは直しておくように」

豊永はカメラマンの言葉に頷く。そして彼がディレクターの方へ行くのを確認してから、みやびを流し目に見た。目が合うと面倒くさそうに息をつき、みやびのいる場所に近づいてくる。

「大丈夫？」

「あ、あの……はい。助けてくれてありがとうございます」

「あなたも服を着替えた方がいい。その……濡れた格好は目の毒だから」

　みやびは豊永の言葉に、自分を見た。大腿に張り付くプリーツスカート、リボンタイのハイネックのサテンブラウスが第二の皮膚のようにぴったりと引っ付いている。

「あの、ごめんなさい」

　みやびはあたふたと謝った。そしてこれ以上、彼を不快にさせないために、水を含んで結び目の固くなったリボンを解き、震える指でボタンを上からはずしていった。

「えっ？　あっ……おい！　いったい何して！」

　豊永の取り乱した声が、みやびを慌てさせる。力の入らない両手を動かし、なんとかしてブラウスを脱ぎキャミソール姿になる。そして、びしょ濡れのブラウスを絞って水分を切った。

「本当にごめんなさい」

　みやびに対する不快な思いが奈々に向けられないために、もう一度謝った。なのに、彼は頬を染め、口元を手で覆っている。みやびの何かが豊永を困惑させてしまったのだ。

　どんどん悪い方向へ進んでいる。だけどどうしたらいいのかと、みやびが顔を強張らせたその時だった。

「おい、何をやってるんだ！」

　怒りを含んだ声が聞こえた。ハッとして振り返ろうとするが、それよりも先に後ろからタオル地のガウンを肩にかけられる。そのまま男性のたくましい両腕が躯に回された。

弾む息遣いが、耳殻と頬をくすぐる。それだけでみやびの躯の芯が疼き、寒さとは違う震えが走った。

みやびをこんな風に震えさせられる人は、この世にたったひとりしかいない。

胸をドキドキさせながらゆっくり顔だけを動かし、みやびを抱くその人を見た。

「お、大賀見さん……どうしてここに？」

「次の撮影でうちのモデルが起用されているから、様子を見にきたんだ。豊永と西塚さんの仕事も気になってたしね」

彼が顎で指す方向には、確かに大賀見の事務所に所属している女性モデルがいた。彼女は以前ブライダルハウスに来ていた、アイドル並みに人気のあるモデルだ。可愛らしく微笑んで周囲のスタッフと談笑している。

「それより、君はいったい何故ストリップしているんだ？　しかもこんなに濡れて……」

「えっ？」

意識を再び大賀見に戻す。そして、みやびの躯をガウンで隠す彼の手を見た。

そこでようやく彼の言葉の意味がわかり、みやびは慌てふためきながら頭を振った。

「ち、違います！　わたしはただ、濡れた服を脱いだだけで……。それに下に着ているのは、見られてもいいキャミソールですし」

「そういうことを言っているんじゃない！」

大賀見はかすれ声で言い、大きなため息をついてみやびの背に体重をかけてきた。

「あの、大賀見さん？」

おろおろしていると、彼がさらにみやびの耳元へ顔を寄せる。

「胸の谷間を見せるのは、俺だけにしてもらいたいね」

その言葉に、みやびの心臓がドキンと高鳴る。それを誤魔化すように大賀見に目を向けるが、彼の目は先程から口を閉ざした豊永に向けられていた。

大賀見の言葉は豊永には聞こえてないはずだが、彼の態度は他人には親しい間柄だと映るに違いない。

今は恋人役をする時？　それとも、とぼけた振りをした方がいいのだろうか。

みやびは内心狼狽していたが、大賀見は特別気にする様子ではない。そして豊永も、ただ真っすぐ大賀見を睨み付けている。

「あのさ、前も思ったけど、どうして大賀見社長がかかわってくるわけ？　今だって、別の事務所の藤尾さんを助けてる」

「……豊永が気にすることじゃない。さあ、藤尾さん立って」

大賀見は、みやびの二の腕を掴んで立たせようとする。でも自分で思っていたよりもプールでの出来事がショックだったのか、まだ足腰に力が入らずその場にペタンと座ってしまった。

「おい、いったいどうした?」

　みやびの足に力が入らないとわかるや否や、大賀見が膝をついてみやびの顔を覗き込む。

「あの――」

「溺れたんだ。……プールに落ちてね。深い場所だったから、足がつかなくてパニックになったんだと思う」

　みやびの代わりに豊永が答える。すると、大賀見は素早くみやびの頬を両手で包み込んだ。

「大丈夫なのか!?」

「えっ！　あ、はい……」

　その返事に大賀見はホッと息をつくが、すぐに真顔になる。そして両腕を伸ばし、その腕にみやびを抱き上げた。

「えっ、あの！　大賀見さんが濡れてしまいます！」

　周囲のざわつきが一瞬にして静まり返る。

　恥ずかしさと戸惑いが入りまじり、上手く声が出てこない。

　話すのを諦めたみやびは、彼のスーツの襟を掴み、そこに顔を埋めた。

「歩けないんだったら、運んであげるよ。パウダールームへ行けばいいかな」

豊永に説明するには、大賀見の声は少し大き過ぎる気がする。きっと、周囲のスタッフにも聞こえるように、大声で言ったのだろう。

大賀見がゆっくり動き出した。みやびは彼の胸の中で安堵の吐息を零（こぼ）すが、そこでハッとした。

大賀見の、恋人ではないとあえて示した発言に、ホッとしている自分がいたからだ。どの場所であっても、彼が求める時は彼の恋人を演じると覚悟を決めてたはずなのに……

スタッフたちに、不釣り合いだと思われるのが怖い？　それともみやび自身が知られたくないと思っているのだろうか。

彼の本当の恋人ではなく偽者だから……

「みやび、そこのドアを開けて」

大賀見の声で、みやびは我に返った。既にプールエリアを出た彼は、みやびを抱いたままパウダールームのドアの前にいた。

「ごめんなさい！」

手を伸ばしてドアノブに触れると、いつもより力を入れてそこを開けた。大賀見は肩でドアを押し、誰もいないパウダールームの椅子にみやびをそっと置く。

「ちょっと待ってて」

タオルのある戸棚へ近寄ると、大賀見はそれを手に取った。戻ってくるなり、みやびの濡れた髪を拭い始める。

「あ……わたし自分でできます」

「これぐらいさせてくれ……。溺れかけたと聞いて、かなり動揺してるんだ」

みやびは目をぱちくりさせ、大賀見の顔を凝視した。

動揺していると言っているが、全くそうは見えない。いつもと同じく落ち着いて見える。でもふと視線を落として彼の首筋を見た時、そこが痙攣したように脈打つのが目に入った。

もしかして、本当に心配してくれている？

そっと目を上げると、みやびを見る大賀見の眼差しとぶつかる。

「本当に無事で良かった」

髪を拭ってくれていた彼の手が止まり、代わりにそこをしっかり掴まれる。

「つぁ……」

大賀見が上体を倒し、みやびに顔を寄せてきた。唇に彼の熱い吐息が触れた直後、口づけされた。

「ぁ……っんぅ！」

まるで危険な行動を起こしたみやびにお仕置きするように、何度も強く吸われ、攻め立てられる。でもその激しさとは裏腹に、舌で唇に触れるその愛撫からは優しさが伝わってきて、なんだか泣きたい気持ちになった。

そのせいか喉の奥がひくつき、すすり泣きに似た喘ぎが零れる。すると彼はキスを終わらせ、自分の額をみやびの額に軽く触れさせた。

「頼むから、危険な真似はしないでくれ。このままだと俺は……みやびを家に閉じ込めて、ずっと自分の目の届くところに置いておきたくなる」

「……えっ？」

訊き返すが、彼はきつく口を閉じ、それ以上何も言おうとしない。だが息を深く吐き出し、急にみやびの額を強く押してきた。

「痛っ！」

大賀見の力に負け、みやびの頭が後ろに揺れる。彼との距離が開くとたまらず痛む額に手を置き、そこを撫でながら彼を窺う。彼は不機嫌な顔を隠そうともせず、みやびをじっと見つめていた。

「なんで連絡してこない？」

「連絡？」

きょとんとすると、大賀見がみやびの頭をタオル越しにくしゃくしゃにかき乱した。

「みやびを抱いたあの日以降、一度も俺に連絡してこなかっただろ。しかもあの夜、勝手にベッドを抜け出して、逃げるように帰った。メモを置いていったのはいい判断だったと思う。だが、こっちはずっと躯は大丈夫かと心配していたんだからな！」

そう言われて、大賀見とは初体験をしたあの日ぶりの再会だと気付いた。

本当なら大賀見とプールエリアで会った時に感じるべきなのに、溺れたショックのせいかそれどころではなく……

淫らに乱れ、求められるまま躯を開いた夜を思い出し、みやびの躯が一気に火照り始める。みやびはもぞもぞ躯を動かし、こちらを見る大賀見の目を避けて顔を伏せた。

「まあ、初めての体験だったし、みやびの性格ならそうなるのもわかるけどね」

力なく零れた彼の吐息に、みやびはそっと目を上げた。

大賀見が、みやびと目線の高さを合わせるように腰を落とす。

「それで躯は？　痛みは長引いた？」

「あっ、えっと――」

そんなことを話すなんて、正直恥ずかしくて頬が熱くなる。それでもみやびは、彼と目を合わせた。

「あの……最初はなんか、変な感じでした。その、ずっと――」

そこまで言った途端、急にみやびの躯の芯に疼きが走り、生まれた熱が広がっていく。

照れを隠すように、手の甲で口元を覆った。

　でも、みやびの言葉の続きを静かに待っている彼を見て、ゆっくり口を開いた。

「違和感が……。大賀見さんのものに……満たされ続けているみたいで、じんじんして……」

　照れながらみやびが告げると、彼は何故かぽかんと口を開けていた。

「大賀見さん？」

　呆然とする大賀見に、みやびは声をかけた。その瞬間、彼は急に瞬き(まばた)して嬉しそうに口元をほころばせる。慌てて顔を背け(そむ)るが、彼の頬は今も上気していた。

　何故かそれがみやびにも感染して、躯が熱くなる。気持ちを乱す疼きを抑えたくてもぞもぞと内腿を擦るように動かすが、火照りは収まるどころか上昇していく。

　大賀見のこういう表情を見て興奮するなんて、どうかしている。

「みやび……、俺は――」

　大賀見は、みやびの頬に触れようと手を伸ばした。

「お、おが……み、さん」

　みやびの口から、懇願に似た甘い声が零れた。すると磁石のS極とN極みたいに、自然とみやびは大賀見の方へ引き寄せられる。ふたりの吐息がまじり、唇が触れ合うと思ったその時だった。

「藤尾さん、ここにいる？」

ドアが開く音と同時に、女性の声がパウダールームに響き渡った。弾かれたように大賀見と距離を取り、みやびはドアへ目を向けた。そこにいたのは、服を手にしたヘアメイク担当のスタッフだった。彼女は呆然とその場に立ち、交互にみやびと大賀見を見ている。

「えっと、あの……あたし邪魔してしまいました？」

「いや、大丈夫だ」

大賀見は苦笑し、伸ばしていた手をさりげなく下ろすと立ち上がった。その手をズボンのポケットに入れ、ドアへ向かって歩き出す。

「歩けなかった藤尾さんを、俺がここまで運んだんだ。ところでどうして俺たちがここにいるとわかったんです？」

「奈々ちゃんの準備が終わってプールエリアへ戻ったら、豊永くんが藤尾さんはパウダールームへ行ったと言ったので」

「なるほどね、豊永……か。すみません、あとは頼みます」

大賀見はいつもの人当たりのいい笑顔をスタッフに向け、そしてみやびに「じゃ」と言って出ていった。

女性スタッフとふたりきりになると、意味深な目を向けられた。でも彼女は何も言わず、服をテーブルの上に並べる。

「どれがいいですか？」

　みやびはどれでも良かった。買い取りの値段も訊ねず、一番手前にあった大人っぽいワンピースを選ぶ。

「それじゃ、あとで伝票を切っておきますね。さあ、早くシャワー浴びて身なりを整えてください。奈々ちゃんの撮影、もう始まってますから」

「えっ⁉」

　女性スタッフは、他の服を手に抱えて苦笑いする。

「ご存知のように時間が押してるので。……あの、大賀見さんに頼むって言われましたけど、ひとりでも平気ですか？　わたし、現場に戻って待機しないといけないんですが……」

「もちろんです！　すみません、お手を煩わせてしまって。すぐに戻ってください」

　女性スタッフは、明らかにホッとした表情を浮かべた。

「すみません。それじゃ向こうで待ってますね！」

「どうもありがとうございました！」

　みやびは彼女に礼を言うと、椅子から立ち上がった。少し足がガクガクしてはいるが、確実に力は戻ってきている。温かいシャワーを浴びて体温が上がれば、もっと良くなるに違いない。

「よし！」

大賀見にかけてもらったタオル地のガウンを足元へ落とし、濡れたキャミソール、スカート、下着をゆっくり脱いでいく。そして素っ裸のまま奥のシャワー室へ向かった。

それから十数分後。

みやびは濡れた下着をドライヤーで乾かし、パウダールームに置いてある化粧品で簡単に化粧すると、買い取ったラップワンピースを着た。

ブラック地に柔らかなゴールドベージュのアラベスク模様がプリントされたそれは、深く胸元が開いていて胸の谷間が見えそうだった。でもセットになったキャミソールワンピースが上手(うま)く隠してくれるので、いやらしくない仕立てになっている。

鏡に映る自分の姿を確認し終えると、手に視線を落とした。

もう手足に力は戻っている。

さあ、ひとりで頑張っている奈々のもとへ戻ろう。

みやびはパウダールームを出ると、プールエリアへ向かって歩き出した。

ドアを開けてすぐに、周囲を見回す。次の撮影に入るモデルや関係者が、ビーチチェアに集まっているのが視界に入る。その中に、談笑している大賀見の姿もあった。

彼を見ただけで先程の出来事が脳裏に浮かび、下腹部奥がきゅんと疼(うず)いた。そんな自分の反応に頬が熱くなる。

でもなるべくそれは意識しないようにし、不穏な空気になっていないだろうかとスタッフたちの気配を探る。

だが、意外にも現場の雰囲気は明るかった。それだけではない。奈々の笑い声とカメラマンの煽る声がプールエリアに響いている。

みやびは周囲のスタッフに頭を下げ、声のする方へ向かった。奈々は子ども用の浅瀬のプールにおり、助手の照らすライトを一身に浴びながら楽しそうに笑っている。ビーチボールを投げては、元気いっぱいに躯を動かしていた。

「奈々！　もっと……そう！　いいね、もっとこっちを煽って……」

カメラマンの不機嫌さは、もうなかった。レンズの向こうにいる奈々に魅せられて興奮を隠し切れないでいる。

「あいつ、藤尾さんが溺れたのを切っ掛けに、立ち直ったみたいだな」

突然耳元で声が聞こえ、みやびは慌てて横を見た。そこにいたのは、タオル地のガウンを羽織った豊永だった。

「撮影は終わったんですか？」

「ああ、俺の分はね。あとはあいつの撮影だけ。それより……残念だったね、そんな彼女の勇姿をじっくり見られなくて」

みやびは頭を振り、再び奈々に視線を戻した。

「いえ……、西塚の頑張りは、傍にいるわたしが一番良く知っていますから。きっと、いつもの彼女に戻ってくれたんだと思います。ところであの――」

奈々のヘアセットとメイク直しが入ったところで、みやびは豊永に目を向けた。

「わたしがいない間、西塚は豊永さんにご迷惑おかけしませんでしたか？　撮影は上手く進みました？」

「……はっきり言って、腹立つぐらい」

豊永の言葉に目を見開く。そんなみやびに、彼が無表情のまま視線を投げる。その威圧感に生唾をゴクリと呑み込んだその時、突然彼が口角を上げふっと笑った。

初めて見る豊永の朗らかな笑みに、みやびは見入ってしまった。

「とても良かった。彼女とは、最初からああいう仕事をしたかったな」

「ほ、……本当ですか？」

奈々が褒められた。あの豊永が、評価してくれている！

あまりの嬉しさにみやびの頬の筋肉が緩み、躯は喜びで震え出した。

「おい、そんな風に見つめるな！」

豊永が睨んでくるが、唇を尖らせて拗ねる態度がとても可愛らしい。

「すみません」

みやびはくすくす笑いながら、奈々に目を向けた。最後のショットを終えたのか、カメラマンと握手を交わしている。

　奈々は流れるプールを挟んだ向こう側にいるみやびを見つけるや否や、「みやび～ん！」と元気な声で手を大きく振った。みやびもにこにこして、彼女に手を振り返す。

「ところで……、大賀見社長の件で俺が言った話、覚えてる？」

「えっ？」

　大賀見の名が出て、みやびはすぐに意識を豊永に戻した。でも彼は、無表情に前を見ている。明らかに先程とは違う真剣なものがそこにあった。

「大賀見社長がうちの社長に頭を下げたのって、いったい誰のため……って話したんだけど。俺は、藤尾さんが原因だとわかっていた。でも、何故あなたなのか、その理由がわからなかった。でも今は、わかったような気がする」

　一呼吸置いた豊永は躯ごと捻り、真正面からみやびを見下ろした。

「大賀見社長の態度で気付かないわけにはいかない。ふたりは……付き合っているんだって」

　みやびは息を呑み、たまらずさっと顔を背ける。

「あの、わたしは――」

　高まる不安と緊張で、知らず知らずみやびの躯が強張ってくる。

「ああ、別に誤魔化さなくていい。いくらなんでもない振りをしたって、あの独占欲ではっきりわかったし。っていうか、大賀見社長は俺にまで牽制してきたもんな」

みやびは豊永の言っている言葉が信じられなかった。そんな場面は一度も見たことがない。

「それにしても、大賀見社長は藤尾さんのどこに惹かれた？　それがとても気になる」

みやびは言葉を呑み込み、ただひたすら無言を貫く。

その時、奈々のみやびを呼ぶ元気な声が再び聞こえた。そちらへ顔を向けた瞬間、走ってきた彼女に飛びつかれた。水着の上にガウンを羽織った奈々は、みやびを見るなり真顔になる。

「あの、さっきはごめんなさい。あたし——」

「いいの！　奈々がきちんと仕事に取り組んでくれたらそれで。それよりほら、奈々。豊永さんにもきちんとお礼を言って」

みやびは、奈々の登場にホッとした。もし彼女が声をかけてくれなければ、豊永にさらに大賀見との仲を突っ込まれていただろう。

「豊永さん、今日は本当にご迷惑をおかけしてすみませんでした！　また機会があったら、一緒にお仕事させてください！」

奈々が、豊永に深く頭を下げる。

「……まあ、今日の仕事が評価されたら、また一緒に仕事する日がくるんじゃない？

前半ダメダメだったけど」

豊永にチクリと嫌みを言われ、奈々はしゅんと肩を落とす。でもすぐに顔を上げて、握り拳を胸の前で作った。

「覚悟していてくださいね、豊永さん！　今回の仕事で、この先きっと……あたしたちめちゃくちゃ顔を合わせることになりますから」

奈々の前向きな発言にびっくりしつつも、みやびはそんな彼女が誇らしくてたまらなかった。

「言うね、君も……」

豊永は苦笑いするも「楽しみにしてる」と言って手を上げ、マネージャーのところへ歩き去った。

ふたりきりになると、すぐに奈々がみやびに向き直る。

「みやびん、ごめんね。あたし、もっともっと心を強く持てるように頑張る。だから、これからもあたしの傍にいてね」

何故か目に涙を溜めて泣き出しそうな奈々。みやびは自分よりも背の高い彼女の背中に両腕を回し、優しく撫でた。

「わたしは離れないよ。奈々と一緒に頑張る」

「うん……。ありがとう、みやびん」

奈々のように、みやびも素直に気持ちを口にできたらどんなにいいだろう。

今はまだ怖くて想いを告げられないが、いつの日か大賀見に告白できる日がくると信じて、みやびは奈々を強く抱きしめた。

九

スパリゾートでの撮影を終えて一ヶ月後。

その時の広告が雑誌などに掲載され始めた途端、奈々についての問い合わせが事務所に頻繁に入るようになった。

そして梅雨に入り、色とりどりの傘が花のように街中に咲き始めるにつれて、みやびのスケジュール帳も色鮮やかなものに変わっていった。

奈々の知名度がアップしたせいだろう。

ストーリー性を重視して数週間ごとに展開されていく広告は、本当に良くできていた。

友達から始まったふたりが次第に距離を縮め、夏が終わる頃に恋人同士になるという設定だったが、豊永もさることながら奈々の表情が生き生きしている。しかも、調子が悪かった撮影のショットも使われており、逆にそれでストーリーに動きが生まれていい感じに仕上がっていた。

その仕事が業界の人の目に留まり、急遽温泉地をPRするCMの仕事が入った。撮影間近なのに、クライアントの希望で豊永の相手役として奈々が抜擢されたのだ。これを契機に、またさらに忙しくなるに違いない。

みやびは奈々と今後のスケジュール打ち合わせのため、事務所近くのカフェに来ていた。

スケジュール帳の埋め尽くされた字を見ては、嬉しさのあまり笑みを零す。でも、スケジュールに空きがないというのは、大賀見との時間も取れないということでもある。

それでなくてもここ数週間は忙しさのあまり、大賀見に連絡ができないでいた。そういう日がさらに続くと思うと、嬉しさとは別のところで気持ちが落ち込みそうになる。

プライベートの電話番号を知っているので、気軽に大賀見に連絡をすればいいのかもしれない。でも彼は社長業で多忙の日々を送っている。みやびよりも忙しくしている彼を煩わせたくないという感情が先に立ち、どうしても深夜には電話をかけられないでいた。

もちろん、大賀見と全く顔を合わせていないわけではない。現場ですれ違ったり、立ち話をしたりはしている。ただ、スパリゾートでの仕事を境に、彼はみやびの胸をときめかせる会話や、さりげなく躯に触れてドキドキさせる行為をしなくなった。

それが凄く悲しくて、みやびは大賀見との関係に距離を感じるようになっていた。恋人役が必要と言われればすぐに飛んでいくのに、そういった電話もない。深夜でもいい。大賀見の方から連絡をしてくれたら……

みやびはスケジュール帳に目を落とし、そして小さく頭を振った。

今は大賀見のことではなく、さらに忙しくなる今後について奈々と話す方が先だ。それに、もう二十三時を過ぎている。早く奈々を帰宅させてあげたい。

「これから忙しくなるね。奈々の言ったとおり、豊永さんとの仕事がいっぱい！　それだけじゃなくて、他にもオーディションを受けないかって直接声もかけてもらってているし」

そう声をかけて本題に入ろうとするが、何故か奈々は浮かない表情でずっと俯いている。みやびに相槌を打つことすらしない。

「奈々？　どうしたの？　……もしかして、忙し過ぎて辛い？」

みやびの問いかけに、奈々は激しく頭を振るだけで、面を上げない。

豊永との仕事では浮上したが、その後も奈々は感情の浮き沈みが激しかった。仕事自体はきちんとしていたが、休憩時間になると難しそうな顔つきで携帯ばかり触っている。

豊永が言っていたように、やっぱり奈々は何かを悩んでいる。

「もし、何か悩みがあるなら、わたしに話して？　頼りないかもしれないけど、奈々の助けになりたいの」

そう言った途端、奈々が急に肩を震わせて大きな涙を零した。声を殺して耐えている姿がとても痛々しくて、みやびの胸を締め付ける。

本当なら奈々の隣の席に移動して彼女の手を握ってあげたかった。でもじっと我慢し、彼女の気持ちが落ち着くまで待つ。

それから数十秒経った頃。

奈々が手の甲で濡れた頬、目を拭うと顔を上げ、まだ涙で潤む目でみやびを見た。

「みやびん、聞いて。あのね、実はあたし――」

奈々は、これまでずっと胸に秘めていた思いを全てみやびに話してくれた。

奈々は、やはり渋沢大輔と付き合っていたのだ。しかも、彼が怪我をしたのは、みやびが声をかけたせいではなかった。もちろんみやびが切っ掛けで階段から落ちたのは事実。

でも渋沢の怪我の本当の理由は、外の空気を吸いに出た奈々が酔っ払いの男性に絡まれ、助けに入った彼が殴られた、というものだった。しかしふたりは、これ以上大事にしたくないと、この件については秘密にすると決めたという。そこまでは良かったが、渋沢が奈々とするはずだった仕事を豊永に奪われて、状況が変わった。

豊永が奈々のモデルとしての評価を上げたことを、渋沢は面白く思っていないらしい。

彼は奈々と連絡を取らなくなり、現在別れ話を持ち出されても不思議ではないほどに距離を置かれているという話だった。

「そう、だったのね……」

みやびは頭を抱えたくなった。みやびはマネージャーとして、事務所の方針を破った奈々にきつく注意をする立場にある。

でも、恋なんてしたくなくても突然やってくるもの。今のみやびにはそれがわかるだけに、彼女に強く言える気がしない。

同じ女として、すれ違う気持ちがわかるから……

打ちのめされたように俯く奈々は、また静かに涙を流している。

この件は安土社長に報告しなければならないが、今は奈々の気持ちに寄り添ってあげたい。

みやびが奈々に声をかけようとするが、そうする前に彼女が顔を上げた。

「あの時は本当にごめんなさい。大輔のことでは、みやびんが責任を感じなくても良かったの。それなのに正直に言えなくて……」

「ううん。きちんと言ってくれてありがとう、奈々。でもこれからのこと、一緒に考えなきゃね」

そう言った途端、奈々がテーブルに手を置きみやびの方へ身を乗り出す。

「みやびん、あたし……大輔と別れたくない。事務所が恋愛禁止なのはわかってる。それでも彼が好きなの。だからお願い、彼が嫉妬するような仕事はやりたくない」

「それはできないわ、奈々」

みやびは即答し、奈々の震える手を握った。

「そんなことをしたら彼を侮辱してしまう。仕事と私情は別よ。オンオフをはっきりさせて、彼と真正面からぶつからなきゃ。……ってマネージャーのわたしが言うセリフじゃないけど」

みやびは苦笑いするものの、すぐに深くため息をついた。応援してはいけないのに、結局彼女の背を押していたからだ。

「ごめんなさい……」

「ううん。でも安土社長には報告するね。出張中の社長が戻ってきてからの話になるけど」

「やっぱり、社長に言っちゃうんだね。うん、わかってた。それも仕事だもんね。だけどね、みやびんには悪いけど……社長に別れろって言われてもあたしは絶対に納得できない！」

テーブルに手をつくなり、奈々は立ち上がった。

「ごめん、今日はこれで帰る」

そう言い捨てて、奈々はカフェを出ていった。

奈々が〝帰る〟と声に出したということは、きちんと家へ戻るということ。それを知っているみやびは、彼女のあとを追いかけなかった。

その代わり、みやびは携帯を取り出してメールを打つ。

〝マネージャーの意見としては、さっき言ったとおりよ。でも同じ女性としてなら、奈々の気持ちはとてもわかる。好きな人と別れたくないって気持ち、わたしも奈々と同じだから……〟

奈々との立場は微妙に違うが、誰かに恋する気持ちは同じだ。みやびが自分の恋愛について話をすることで、ほんの少しでもわかり合えたらと思い、奈々にメールを送信した。

カフェに入って、もう三十分経っている。

今、大賀見は仕事で忙しいだろうか。電話をかけたら、彼の邪魔をしてしまうだろうか。いつものように遠慮してしまいそうになるが、奈々の気持ちを聞いた今だからこそ動けそうな気がしていた。

みやびは会計を済ませて外に出ると、携帯に登録してあった大賀見の番号を表示させ、通話ボタンを押す。呼び出し音を聞きながら携帯を握り締め、足元に視線を落とした。

そういえば、こういうシチュエーションは以前にもあった。

あの時は、初めて躯(からだ)に触れられたあとというのもあり、羞恥(しゅうち)で大賀見に電話をかけられなかった。だが今回は、このまま距離を置かれるのではないかという不安を感じて電話をかけている。

自分の気持ちの変化に驚きつつも、みやびはそれが嫌ではなかった。

わたし、大賀見さんが好きです――と心の中で囁いた時、鳴り響いていた呼び出し音が切れた。

『……みやび？』

「大賀見さん！　あの、遅くにすみません。今……大丈夫ですか？」

大賀見のため息が聞こえる。まるで言葉にせずみやびを拒んでいるように思えて、喉の奥が引きつった。

『何？』

大賀見の冷たい声音に、みやびの背筋が凍りつく。都合を訊いただけなのに、彼は前置きはいらない、用件を先に言えとばかりの態度だ。

「す、すみません！　わたし――」

きっと今、手の放せない仕事をしている最中なのだろう。

邪魔をしたくなくてこのまま通話を切ろうとしたが、それではこれまでの自分と変わらない。

みやびは携帯を握り締めると、俯くのではなく顎を上げた。

「あの……、大賀見さんに会いたいです！　何時になっても構いません。わたしのために時間を作ってくれませんか！」

『……本当に？　ずっと連絡すらしてこなかったのに、俺に会いたいって？』

「もう、仕事場で顔を合わせるだけでは嫌です。ふたりきりで……会いたい！」

外だというのも忘れて、みやびは大声で気持ちを告げた。それでも大賀見は返事をしてくれない。

やっぱり大賀見の心は離れてしまった？　もう、みやびという恋人役はいらない？

はっきり拒絶されると思っただけで、みやびの躯が震える。

『じゃ、今から言う住所の場所へ来て――』

大賀見は、都心のとある住所を口にした。そこは彼の事務所ではなく、どこかのマンションのようだ。

「もしかして、大賀見さんの……家ですか？」

『嫌ならいいよ、別に来なくて』

そう言うなり、通話は一方的に切れた。

「う、嘘！」

通話中に切るなんて信じられない。

みやびは驚きつつも、気持ちと躯は動いていた。空車が目に入るや否や手を上げ、タクシーを停め素早く乗り込んだ。

一方的に通話を切られたが、大賀見は会ってくれるだろうか。

彼に拒まれるかもしれないと思っただけで、背筋に震えが走る。でも、後ろ向きではいけない。

みやびは自分に言い聞かせると、車窓の外を流れる眩いネオンを見つめた。

国道を走っていたタクシーは、しばらくすると駅と直結したタワーマンションの前に停まった。

「こんなところに、大賀見さんは住んでるの!?」

タクシーを降りたみやびは、驚きの声を上げた。周囲をきょろきょろ見回しながらエントランスに向かい、閉ざされた自動ドアの横にあるパネルの前に立つ。そして教えられた部屋番号を押した。

『……はい』

聞こえた大賀見の声に躯が自然と反応する。

「あの……藤尾みやびです。大賀見さんに会いたくてわたし――」

そこまで言った時、自動ドアが開いた。

『入って』

カメラに向かってしっかり頷くと、みやびは自動ドアを通り抜けエレベーターホールへ向かった。エレベーターに乗り、彼の部屋の階を押す。すると、揺れを感じさせないまま上昇し、あっという間にそれは停まった。すぐに降り、みやびは案内板を見て大賀見の部屋へ向かう。

「ここだ」

大賀見と書かれた表札を見て、みやびはインターホンを押す。音が響き終える前にドアが乱暴に開かれた。

そこに立っていたのは、無造作に髪を乱し、スウェットパンツにTシャツを着た大賀見だった。今まで見たことのないリラックスした彼を目にして、みやびの胸が早鐘を打ち始める。

「大賀見さん、わたし……」

あふれ出る感情のまま大賀見の名を呼ぶと、突然彼に手首を掴まれ、乱暴に玄関へ引っ張り入れられた。

「あっ！」

前につんのめったみやびの首に、彼の片腕が回される。ふたりの躯(からだ)がぴったり重なって息を呑んだ時、彼の顔が覆いかぶさってきた。唇が重なる。

「っ……んぅ、……ぁふ」

鬱積(うっせき)した感情を放出するような熱い口づけに、みやびの躯が一気に燃え上がり小刻みに震えた。堪(こら)え切れなくなって空気を求めて唇を開くと、彼のねっとりした舌を口腔(こうこう)に突き込まれる。

「はぅ……ん、ぁ……」

彼の舌がみやびの舌と歯、さらに上顎を激しく攻めてくる。どちらの唾液かわからないほどみやびの口腔でそれはまざり合い、彼の舌がくちゅくちゅと音を立てる。

たったそれだけで、みやびの足元がぐらぐら揺れて立っていられなくなってきた。助けを求めて大賀見のシャツを握ると、彼のもう片腕が腰に回されしっかり抱きとめられる。みやびの乳房が彼の胸板で潰されるが、それでも彼はキスを止めない。むしろ、どんどん深まっていく。

「ぁ、……はぅ、……んくっ！」

あまりの激しさに、鼻で息をするのも辛くなってきた。脳の奥が熱で痺れて涙目になる。その時、彼がやっとキスを止めてくれた。

ふたりの唇の間に、唾液の橋がつながる。いやらしく糸を引くその光景に、みやびは震える手で口元を覆った。上目遣いのまま、口腔に溜まった唾液をゴクリと呑み込む。

すると、大賀見はみやびにも聞こえるほど息を呑んだ。

「みやびはいつからそんな風に……男心を刺激する表情をするようになったんだろう。でも、まあそれは……俺の手で変わってきたということかな」

みやびはまだ口元を覆ったまま小首を傾げた。それを見た大賀見が、深くため息をつく。

「いいか。これからは俺以外の男には、上目遣いをしないように。涙目でゴクリと呑み込んでもいけない。そうするのは、俺の前だけだ」

またしても何も言えないでいると、大賀見は突然大声で笑った。

「意味がわからないか。まあ、また今度教えるよ。とりあえず入って」

大賀見は、みやびの腰を抱いたまま室内へと促す。みやびは手の甲で唇を拭いながら、慌ててヒールを脱いだ。大賀見に「こっちだ」と言われて一緒に廊下を進み、奥の部屋に入る。

ドアを開けた瞬間、綺麗に片付けられたアイランドキッチンと、広々としたリビングとダイニングが目に飛び込んできた。あまりの広さと豪華さに、みやびの口がぽかんと開く。

でも、なんとか口を閉じて、隣に立つ大賀見を見上げた。ここに会いに来た理由を思い出したのだ。

「大賀見さん、あの……実はお話したいことがあります」

途端、彼の表情が険しくなる。みやびに触れていた手を素っ気なく離すと、距離を取るように歩き出した。そしてみやびが訪ねるまで仕事をしていたのか、ダイニングテーブルに広げられた分厚いファイルを閉じていく。

「……何?」

機嫌が悪くなった原因を掴めないまま、みやびも彼のあとを追った。

「実は、うちの西塚が話してくれたんです」

「西塚？」

大賀見の手が止まり、みやびに目を向ける。みやびは彼に頷き、つい一時間ほど前に奈々から聞いた話をした。渋沢と奈々は付き合っていて、あの怪我は酔っ払いに絡まれた奈々を助けたのが原因だったということを。

「とは言っても、渋沢さんは西塚のせいで怪我してしまったので、当然責任はこちらにありますけど。それであの――」

「それを俺に報告してなんの意味がある？　俺の傍にはいられないと言いにきた？」

大賀見の険のある言い方に、息を呑んだ。みやびはただ真実を彼と共有し、大賀見モデルエージェンシーでは恋愛は自由なのか、それを訊きたかっただけだった。

なのに、まさかそんな風に言われるなんて……

「そんなこと、言うわけありません！」

たとえ偽りの恋人であっても、みやびが自分から大賀見との関係を切るわけがない。

「大賀見さんこそ、もう……わたしが必要なくなったんじゃありませんか？」

みやびはぷいっと顔を背ける。

「仕事場で会っても他人行儀ですし、わたしに……触れることもなくなった。それって、わたしと距離を置くようになったとしか——」

「俺はいつもと変わらないよ。現場で会う人には誰にでも声をかけるし。なのにどうしてみやびは……俺の態度がおかしいと感じるようになった？　何故そう思うのか、自分でわかってる？」

大賀見がファイルを脇に片付けると、みやびの方へ歩いて来た。その威圧感に、躯が動かなくなる。まるで魔法をかけられたみたいに、彼から目を逸らせない。

「俺が教えようか？　みやびは……物足りなくなったんだ。俺に無視されてると感じるほど、俺のことしか考えられなくなった」

大賀見の指が、みやびの頬を触れるか触れないかのタッチで撫で下ろす。彼に触れられるたびに甘い疼きが湧き起こり、感じやすくなった躯がその先を期待して勝手に震える。

「そうだろう？　みやびは我慢がならなくなった。俺が欲しくて恋しくて……ここを——」

大賀見がみやびの乳房を服の上から包み込み、乳首の付近を指の腹で撫でる。

「硬くさせて、俺の口で愛撫してほしいと訴えるほどに」

そう言われた途端、下腹部奥が熱くなり、意思とは裏腹に秘所がぴくぴくと痙攣する。

重力に従って伝い落ちた愛液が、パンティを濡らし始めた。

みやびの躯が、羞恥と快感の狭間でわなわなと震える。それでも大賀見は指の動きを止めない。

「でも、それはみやびだけじゃない。……俺もみやびを見るたびにそうなってる」

大賀見の告白に驚きながらも、真実を確かめるように彼の目を覗き込む。そこには、確かに揺るぎない真摯な想いが浮かんでいる。

彼もみやびを見れば、欲しいと思ってくれてる？　そう思っていたのは自分だけではない？　もしかしたら彼も、みやびを好き!?

大賀見の言葉が胸の中に広がるにつれて、希望という名の光が輝き始める。

「この服、スパリゾートで着替えたワンピースだね。とてもみやびに似合ってるよ。あの日、このウエストのリボンを引っ張り、そのまま脱がしてしまいたい衝動に駆られて大変だったんだ」

みやびの心臓が破裂しそうなほど高鳴る。にもかかわらず、大賀見はゆったりとした姿勢を崩さない。腰に片腕を回してみやびを抱き寄せても、彼は静かに手のひらで乳房を揉みしだく。

「大賀見、さん！」

かすれた声で名を呼ぶが、彼は気にする素振りを見せない。自分のペースで事を進める。

「みやびにひとつ教えてあげよう。脱がされやすい服を着て男の部屋に来るということは、セックスしてもいいという意思表示と取られても仕方ないんだよ。みやびもそうだと、俺は受け取っていいのかな?」

訊いておきながら、大賀見がゆっくり顔を近づけてきた。腰に触れていた彼の手が僅かに上がり、さらに躯が密着する。

「いいんだよね? ……みやび」

大賀見の濡れた吐息が、みやびの頬を撫でる。こんな風に求められると、堰き止められないほどの愛があふれて、彼の心と寄り添いたいという気持ちが湧き起こってくる。

ああ、もうこの気持ちを抑えられない!

「わたし、っ……大賀見さんのことが、好——」

まだ告白の途中なのに、まるでその意味を汲み取ったと言わんばかりに大賀見の口元が優しげにほころんだ。彼はみやびとの距離を縮めて、唇を求めてくる。

彼の熱い吐息にくすぐられ、たまらずそっと唇を開いた瞬間、突然広い部屋に電話の音が鳴り響いた。

まるで親にイタズラを見つかった子どものように、みやびの躯がビクッと跳ねた。

「……クソッ! よりによってこんな時に!」

大賀見がみやびに一言「悪い」と告げると手を離し、携帯を置いたテーブルへ向かう。ため息をついて携帯を手にするが、なかなか通話ボタンを押そうとしない。

彼のそんな後ろ姿を見て、何故かみやびも緊張を覚えた。着信音に使われている楽曲の不協和音が、耳障りなせいだろうか。

やがて、大賀見は諦めたように通話ボタンを押した。

「もしもし。こんな時間にいったいなんの用です？」

みやびは盗み聞きしないようにと彼に背を向け、彼の手でいつの間にか乱された胸元を直した。

「ええ、覚えていますよ。何度も言わなくてもね、吉住社長」

その言葉にハッとして、みやびは振り返った。腰に手をあてる彼の背は、異様なほど強張（こわば）っている。

「はい!?　……それはいつです！」

突然大賀見が振り返った。悔しそうに眉間に皺（しわ）を刻み、みやびをまじまじと見つめる。

「なるほどね。……ええ、いいですよ。結局のところ、社長の願いは叶いませんけどね。……そういうことです。それではこれで」

大賀見は通話を切ると、携帯をテーブルに置いた。

「みやび……」

「は、はい！」

「明日から……頻繁（ひんぱん）に俺の恋人を演じてもらいたい」

「……えっ？」

たった今、いい雰囲気で愛の告白をしていた。それをわかった上で、大賀見はみやびにキスしようとしてくれているんだと思っていた。

でも、そうではなかったのだ。大賀見に、みやびの気持ちは全然伝わっていない。わかっていたら、彼は恋人を演じてくれなんて絶対に言わない。

みやびの胸に、ギュッと締め付けられるような痛みが走った。それに耐え切れなくて顔をゆがめ、胸に手をあてる。

「……嫌なのか？」

みやびは頭を振る。大賀見に迷惑をかけたことを思ったら、彼の恋人を演じるなんて大したことではない。そもそも彼との約束は、求められる限り守るつもりだった。

ただ、みやびは辛かった。ふたりの距離が縮まったと思っていたから……

「いえ。ただ、これまで一回しか求められたことがなかったので……」

「うん？　俺は今まで一度も頼んだことがなかったけど？」

みやびは大賀見の返事に、何度も瞬きする。

「表参道のギャラリーにわたしを呼んでくれた時、恋人役を求めていたんじゃ？」

大賀見は信じられないとばかりに、みやびをまじまじと見る。だがすぐに頬を緩め、肩を揺らして笑った。

「そうか。そう思われても仕方ないか。確かに俺はあの日、恋人らしく振る舞わなかったみやびをなじったし。でも、あれはノーカウントだ。これまで一度もみやびに頼んでいないからね。ただ、ここからが本番だ」

大賀見は急に真面目な顔をし、みやびの瞳を覗き込んできた。

「覚悟はできてる？」

覚悟？　……そんなの、大賀見に迷惑をかけた時点で既にできている。

「は、はい！」

「じゃ、今夜は俺の家に泊まってくれ。今度こそ一緒に朝を迎える。いいな？」

泊まる？　一緒に朝を迎えるって、彼のベッドで!?

突然の展開に驚愕するみやびの前で、大賀見はリビングとダイニングの電灯を消した。

「もう日付も変わってるし、明日のために寝よう」

大賀見はみやびの手をしっかり握ると廊下に出て、その先にあるひとつのドアを開けた。

大賀見が間接照明をつけると、ベッドが目に入った。その部屋は、彼の事務所で見たベッドのある部屋とはまた違い、生活感があふれていた。しかも、彼がいつも使っている香水の残り香が鼻腔をくすぐる。そこにいるだけで、まるで彼に抱かれているような錯覚に囚われた。

ここが、彼のプライベートルーム……

大賀見の個人的な部屋に足を踏み入れていると思っただけで、心音が耳の傍で鳴っているのではと感じるほど大きくなる。

男性的な黒の家具で統一された部屋を見回していると、彼がみやびの手を掴んだ。

「みやび、こっちにきて」

手を引いたまま、大賀見がキングサイズのベッドに座る。そして両脚の間にみやびを引き寄せ、ウエストの黒いリボンを引っ張った。静かな部屋に、しゅるしゅると衣擦れの音がする。それはみやびの聴覚をも刺激する。

たったこれだけで、大賀見はみやびをその気にさせる。ほんの一ヶ月前はまだ何も知らない処女だったのに。

大賀見はみやびの肌を舐めるようにワンピースを脱がし、それを足元へ滑り落とした。

みやびがキャミソール姿になると、大賀見はみやびの手を掴んだままベッドに誘った。

上掛けをふたりの上にかけ、後ろからそのたくましい胸の中へみやびを引き寄せる。

下腹部に置かれた彼の手が、もうすぐ躯を這ってくると思っただけで、みやびは緊張してきた。でも、彼は一向にその手を動かさない。

「……おやすみ、みやび」

そう言うと、大賀見は静かな吐息を漏らし寝入った。

ここへ来た時、大賀見はみやびを感じさせてそのまま奪う勢いだった。でも今はその激しさや、性欲が消えている。みやびは、彼のその変化に動揺を隠せなかった。

頭の中に、何故という言葉が渦巻くが、その答えは見つけられなかった。

この夜、一緒にベッドに入っているにもかかわらず、大賀見は一度もみやびを求めようとはしなかった。

十

大賀見の家に初めて泊まり、本格的な恋人役を頼まれたあの日から三週間。じめじめした梅雨が明け、本格的な夏が始まった。

だが、みやびはまだ彼の恋人を演じていなかった。彼は予定外の出張が入り、西日本のあちこちを移動しているせいだ。

ただこれまでと違うのは、頻繁ではないがお互いに連絡を取り合うようになったことだろう。

大賀見とほんの数分しかやり取りができなくても、彼の声を聞くだけで心がほんわかする。でも、やはり彼の顔を見られないと、寂しさが募って仕方がなかった。

早く大賀見さんに会いたいな――と思いながら、みやびはデスクの前で両手を頭上へ伸ばした。「うーん！」と声を出して、凝り固まった筋肉をゆっくりほぐす。

この日は奈々がオフのため、みやびは午前中からずっと事務所に詰め、主にスケジュール管理や問い合わせの仕事をしていた。

明日は急遽決まった、温泉地をアピールするCM撮りがある。しかも泊まりがけなので、今日は早くアパートへ帰りたかった。でも確認書類は、まだみやびのデスクの上に残っている。

「何？　やっぱり外で動き回る方がいい？」

今日の仕事を終えて事務所に戻ってきた先輩の皆川が、みやびが首を回すのを見て笑った。

「もちろんです。だって、今日はずっとデスク作業だったので。でも、奈々の休みの日にしかできないから仕方ないですよね。二十時までには終わらせたいですけど……」

みやびは確認し終えた書類をファイルに入れ、またチェックする書類をデスクに広げた。

すると、皆川が隣の席の椅子を引っ張り出し、座った。

「奈々ちゃんと言えば、あの件……社長と話してどうだったの？」

「あっ、はい……」

数日前、みやびは出張を終えて戻ってきた安土社長に、奈々の件を報告した。社長は頭を抱えたが、現在奈々の人気が上がってきているのを受け、しばらく静観するという結論を出した。

無理に別れさせて、奈々が仕事に集中できなくなるのを恐れたのだ。

そのことを伝えると、皆川は真面目な顔で頷いた。

「安土社長の判断は正しいと思う。奈々ちゃんの気持ちにムラがあったって知ってたし」

皆川はみやびの目を見つめた。

「これから大変だけど頑張って。明日、泊まり仕事なのよね？」

「はい」

「それなら、もう今日は終わりにしてさっさと帰る！　泊まりの仕事って、意外と体力と精神力を奪われるんだから。それに、その書類は急いで片付けなければならないものじゃないでしょ？」

皆川は、みやびのデスクにある書類を指す。

「これは先輩としての助言。まず明日に備えなさい」

本当はもう少し続けたかったが、先輩に言われたら切り上げるしかない。

「わかりました。今日はこれで終わりにします」

皆川は立ち上がると椅子をもとに戻し、バッグを肩に引っ掛けた。

「よし！　それじゃ先輩は先に帰るとするかな」

バイバイと手を振って、皆川は出ていった。彼女に続き、事務職の女性社員も次々に帰っていく。見渡せば、事務所に残っているのはみやびだけになっていた。

デスクを片付け、大切な書類はもとの棚に戻す。

「これで大丈夫だね」

みやびも帰ろうとバッグを手にし、事務所のドアへ向かう。そして立ち止まって電気を消そうと手を伸ばした。

その時、急に事務所の電話が鳴った。

既に留守番電話のセットをしている。このまま出ていこうかとも思ったが、もし緊急の用事だったらと考え直す。

みやびは電気パネルに伸ばしていた手を下ろすと、足早にデスクに向かい受話器を取った。

「お待たせいたしました。アットモデルプロダクションです」

『吉住モデルプロモーションの豊永と言います。そちらに藤尾さんいらっしゃいますか？』

「と……豊永、さん？」

みやびの反応に、彼は大げさにため息をつき、『俺が名乗ったら、すぐに気付けよ』

と小さな声で呟いた。その言葉に、みやびは思わず苦笑した。

『……あのさ、今から出てこられない？』

「行けません。豊永さん、明日はうちの西塚との撮影があるんですよ。早く家に帰って、明日に備えた方が――」

『実は、大賀見社長の件なんだけど』

「……えっ？」

突然大賀見の名を出されて、言葉が喉の奥で詰まった。

『来てくれたらいいこと教えてやる。知りたいだろ？　今さ、おたくの事務所の近くにいるんだ。場所は――』

豊永は、吉住モデルプロモーションからほど近い場所にある、イタリアンレストランの名前を言った。

その店は奥まった路地を抜けたところにある隠れ家的店として有名で、モデルたちの間では密会にはもってこいの場所として知られていた。

『じゃ、そこで待ってる』

「あっ、待って！」

そう叫ぶが、既に通話は切れていた。

豊永が大賀見の何を教えたいのかわからない。だがだからこそ、知りたいと思った。

みやびは受話器を下ろすと、今度こそ事務所の明かりを全て消す。そして事務所を出ると鍵をかけ、階段を駆け下りてビルの外へ出た。

みやびは小走りで、豊永が指定したイタリアンレストランへ向かう。急いだため、肌がじっとり汗ばんでいる。レストランに到着すると見苦しくない程度にハンカチで拭い、店へ入った。

「いらっしゃいませ。お待ち合わせでしょうか?」

モデルとしても通用しそうな素敵なギャルソンが、みやびの前に現れる。

「豊永さん……、あっ、いえ」

みやびは口籠もった。豊永はモデルとしてだけでなく俳優としても売れっ子。いくら業界人の隠れ家的存在の店とは言っても、正直に名前を言っているとは限らない。

「失礼ですが、お客さまのお名前を伺ってもよろしいですか?」

ギャルソンに訊ねられ、みやびは「藤尾です」と告げた。

「藤尾さまですね、お伺いしております。どうぞこちらへ」

ギャルソンの案内を受けて、みやびは店内に足を踏み入れた。これまでこの店には一度も入ったことがなかったが、居心地良さそうな空間が広がり、楽しい時間と美味しい料理をゆっくり堪能できるスタイルになっていた。

「こちらです。……お連れ様がいらっしゃいました」

ギャルソンの声で前を向くと、そこに豊永が座っていた。ギャルソンが下がると、彼はみやびに「どうぞ」とソファを指す。

みやびは、言われるまま豊永の前のソファに腰を下ろした。

「明日は撮影だからアルコールは無し。別に食事制限はしてないけど、時間的にがっつり系の食事は控えたいから、アンティパストを……前菜を中心に選んだ」

「わたしはすぐに帰りますので、食事はいいです。それより本題に――」

豊永が目だけを動かし、ジロリと鋭い眼差しをみやびに向ける。

「ああ、大賀見社長の件？　あれね、試したんだ。彼の名を出せば、藤尾さんが来るかどうか」

みやびは目を見開いた。すると、豊永が意味深ににっこり微笑む。

「でも、知ってることは教えてあげる。もちろん、食べながらね」

豊永がそう言ったところで、ギャルソンが現れた。コーヒーと前菜の盛り合わせプレートが目の前に置かれる。フランスパンに具材を載せたクロスティーニ、トマトとモッツアレラチーズとバジルを使ったカプレーゼ、新鮮なサーモンのマリネと生ハムサラダ、そして数種類のチーズが盛り付けられていた。

「好きに食べて。もし他に頼みたいものがあったら頼んでいいから」

コーヒーカップを手にした豊永は、美味しそうにそれを飲む。彼が一息つくのを待ってから、みやびは口を開いた。

「どうしてこんな真似をしたんですか？」

「藤尾さんに興味が湧いたから」

「……えっ？」

みやびは一瞬、口をぽかんと開ける。だが我に返るとすぐに口を閉じ、力なく頭を振った。

「あ、あのですね。そういう冗談はもっと綺麗な女性に言うべきだと――」

その時だった。

「ゲッ！　マジかよ……なんでここに!?」

豊永が突然目を見開いたかと思うと、その顔が青ざめた。

「どうかしたんですか？」

豊永の視線の先に何があるのかと、振り返ろうとする。でもその前に、彼にテーブルの下で脛を蹴られた。

「痛っ！」

「悪い。でも顔を伏せて！　頼む……ああ、クソッ！　……見つかった」

見つかったって、えっ？

豊永は一切説明しようとせず、すくっと席を立つ。

いったいどういう状況なのか全くわからなかったが、とりあえずみやびはテーブルに視線を落とし、躯（からだ）を縮こまらせた。

「こんばんは、桃花（ももか）さん。……大賀見社長」

えっ？　大賀見さん!?　――みやびは思わず顔を上げそうになるが、続いて聞こえた、女性の妖艶な笑い声に動きを止めた。

昨夜大賀見に電話した時、彼は博多にいた。今日戻るという話も、聞いていない。それなのに、何故彼が女性と一緒にここにいるのだろう。

みやびの心が揺れる。それでもなんとか落ち着こうと、膝の上に置いた手に力を入れた。

「孝宏ったら、あなたも罪作りな男ね。父は知らないんでしょ。あなたに恋人がいるって。ふふっ、きっと怒るわよ」

楽しそうに笑う女性の声が、何故かみやびの癇（かん）に障る。

「帰国早々、大賀見社長とデートですか？　それなら俺たちのことは気にしないでください」

「イヤよ。孝宏のカノジョ、あたしに紹介しなさい」

「ちょっ……桃花さんっ！」

女性が動き、豊永の隣に立つ。ミニスカートから伸びる綺麗な脚が、みやびの視界に入った。

「こんばんは。あなたはいったいどこの所属の方？」

ここまできたら、もう無視はできない。

覚悟を決めたみやびはゆっくり立ち上がり、奈々と同じぐらい背の高い美女と目を合わせた。細い首と白い肌を引き立たせるショートボブの彼女は、モデル並みに綺麗だ。真っ赤な口紅を塗ったその唇と大きなイヤリングは、まるで〝わたしを見て〟と主張しているように見える。

彼女は自分に自信を持っているのだろう。全てにおいて、みやびとは正反対のタイプの女性だった。

「……初めまして」

「みやび!?」

大賀見が驚愕の声を上げた。そんな彼の態度に、豊永がおかしそうに笑う。

「いつ気付くかなって思ってましたよ。俺に興味ないからって、ずっとそっぽ向いていた報いです」

女性は、何度も大賀見とみやびを交互に見る。

「何？　一哉の知り合いなの？」

女性に訊かれた大賀見は小さくため息をつき、そっとみやびの傍へ近寄る。

「みやび、彼女は吉住桃花さん。吉住社長の娘さんだ。数日前、留学先のアメリカから帰国したばかりなんだ」

桃花の年齢はわからないが、大賀見と仲が良さそうなところを見ると、昔からの知り合いなのだろう。

彼女と親しいのはわかる。それでも出張を終えて東京へ戻ってきたのなら、一言みやびにも連絡してほしかった。

寂しい気持ちを抱きながら、みやびは力なく笑った。

「桃花、彼女は藤尾みやびさん。アットモデルプロダクションでマネージャーをしている」

「ああ、マネージャーなのね」

桃花の蔑む声音に悲しくなるが、みやびは何も言わなかった。ただ頭を下げる。

「……そして今、俺が付き合っている女性」

「えっ！」

桃花の驚愕した声と、豊永の息を呑む音が響く。だが、驚いたのはみやびも同じだった。彼が自分の口からみやびを恋人だと紹介したのは、この時が初めてだったからだ。

みやびは慌てて大賀見を仰ぎ見るが、彼は平然としている。それどころかみやびの肩を抱き、人目もはばからず顔を傾けてキスをしてきた。

「……っん！」

みやびは目を見開き、躯を硬直させる。それでも大賀見は意に介さず、優しく宥めるように唇をついばみ、みやびが喘ぎ声を漏らすまで執拗にキスを続けた。

キスを止めると、大賀見はそっとみやびの柔らかな唇を指の腹で撫で、色っぽい笑みを浮かべた。

「明日、西塚さんは豊永と仕事だろ？　実はうちに所属しているモデルも二日目に合流するんだ。俺も行くから、夜は向こうで会おう」

　みやびは上手く声を出せなかったので、何度も小刻みに頷いた。その間も、桃花からの刺すような視線を感じる。

「今日は桃花を送らないといけないから、これでね」

　大賀見はみやびを、そして豊永を無言でじっと見つめる。しばらく身動きしなかったが、大賀見は桃花の二の腕を掴み、彼女と一緒に店を出ていった。

　大賀見の熱いキスと眼差しから逃れられてホッとしたのも束の間、強い視線を感じ、すぐに豊永の目を見つめ返した。

「ふぅ～ん、大賀見社長は……そういう風に出るんだ」

「あ、あの……わたし！」

　羞恥で顔が真っ赤になる。

　彼はきっと、みやびが漏らした喘ぎを聞いたに違いない。

　ああ、恥ずかしい！

みやびはすぐにソファに置いていたバッグを掴む。

「あの、わたし……これで失礼します！」

「藤尾さん！」

豊永が名を呼ぶが、みやびはそれを無視し足早で店を出た。

なんとかして火照る頬を冷まそうと、冷たい手の甲を頬にあてる。でも自然と指は大賀見にキスされた唇に触れていた。そこにはまだ、キスの感触が残っている。

「……大賀見さん、どうしてあんな真似を？」

何故、あの場でみやびにキスしたのか、今でもわからない。でも、何か理由があって大賀見はああいう行動を取り、桃花と一緒に帰ったのだろう。彼は、意味のないことをする人ではない。

だから、みやびはただ大賀見を信じていればいい。

「そう、信じていれば……」

みやびは自分に言い聞かせるように呟くと、大通りを目指して歩き始めた。

「ちょっと待って、藤尾さん！」

男性の声が真後ろで聞こえたと思ったら、みやびは手首をきつく握られた。びっくりして振り返ると、そこには髪を乱した豊永がいた。

「と、豊永さん？　あの……えっ！」

あっと思った時には、みやびは豊永に引き寄せられていた。抱きしめられる格好に羞恥を覚え、躯を離そうとする。でも彼の力は強く、簡単にその抱擁から逃れられない。

「藤尾さん……」

何？――そう訊ねるつもりで慌てて顔を上げた。その瞬間、彼が素早く顔を近づけて、みやびの唇を奪った。

みやびは目を見開く。躯が硬直して、身動きできない。

でも彼の舌がみやびの下唇に触れた時、ビリッとした不快な電流が躯の芯を流れた。それが、みやびの手足を縛っていた鎖を解き放った。

「……っう、……い、イヤ！」

動くようになった手で、豊永の胸を力いっぱい押す。一歩、さらに一歩と後ろに下がり、みやびは彼と距離を取った。

「ど、どうしてこんな！」

みやびはパニックに陥りそうになりながらも、彼に奪われた唇を手で覆い隠す。

「大賀見社長が〝俺の女に触るな〟とずっと俺に釘を刺していたから」

「そんな理由で？　もう……こんな風にわたしで遊ぶのはやめてください！」

だが、豊永の表情は変わらない。それどころか、みやびを見る目が鋭く光る。

「俺はね、藤尾さんに興味を持ち始めたんだよ。それを知った大賀見社長は、幾度となく俺を牽制してきた。でも、今日俺があなたと一緒にいるのを見て、俺に見せつけてきた。なのに、彼は桃花さんと出ていった。藤尾さんを残してね。やれるものならやってみろと挑発されたんだ！」

「大賀見さんは、挑発なんてしていません！　あれはただ……ただ？」

みやびは口籠もった。みやびにも、あのキスの理由はわからなかったからだ。

「それにしても、あの挑発は意味があったんだろうか」

「えっ？」

「藤尾さんは、桃花さんと大賀見社長の関係を知らないのか？」

意味深な豊永の言い方に、みやびの心臓がキュッと縮んだ気がした。

このまま何も聞かずに逃げてしまいたい。でも、足が地面にくっ付いたように強張って動けない。

「うちの事務所では、有名な話だよ。桃花さんが留学を終えて日本に戻ってきたら、大賀見社長は彼女と結婚して吉住モデルプロモーションを継ぐ、ってね」

「け、結婚⁉」

豊永が真面目な顔で頷く。

「だけど、大賀見社長は桃花さんの前で藤尾さんを恋人だと紹介した。それって彼女を傷つける、ひいては、吉住社長の面子を潰すことになる。そんな真似をして、彼になんの得がある?」

「大賀見さんが、彼女と結婚して会社を継ぐ……」

豊永の言葉をボソッと繰り返した途端、みやびの頭の中にあった靄が急速に晴れていった。

何故大賀見が恋人を必要としていたのか。

それは、桃花との結婚話を壊したかったから。だから、上手い具合に現れたみやびを利用した。もちろん彼になんらかの事情があるとは感じていたし、それをわかっていて、彼の助けになりたいと思ったのもみやび自身だ。

なのに、どうしてこんなに胸が張り裂けそうなのだろう。涙腺が緩み、目頭も熱くなってくる。

「……あんな美女を振るなんて、大賀見社長の気が知れない」

豊永のその言葉で、みやびは何故こんなに胸が苦しいのかわかった。

ショックだったせいだ。あれほどの美女でも大賀見の心を掴めないのなら、みやびなんかでは無理だとわかったから……

「藤尾さん……」

豊永が手を差し出す。だが、みやびはすぐに躯を捻ってその手を避けた。

「ごめんなさい。本当にわたしこれで……その、失礼します」

みやびは強く唇を引き結び、彼に背を向けて走り出した。

肌にまとわりつく湿気のせいで汗がどんどん噴き出すが、立ち止まってそれを拭おうとはしなかった。胸の奥に渦巻くどす黒い感情を抑え込むように、ただ前だけを向く。

でも風を切るたびに、みやびの頬を涙が伝い落ちていた。

十一

──翌日。

みやびは奈々と一緒に、栃木県の温泉地に入った。ここで二日間、ＣＭ撮影が行われる。

この企画は、東京の名所、スカイツリーのお膝元から、電車一本で気軽に温泉地へ行けるというのをＰＲするものだった。人気のあるモデルを起用し、ターゲットを若い男女に定めていた。

ＣＭ撮影は午前中に始まり、既に八時間が経過している。鬼怒川ライン下り、ロープウェイ、東武ワールドスクウェアといった場所での強行撮影を行ったので、そろそろ疲れの色が見えてもおかしくない。

だが、浴衣姿の奈々は疲れを見せるどころか元気いっぱいだった。昨日は仕事がオフだったこともあり、十分に休養を取れたのだろう。

逆にみやびは、大賀見と桃花と豊永の件であまり眠れず、何度もあくびをかみ殺していた。行きのスカイツリートレインでは奈々とふたりきりだったので、少し眠らせてもらったものの、陽が傾き西の空が綺麗な夕日の色に染まっていくと、再び躯に怠さが溜まり瞼が落ちそうになってきた。

いつものみやびなら、これぐらいの寝不足なんて次の日に持ち込まないのに、この日はどこかおかしかった。

「メイク、入ります！」

女性の声に、ハッとする。背筋を正し、眠気を飛ばすように頭を振った。

「大丈夫ですか？」

豊永のマネージャーの笠岡が、心配そうに声をかけてきた。

「はい、大丈夫です。すみません」

彼女の優しい心遣いに笑みで答え、すぐに撮影に目を向けた。

ヘアメイクのスタッフが奈々のもとへ走り、汗ばんだ顔にパウダーを叩いている。隣にいる豊永は、乱れた髪をセットし直してもらっていた。

予定よりもスムーズに撮影が進んでいるためか、スタッフたちの雰囲気がとても柔らかい。

奈々と豊永の仕事に臨む姿勢が、撮影クルーにいい影響を与えているのだろう。

ＣＭ撮影の経験はないに等しい奈々だが、相手役の豊永に引っ張られていい演技をしている。

嬉しくなって頬を緩めた時、豊永がふと視線を動かした。彼は何かに引き寄せられるように、迷うことなくみやびに目を向ける。

視線が絡み合った瞬間、彼の瞳が情熱的に光ったように感じ、みやびはさりげなく目を伏せた。

もしみやびに興味を持ち始めたと言った豊永の言葉が冗談ではないのなら、さらに彼の気持ちが高まる前に、きちんと話をしなければ。

「次へ移動します！」

スタッフの声で、みやびも皆と一緒に足湯場へ向かった。

そこへ到着すると、すぐさまスタッフが足湯を楽しむ観光客に撮影の主旨を伝える。

そして、レンズに映り込みたくない人たちを、カメラのアングルの外へ誘導していた。

「申し訳ありません！　皆さんの場所を早く空けられるように頑張ります」

奈々が周囲の観光客に大声で叫び、さっと頭を下げる。そして隣にいる豊永を見上げて「さあ、頑張りましょうね！」と声をかけた。

離れた場所で見守っていたみやびは、奈々の成長ぶりに口元をほころばせた。

撮影が始まると、ディレクターの望むカットをすぐに撮り終えることができ、この日のCM撮影は予定どおり終わった。続けて、観光資料用のスチール撮りへ移る。

みやびは順調に進む撮影を見つつ、何気なく周囲を見回した。

夕日が沈んでいくにつれて空は暗くなり、温かみのある暖色系の灯りがつき始める。暗闇に浮かぶその柔らかい光が、温泉街に情緒あふれる雰囲気を醸し出す。それは足湯場も同じで、頬を上気させたカップルをとても艶やかに見せていた。

「はい、オーケーです！　お疲れさまです！」

スタッフたちの間で拍手が湧き起こる。今日の撮影はこれで全て終わったという合図だ。

残るのは、男女のグループで楽しむショットのみ。その撮影に参加するモデルたちは、今夜ホテルに到着する。

たぶん、そこに大賀見が現れる。早く彼に会いたいのに、ここから逃げ出したいという複雑な思いにも駆られていた。

それほどショックだったのだ。あんな美女でも大賀見の心を掴めないのなら、みやびなんかでは無理だということが……

みやびが力なく息をついた時、満面の笑みを浮かべて走ってくる奈々が目に入った。

「みやびん！　どうだった？　あたし、良かった？」

「もちろんよ！　今日はいつにも増して集中してたね。豊永さんと初めて仕事をした時とは大違い。どんどん良くなってる」

　奈々は嬉しそうにふふっと笑い、みやびの腕を引っ張って機材の片付けをしているスタッフの横を通り過ぎた。

「ちょっ……奈々？　どうしたの？　いきなり！」

　慌てるみやびを気にもせず、奈々は「西塚とマネージャーはホテルまで歩いて帰ります！」とスタッフに声をかけた。そして、みやびの腕を掴んだまま停車しているバスを追い抜き、観光客と同じように温泉街を歩き出す。

「ねぇ、奈々ってば！」

「あのね、みやびん……」

　奈々は周囲を見回し、スタッフがいないのを確認する。盗み聞きされる心配がないとわかると、彼女はみやびに躯を寄せた。

「本当は、朝に話すつもりだったの。でも、みやびん疲れてたでしょ？　それで黙ってたんだけど、やっぱりきちんと伝えたくて……」

「何を？」

「……大輔と、渋沢大輔と仲直りできました」

　そして、奈々は花がパッと開いたような満面の笑みを浮かべた。

「社長があたしの恋愛に目を瞑ってくれるって言った時、とても嬉しかった。その時はまだ大輔の気持ちが理解できなかったんだけど、それが良かったのかな。待っていても答えは見つからない、ぶつからなきゃ何も始まらないんだってわかったから。それでね、彼がそろそろ仕事に復帰するって聞いて、あたし会いに行ったの。きちんと彼と向き合うために」

奈々の言葉に、みやびは衝撃を受けた。彼女は誰にも頼らず、自分で行動に移した。しかも彼女はその先にある光に手を伸ばし、見事に自分の手でそれを掴み取った。

凄い、本当に奈々は凄い！

「大輔が不機嫌だったのは、あたしに怒っていたんじゃなくて、豊永さんに苛立っていたんだって。豊永さんではなく、大輔があたしのいい面を引き出したかったって言ってくれたの」

そう言って幸せそうに笑う奈々を、みやびは眩しく見つめた。

こうやって困難に立ち向かって、女性は綺麗になっていくのかもしれない。今、みやびの隣にいる奈々は、本当に光り輝いて見えた。

「だから、みやびんも頑張って。相手はあの大賀見さんで大変だと思うけど」

思わず奈々の言葉に神妙に頷いたものの、言葉がゆっくり脳に浸透するとみやびは息を呑み目を見開いた。

「えっ、……ええっ!?」

口をぱくぱくさせるみやびを見ながら、奈々は呆れた顔をして小さくため息をついた。

「みやびん、今更？　ふたりの仲なんてすっかりバレてるよ。だって、あたしは大輔と付き合ってるんだよ？　彼の傍にいたら、当然みやびんたちの話はあたしの耳にもいろいろ入ってくるって」

みやびは片手で額を覆い、力なくうな垂れる。そんなみやびを励ますように、奈々が背を叩いた。

「何が起ころうと、あたしはみやびんの味方だからね。……さあ、ホテル到着だよ！」

奈々は照れを隠すように少し視線を落とすが、すぐに顔を上げてにっこり微笑む。そしてみやびの手をしっかり掴むと、ホテルに入っていった。

みやびは、奈々のその力強さと優しさに救われていた。

大賀見に気持ちを伝えたところで玉砕は目に見えている。それでも、奈々のように頑張ろう。

みやびは覚悟を決めると前を向き、奈々と一緒にエレベーターホールへ向かった。

――数時間後。

ホテルの宴会場では、スタッフたちとの食事会が始まっていた。ただ明日も仕事がある。早朝から入浴シーン、ホテル内や温泉街を歩くシーンと続くため、仕事に差し障りのないよう、テーブルに出されるアルコールの量は制限されていた。

でも、今日の撮影に満足しているのか、そこにいる関係者は皆上機嫌で、まるでかなりの量の酒を飲んだみたいにテンションが上がっている。

「明日も、この調子でよろしく頼むね」

クライアントや撮影スタッフたちに、次々と声をかけられる豊永と奈々。みやびが傍にいなくても、奈々は豊永の隣でしっかりした態度で対応している。

頼もしい姿を微笑ましく思いながら、みやびは少し離れた位置から彼女を見守っていた。

その食事会も、お開きになった。

ひとり、またひとりと宴会場を出ていく。でも奈々と豊永は、明日の打ち合わせがありその場に留まった。みやびも付き添い、ディレクターの指示をメモする。

全ての確認が終わると、みやびは奈々と一緒に席を立つ。

「それでは明日もよろしくお願いします」

ディレクターに、続いて平常心を装って豊永と彼のマネージャーに挨拶した。それから、奈々と宴会場をあとにした。

その時、みやびの携帯が振動した。見ると、事務所からだ。

「事務所から？　それじゃ、あたしは先に部屋へ戻ってるね」

「大丈夫？　ひとりで平気？」

みやびが訊ねると、奈々は力強く頷いた。

「もちろん！　じゃ、また明日ね」

エレベーターホールへ向かう奈々の姿を見送りつつ、みやびは通話ボタンを押した。

「お待たせしました、藤尾です」

電話の主は事務所のスタッフだった。仕事状況を訊かれたので、問題なく順調に撮影が進み、明日は予定どおり帰れそうだと告げる。彼女からは、奈々に新しく入ってきた仕事を告げられた。その中には、ドラマの話もあった。主役の友達という、重要な役どころだという。

その場ではしゃぎそうになる気持ちをグッと堪え、精一杯平静を装い通話を切った。

奈々に、いい風が吹いている。

渋沢が怪我をした数ヶ月前はどうなるかと思ったが、彼女が前向きになったことで運気が上昇しているのかもしれない。

「前向き、か……」

みやびはボソッと呟き、その場に佇む。

そして、心を落ち着けようと、目の前にある大きな窓へ近づいた。

宿泊客を楽しませる催しが行われているのか、かすかにマイクを通した声と太鼓の音が聞こえる。それに耳をすませながら、暗闇に浮かび上がる幻想的な温泉街を見つめた。

「何を考えてる?」

突然聞こえた声にびっくりして、みやびは急いで振り返った。そこに立つ大賀見を見て、心臓が早鐘を打つ。みやびを見る優しい眼差しと嗅ぎ慣れた彼の香りに、自分たちの親密な関係を感じた。

「……今、来られたんですか?」

声がかすれるが目を逸らそうとはせず、彼をじっと見る。

「ああ。ついさっき、そこでディレクターと会ったよ」

大賀見は微笑み、後ろを指す。

「挨拶したあと、うちのモデルたちを部屋へ連れて行って、今戻ってきたところだ。宴会場に誰か残っていないか確認しに来たら、みやびがいた」

「到着したのなら、電話してくれても良かったのに」

無意識に本音がポロッと出てしまい、みやびはあっと口を覆う。

「何? 俺がいつ来るのか気になってた?」

大賀見がニヤリとし、獰猛(どうもう)な肉食獣のように目を光らせる。艶(つや)っぽい笑みを口元に浮かべ、みやびとの距離をゆっくり詰めてきた。

その姿は、まるで獲物を狙うオオカミ。彼の鋭い眼光で射すくめられたら、みやびなんかひとたまりもなくパクッと一口で食べられてしまいそうだ。

でも、そんな大賀見の態度に胸が高鳴ってくる。自ら彼の胸に飛び込みたい衝動に駆られた。

頑張りたい、奈々のようにその先にある光に手を伸ばしたい！

みやびが恋い慕う感情を隠さず大賀見を仰ぎ見ると、彼が頬を緩めた。

「本当、いい表情をするようになったな。俺が何も言わなくても、俺の望む想いを瞳に込めてくれている。俺はそれを……信用してもいいのかな？」

突然大賀見の瞳が揺らぎ、不安定な鈍い光が宿る。

みやびはその変化に戸惑うが、彼の片腕が自分の腰に回された途端、思考が吹っ飛んだ。

「……今夜、みやびの部屋へ行っていいか？」

かすれ声で囁きながら、大賀見が下半身をぴったり重ねてくる。そして、みやびの頬を何度も上下に撫でた。その指が次第に下がり、優しく下唇に触れる。

その時、みやびの下腹部に触れていた彼の昂りがどんどん硬くなってきたのが伝わってきた。

「仕事で来ているのはわかってる。自由時間とはいえ、こんな風に誘うべきじゃないのも。ただ、みやびと会えたのは三週間ぶりだし――」

その口ぶりから、大賀見の困惑が伝わってきた。

もしかして、仕事中に女性を誘ったことがない？　みやびが初めて⁉

そう思ってしまうほど、大賀見は自分の口をついて出た言葉に驚いているように見えた。そしてその様子を目にして、みやびも彼と一緒に過ごしたいという気持ちが大きく膨らんでいく。

もっと傍にいたい、肌を触れ合わせたい……

「わたしも！　わたしも……大賀見さんと一緒にいたいです」

素直に気持ちを吐露すると、大賀見が息を呑んだ。でも、すぐに嬉しそうに目を細めた。

「みやびの部屋番号、教えて」

大賀見に訊ねられるまま、みやびは素直に部屋番号を伝える。そして、そっと彼の袖に手を触れた。

「うん？　どうかした？」

「あの！　わたし、大賀見さんに話したいことがあるんです」

みやびは大賀見の目を覗き込みながら、思い切って口にした。

もう自分の気持ちを隠したくない。彼に告白したい！

「わかった。俺はまず先にスタッフに挨拶してくるから、みやびの部屋へ寄った時に聞こう」

「はい、待ってます」

「ああ、待っててくれ」

大賀見が顔を傾け、みやびとの距離を縮める。

あっ、キスされる……。

それを待ち望むように顎を上げて軽く唇を開くと、大賀見の唇がそこに触れた。軽くついばむキスに物足りなさを感じていると、そっと彼の舌が口腔に滑り込んできた。

「……っんぅ」

みやびの躯の芯に甘い疼きが稲光のように走り、躯が勝手に震える。それは大賀見にも伝わったと思うが、もう恥ずかしくなかった。

これが恋する相手を目の前にした時に起こる、女性の本来の衝動。大賀見がみやびの心と躯を大人の女性へと成長させてくれたのだ。

大賀見が口づけを止めると、みやびはうっとりと感嘆の吐息を零した。

「みやび……、もしかして少し熱がある？　いつもより、口の中が熱い気が」

みやびは小首を傾げた。寝不足のせいで少し躯が怠く、節々に痛みを感じるものの、熱はないと思う。

「いえ、特に何も……」

「そうか。泊まり仕事で緊張しているのかもしれないから、無理はするなよ」

大賀見は優しい口調で言うと、名残惜しそうにみやびの濡れた唇を優しく指で撫でた。

「じゃ、あとで」

手をゆっくり下ろした大賀見は、背を向けて歩き出した。彼の姿が視界から消えたところで、みやびは初めてふぅーっと長い息をついた。

まずは第一歩。こうやって徐々(じょじょ)に次の段階へ進めば、彼に気持ちを伝えられるところまでたどり着けるはず。それが悪い方向へ進むのは嫌だが、でももうこの気持ちを抑えたくない。

みやびはもう一度夜景に目を向け、しばらく暗闇に浮かぶ幻想的な温泉街を眺めていた。

そろそろ部屋へ戻らなければ――そう思い、みやびはゆっくり歩き出す。

でもその時、フローラル系の甘い匂いを感じて、足を止めた。何気なく顔を上げると、静かに立つ女性が目に入った。

「桃花、さん？」

一瞬、撮影に入るモデルの付き添いで来たのかと思ったが、それは違うと心の中で激しく頭を振る。日本に帰国したばかりの社長令嬢が、わざわざこんなところまで来るはずがない。

そうなると、理由はひとつしかない。彼女は、大賀見を追ってきたのだ。

「あなた……藤尾さん、だったわよね？」

「は、はい。あの、わたしに何か用でしょうか？」

桃花は挑戦的な態度で腕を組み、みやびを射抜くように見つめてくる。表面上は落ち着いて見えるが、彼女の目には怒りが宿っていた。

「あなた、あたしと一哉の関係はご存知？」

「……いえ。その、昔の大賀見さんのことはあまり知らないので」

みやびのその言い方が彼女の癪に障ったのか、彼女は綺麗な顔をゆがめ大きく鼻を鳴らした。

「昔って、そんな過去じゃないわ！」

「す、すみません！」

取り乱しながら謝るが、彼女はそんな言葉を聞きたいのではないようだ。

「一哉が、うちの事務所でモデルをしていたのは知っているわね。それじゃ、これは知っているかしら？　彼がモデルを引退したあと、父の傍で経営の勉強を始め、そしてうちの事務所を辞めて独立したのは……」

答えを求めているのか、それとも知らなくても聞き流せと言っているのかわからないぐらい、彼女は早口でまくし立てる。聞いているみやびの方が息苦しく感じたぐらいだ。

そんなみやびを、桃花がジロリと睨んだ。彼女の機嫌を損ねたくなく、みやびは慌てて「は、はい」と相槌（あいづち）を打った。

「じゃ、何故うちの父が彼を手放したのか、その裏に何があったのかは知ってる？」

「それは、わたしに関係あることでしょうか？」

「もちろんよ！　だって、あなた今……一哉と付き合ってるんでしょ？　本当かどうかは知らないけど。あたしが思うに、父を騙（だま）すために彼はあなたと付き合ってる振りをしているんじゃなくて？」

「えっ？」

驚くみやびを見て、桃花は満足げに笑い声を上げる。

「やっぱりね。そうじゃないかと思っていたのよ。一哉ったら、あたしを欺（あざむ）けると思ったのかしら」

大賀見が偽りの恋人を求めた理由は、昨夜豊永が話してくれた内容どおりだったようだ。でも何故、桃花は〝振り〟だと判断したのだろうか。

顔を強張（こわば）らせて桃花を見つめているみやびを見て、彼女は嬉しそうににっこりした。

「あのね、一哉はモデルとして知名度を上げただけでなく、父の傍で経営を学んでその能力を発揮したの。そんな彼を簡単に手放すと思う？　独立を許すと思う？　当然父は反対したわ」

「反対？」

小さな声で訊ねると、桃花は満面の笑みで頷いた。

「ええ。父はね、一哉にうちの事務所を継いでほしいと思っていたの。でも彼がひとりで頑張る姿も見たいって心のどこかで思っていたのね。それで独立を許す際に、条件を出したの。あたしが留学を終えて日本へ戻ってきた時、一哉に恋人がいなかったらあたしと結婚してうちの事務所を継げって」

みやびは、桃花の言葉で全て合点がいった。大賀見は、吉住モデルプロモーションから独立するため、吉住社長と取引したのだ。

当時はどう思っていたのかわからないが、今の大賀見の行動を見る限り、彼は約束を反故にしたいと望んでいるのだろう。桃花と結婚する気もなければ、吉住モデルプロモーションを継ぐ気もない。

もし望んでいたら、みやびなんかに恋人役を頼むはずない。

大賀見の望みがわかった以上、彼の恋人はみやびなんだと桃花に信用してもらわなければ。

「あ、あの！」

桃花に話しかけるが、彼女は悦に入ったように妖艶な笑みを浮かべている。もうみやびを一切見ない。

「一哉ったら詰めが甘いんだから。あたしの前で他の女とキスしたって、そんなの挨拶としか受け取れないってどうしてわからないかしら。どうせなら、自分の家へ連れて行った……泊まらせたぐらいのことを言えば、あたしだって信じるのに」

大賀見の、家？　連れて行く？　……泊まらせた⁉

「えっと、あの……わたし、大賀見さんの家に招待してもらいましたけど」

みやびがそう言うと、今までにこやかだった桃花の表情が一変した。目を大きく見開き、手を伸ばしてみやびの二の腕を強く掴む。痛みに顔をしかめるが、彼女は力を緩めない。

「それ、どういうこと？　一哉はあなたを家に招いたの？　彼はモデル時代からずっと、女性を家へは入れないと公言していたのに⁉」

みやびは桃花の言葉に息を呑んだ。今言ったことが本当なのか、それを見極めようと彼女をまじまじと見る。

「それでどうなの？　あなた、一哉の家に行っただけでなく、泊まったの⁉」

桃花は、さらにみやびに詰め寄ってきた。

「あ、あの……はい。泊まりました」

「そんな！」

桃花の愕然（がくぜん）としたその顔を見る限り、嘘を言っている風には思えない。

つまり、大賀見が女性を部屋に入れなかったのは本当なのだ。にもかかわらず彼は、みやびを家に招待してくれた。

みやびの頬がみるみるうちに上気してくる。たまらず口元を手で覆うが、喜びを隠し切れない。

「……本当なんだ。つまり……一哉は本気であなたを……っ！」

桃花は掴んでいたみやびの腕を解放すると、身を翻し、肩を怒らせて歩き始めた。

「あっ、桃花さん！」

みやびはすぐに笑みを消し、慌てて声をかける。でも彼女は一度も振り返らず、廊下の奥へと消えていった。

ひとり残されたみやびは、後味の悪さにその場で俯く。

いくら大賀見の行動が嬉しかったとはいえ、青ざめている彼女の前で喜ぶなんて……

みやびは自分の最低な振る舞いに肩を落としたが、すぐに気持ちを改める。

確かに、彼女には悪いことをしてしまったかもしれない。ただ結果を見れば、みやびの行動はこれで正しかったはずだ。大賀見の恋人だと信用してもらうのが、この場合一番大事なのだから。

「……これでいいのよね」

ボソッと呟いて自らを納得させると、みやびは前を向いて歩き出した。

みやびは部屋へ戻ると、明日の準備を始めた。大賀見を待ちつつも、まず先にやるべきことを終わらせていく。これだけ何度も部屋を動き回っていれば暑くなるはずなのに、何故か寒気を感じる。

「もう夏なのに……」

都心に比べ気温は低いが、こんなに寒いものだろうか。

予備に持ってきたカーディガンを引っ張り出し、それを羽織る。寒気はほんの少し和らいだ気がするが、悪寒は止まらない。おかしいなと思いながら両腕で我が身を抱き、摩擦で躯を温めたり、痛む節々を揉んだりしていた。

その時、ノックとは明らかに違う、何かがドアを擦る音が耳に届く。

「うん？」

みやびはそちらへ向かい、ドアを開けた。かすかにフローラル系の甘い匂いが鼻腔をくすぐったが、そこには誰もいない。

小首を傾げてドアを閉めようとした際、絨毯の上に白いメモ用紙が落ちているのが目に入った。

上体を屈め、二つ折りにされたそれを拾い上げて開く。そこには、達筆で〝三階のリネン室へ来てほしい。大賀見〟と書かれていた。

「えっ？」

部屋の前を通ったのなら、ドアをノックすればいいのに、どうしてこんなメモを？

不思議に思ったが、一旦部屋へ入り、大賀見のメモをドレッサーの上に置いて、代わりにカードキーを掴んだ。

どんな理由であれ、大賀見がみやびを呼んでいるのならすぐに行かなければ。

みやびは部屋の電気を消し、廊下へ出た。悪寒がさらに増してきたが、そのままリネン室へ向かう。三階の宴会場をいくつか通り過ぎた廊下の奥に、それはあった。

「ここがリネン室ね」

何故こんな奥まった場所に来いだなんて連絡したのか不思議だったが、みやびはそれ以上考えずドアを開けた。

「大賀見さん？」

みやびは小さな声で囁き、薄暗いリネン室に足を踏み入れた。正面に立つ、背の高い人を見てホッとして歩き出すが、彼が振り返った途端みやびの躯に緊張が走った。

「えっ？　ど、どうして豊永さんがここに⁉」

「はあ？　何言ってんの？　藤尾さんが俺を呼び出したんだろ？」

「……わたしが？」

ジーンズにTシャツといったラフな姿をした豊永が、ポケットから一枚のメモを取り出し、それをみやびに渡した。そこには〝豊永さんにお話したいことがあります。リネン室で待っています。藤尾〟と書かれていた。

「わ、わたし……こんなの書いていません」

みやびは顔を引きつらせながらも、必死に声を張り上げた。

「みたいだね。そんな顔をされたら、俺だって騙されたんだとわかるよ。でもいったい、誰がこんなことを――」

そう言った瞬間、ドアが急に大きな音を立てて閉まった。続いて鍵をかける音が響く。

「えっ？　な、何!?」

ドアに駆け寄り、ノブを回す。でも、ガチャガチャと音がするだけでドアは開かない。

「すみません！　中にまだ人がいます。お願い、ここを開けて！」

ドアを強く叩いて叫ぶが、反応はない。

鍵をかけた人物がドアを挟んだ向こう側にいるはずなのに……

「そんなに大声を出さなくても大丈夫だって。すぐに誰かが助けてくれるさ」

「で、でも！」

みやびは言い返そうとして振り返るが、開けかけた口をすぐに閉じた。リネン室を照らすオレンジ色の豆電球の光に、妙な雰囲気を感じたからだ。

意識した途端、緊張感が増して空気が重たくなる。みやびの鼓動がどんどん速くなり、呼応するように瞼の上が熱くなってきた。

そんなみやびとは違って豊永は焦る様子もなく、その場に座り込んでリネン棚にもたれた。

「ほら、藤尾さんも俺の隣に座りなよ。ちょうどいい機会だから話そう。今日は俺と目を合わさないようにずっと逃げ回っていただろ?」

豊永の意味深な言葉と真剣な目つきのせいか、みやびの躯に悪寒が走る。思わず我が身を両腕で抱き、不安を和らげるためにそこを擦った。

「何、俺が怖い?」

上手く声が出てこない。そのため、みやびは怖くないと頭を振った。

「じゃ、おいでよ」

怖くないなら来られるよね――そう目で伝えて、豊永は隣を叩く。

豊永に近づくべきではない。でも、そのことで押し問答する気力がみやびにはなかった。リネン室に入った頃から底冷えがひどくなり、躯がふらふらしている。

覚悟を決めて力を込めた時、手の中で何かが潰れた。豊永から渡されたメモだ。それを彼に返そうと思ったが、くしゃくしゃのそれを渡すのは気が引けて、そっとスカートのポケットに入れた。

「さあ、早く」

豊永に急かされて、みやびはゆっくり彼の傍へ近寄り、隣に座った。

すると、突然豊永が身じろぎした。彼の両腕がみやびに伸びてきて、思わず瞼をギュッと閉じる。でも、躯に触れたのは豊永の腕ではなく毛布だった。

その感触に、みやびは目を開ける。

「……どうして？」

「寒そうにしてたから、そこの棚から拝借した」

「あっ、……ありがとうございます」

みやびは素直に礼を述べ、続いてごめんなさいと心の中で謝る。

豊永を疑った自分を情けなく思いながら、みやびは豊永がかけてくれた毛布にしっかりくるまる。少し温かくはなったが、躯の寒気は増してきた。毛布を掴む手の力が抜けていく。

ここにきて、この寒さは異常だというのがやっとわかった。

「あのさ、昨夜のことなんだけど」

豊永の言葉に、みやびはいつの間にか閉じていた目をパッと開いた。

正直、その話題には触れたくない。でも、彼の気持ちを訊くなら今がチャンスだ。

「あの、豊永さん。……わたしに興味を持ったと言うのは――」

「興味を持った？　ああ、確かに。というか、あれは俺流の告白のつもりだったんだけど。そもそも、好きだから興味を持つんだし」

豊永の言葉に、みやびは絶句した。

まさか本気だなんて……

でも豊永が本気なら、みやびも自分の気持ちを言葉にして彼に伝えるべきだ。

「あ、あの……告白、ありがとうございました。そういう気持ちの伝え方もあるんですね。実は、男性に告白されたのって……初めてだったので……」

「えっ？　でも、大賀見社長と付き合ってるんだろ？　それなのに告白されてないって!?」

豊永がこちらを向いたのがわかったが、みやびは動かず、目の前の毛布をじっと見つめた。

「告白は……されてません。でも、わたしは大賀見さんが好きなんです。だから……豊永さんの、気持ちには応え……られません。ごめ、ごめん……なさい」

急に頭がふらふらし出し、呂律が回らなくなってきた。躯が小刻みに震え、呼吸の間隔が短くなって息苦しくなる。みやびは力なく毛布に顔を埋めた。

「ちょっ、藤尾さん？　……藤尾さん!?」

豊永がみやびの肩を揺らす。そして、彼の手がみやびの額に触れた。

「熱があるじゃないか！　いつから具合が悪かったんだよ！　わかっていたら……クソッ！」

「ごめんなさい。わたし、凄く……寒い」

唇を震わせながら言った途端、豊永が毛布を剥いでみやびを押し倒す。思わず「あっ」

と声を上げるが、彼はそれに耳を貸さずみやびを抱きしめ、ふたりをくるむように毛布をかけた。

「すぐに助けを呼ぶから、とりあえず俺で暖を取って」

もう何も考えられず、みやびはその温もりに躯を寄せた。豊永がみやびをさらに自分の方へ引き寄せる。そして彼がごそごそと動いたと思ったら、傍で電子音が聞こえた。

「……俺、孝宏。今藤尾さんと一緒なんだけどさ、すぐに三階の……えっ？　……マジかよ。俺、あの人が来てるって聞いてないし！」

みやびの耳に、豊永の深いため息と女性の甲高い声が聞こえた。

「っていうか、もうそこにいるんだろ？　じゃ、一緒に来て。三階のリネン室に閉じ込められてて出られないんだ。だから、ここの鍵を開けられる人も連れてきて。じゃ、よろしく」

豊永はそこで通話を切ったのだろう。一息つき、みやびに躯を寄せてきた。

「携帯……持ってたんですね？」

力のない声で訊ねる。すると、豊永はみやびの頭を優しく撫でた。

「だから、俺は一度も慌てなかっただろ？　それに、俺の位置からこの部屋にある非常電話が見えてたんだ。携帯が通じなかったとしてもあれでフロントに連絡を取れるとわかってたってわけ」

「そう、なんだ……」

ホッとして力を抜く。そうしたことで、躯の節々に鈍い痛みが走った。寝不足や緊張、泊まりの仕事が重なったせいかもしれない。

今更だが、みやびは自分が体調を崩しているとやっと理解した。

そんなにやわな躯ではないはずなのに……

その時、遠くから廊下を走る音、「鍵が落ちてるじゃないか！」と焦る大賀見の声、そして女性たちの声が聞こえた。直後、ドアが開く。

「孝宏！」

リネン室にまず響いた第一声は、豊永のマネージャー、笠岡の声だった。

「あなた！　な、何やってるのよ！　まさか……その、藤尾さんと――」

「何勘繰ってるんだよ！　何もしてねーよ！　俺から電話したんだぞ。人が来るってわかっていて、変なことするわけないだろ」

「何よ！　連絡取れないように電源を切ったくせに！」

ギャーギャー騒ぐふたりの声が妙に心地が良く、みやびは豊永の腕の中で口元をほころばせた。

「ふたりとも、そろそろいいかな」

不意に響いた大賀見の声に、寒気とは違う震えが走った。

「その毛布の中に、……みやびがいるんだな」

こちらへ近づく足音と、大賀見の冷たい声。

「大賀見社長、これはその――」

豊永が声を詰まらせる。でも毛布の中では、みやびを守るように回した腕に力を込めた。

この状況を、大賀見が誤解するのを恐れているようだ。

でも大丈夫。豊永がみやびにしてくれたことを知れば、彼は怒ったりしない。きっとわかってくれる。

みやびがそう思った時、毛布が剥がされた。寒さで震えながら、みやびはゆっくり面を上げた。熱のせいで頭はボーッとし、瞳が潤んでいるのがわかる。かなり躯は辛いが、みやびは自分を見下ろす彼と目を合わせた。

「お、大賀見さん……わた、し」

「返してもらう。みやびは俺のだから」

そう言うなり、大賀見がみやびを毛布で包み直し抱き上げた。

「でも……ありがとう。豊永」

その言葉で、彼が豊永の行動を理解しているのがわかった。

みやびは安堵の息をつき、躯の力を抜く。そのままぐったりと彼に寄りかかった。

「早く医師に診てもらった方がいいと思う。もしかしたら、俺の治ったばかりの風邪をうつしたかもしれないから」

「風邪？」

「……昨日、藤尾さんにキスした」

豊永の爆弾発言に、みやびを抱く大賀見の手に力が込もった。同時に、みやびは彼の腕の中で躯を強張らせる。

まさか、豊永自身がそれを言うなんて……

大賀見がどう反応するかわからなくて、みやびは唇を強く引き結ぶ。

「なるほどね。……でも今はそんなことより、みやびを医師に診せるのが先だ」

大賀見が歩き出し、廊下の外にいたらしい客室係に事情を説明する。

「すぐに医師を呼びますので、お部屋へ戻っていてください」

大賀見がみやびの部屋番号を告げると、彼女はリネン室の緊急用電話に飛びついた。

大賀見はそのままみやびを抱いて部屋へ向かう。

その間、みやびはキスの件を言うべきか、それとも何も言わずにいるべきか、気持ちが揺れていた。

そもそも、そんな話をしていいのかどうかさえわからない。考えれば考えるほど、熱で頭の中がショートしそうになる。

とうとうみやびは降参するように、大賀見の胸の中で力なく吐息を零した。その時、彼が立ち止まった。

「鍵は？」

「……ポケットに」

大賀見がゆっくりみやびを下ろしてくれた。躯を支えてもらいながらみやびがポケットに手を入れようとする。でもその前に、彼が毛布の中を探り、先にキーを取り出した。

「これって……」

ボソッと大賀見が呟く。

「えっ？」

「いや、なんでもない」

そう言うと、彼は一度自分のポケットへ手を入れてからドアを開けた。そして再びみやびを抱き上げ部屋に入り、すぐにベッドに寝かせてくれた。

「ありがとう……ございます」

「気にしなくていい。それより、医師が来るまで目を瞑ってて」

みやびは大賀見に言われるまま瞼を閉じ、躯を丸くした。

それからどれぐらい経ったのだろうか。

気付くと、医師と看護師が部屋にいた。診察の結果は案の定、風邪だった。

「疲れが溜まっていたんでしょう。今夜は点滴をして様子を見た方がいいですね。家へ

「戻られたら、かかりつけの医師に診てもらってください」

「……はい。ありがとうございます」

看護師が点滴の準備をし、みやびの腕に針を刺した。

「一時間の点滴です。ゆっくり落としますので我慢してくださいね。終わったらご連絡ください」

「ありがとうございました」

その頃には、みやびは深い眠りへ誘われていた。点滴の針を抜いた時に一度目が覚めたが、またすぐに眠りに落ちた。

十二

ベッド脇に置いた椅子に座っていた一哉は、ベッドサイドの時計を見た。

「午前三時か……」

まだ薬が効かないのか、みやびは顔を火照らせて息苦しそうにしている。その姿を見ているだけで、一哉の胸に痛みが走る。代わってあげられるのなら、代わってあげたいと思うほど、彼女は辛そうだった。

だが一哉には、みやびを看病することしかできない。

「そろそろタオルを換えた方がいいな」

額の上のタオルを掴み、客室係が持ってきてくれた洗面器と氷に浸した。その間に汗で濡れた彼女の髪を払い、乾いたタオルで汗を拭う。それから再び冷たいタオルを額に載せた。

「早く良くなってくれ」

みやびに囁きかける。しばらく寝顔を見ていたが、やがて一哉は彼女から躯を離しポケットから二枚のメモ用紙を取り出した。シェルランプの小さな灯りが、メモ用紙に書かれた文字を照らす。

一方はみやびから豊永へ、もう一方は一哉からみやびへ出されたもの。明らかに密会を誘うメモだ。但し、そのふたつは同じ筆跡をしている。

一哉は、この文字に見覚えがあった。

まさかこんなバカな真似をする人物だったとは……

もしふたりを閉じ込めたせいで何か起きたら、いったいどうするつもりだったのだろう。

場合によっては、犯罪になるとわかっていたのだろうか。

一哉は力なく頭を振った。

「……さて、どうしたものかな」

もう一度そのメモに視線を落とした時。

「お、おが……み、さん？」

みやびのかすれた声が聞こえて、一哉は我に返った。慌てて顔を上げると、彼女の潤んだ目がこちらを向いていた。

「……具合はどうだ？　寒気は？」

「大丈夫、です」

一哉を安心させようとしているのか、みやびがぎこちない笑みを浮かべる。その姿を痛々しく思いつつも、一哉こそ彼女に心配させないよう笑顔を作った。

「ところで……あの、今……何時ですか？」

「今？　……三時を回ったところだよ。夜が明けるまでまだ時間はある。今は何も気にせず眠りなさい」

だがみやびは目を閉じない。それどころか、一哉を見続けている。

「あの、大賀見さん……早く、部屋へ戻って休んで。このままだと、風邪をうつしちゃう……かも」

「そんなことは気にしなくていい。それより、その話し方……距離を感じなくてとてもいい」

熱のせいだろうか。みやびの話し方が普段とは違う。思わず上体を倒してベッドに肘をつき、彼女に顔を寄せた。そして、茶化すように頬を指でつく。

すると、みやびが嬉しそうに頬を緩める。だが、話し疲れたのか、彼女は力なく息をついてそっと目を閉じた。

「……ゆっくりお休み、みやび」

そう一哉が口にした時には、みやびは既に深い眠りに誘われていたようだ。

一哉は再び椅子に深く座り、手に持ったままのメモに視線を落とす。そして財布を取り出し、そのメモ用紙を入れた。

「これ以上、何も起こらなければいいが……」

胸の奥が妙にざわざわする。だが、今それを心配しても仕方ない。

その夜、一哉は一度も自分の部屋へ戻らず、彼女が目を覚ますまでずっと傍にいた。


――一週間後。

午前十一時を少し回ったばかりなのに、既に三十五度近くまで気温が上がっていた。

「これでは、夜の会食で先方と会う頃にはくたくたになっていそうだな」

一哉はため息をつきながら、路上に設けられた駐車スペースに車を停めた。そして、運転中にかかってきた秘書の白石に電話をかける。

一回のコール音で、電話がつながった。

さすが白石だな――と思いながら、一哉は彼の『社長？』という声に返事をする。

「お疲れさま。俺も連絡を入れようと思っていたところだったんだ。午前中の現場で、スポンサーの企業の方と偶然会ってね。夕方に話をさせてもらうことになった。だから、夜の会食は出先からそのまま向かうよ。白石は、事務所の戸締りを終えてから俺に合流してくれ」

『かしこまりました。ところで私が先程電話をしたのは、渋沢の件です。最後の診察を終えて、今彼が事務所に来ています。代わりますか？』

一哉は小さく息をつき、頭を振る。

「……いや、いい。ブライダルショーに照準を合わせるように伝えてくれ。ただ、西塚さんと会うのだけは控えるように言ってほしい。どうせ三日後にはショーで彼女と会える。久しぶりに会う方が、自然と幸せ感が顔に表れるからね。いつもとは違う、心の奥から湧き起こるその表情をランウェイで見せれば、これから本格的に仕事復帰する渋沢にとって、必ずプラスになる」

『承知しました。渋沢にはきつく言っておきます』

「よろしく頼むよ。それじゃ、夜に」

一哉はそう言って通話を切った。そして目の前にあるアットプロダクションの入ったビルを見た。

「渋沢には西塚さんと会うなと言っておきながら、俺は……」

一哉は苦笑いしつつも、みやびの携帯に電話をかけた。

みやびの熱が完全に下がったのは三日前、彼女が仕事に復帰したのは昨日のことだった。

昨夜の話ではしばらく現場には付き添わないと言ってたので、たぶん事務所にいるだろう。

コール音が六回ほど鳴り続く。

仕事で手が離せないのだろうか——そう思った時だった。

『お待たせしてすみません、藤尾です』

元気そうなみやびの声に、一哉はホッと胸を撫で下ろした。

「躯(からだ)の調子はどう?」

『もう大丈夫です。西塚と一緒に行動したいのはやまやまなんですけど、こればかりはわたしだけの問題ではないので。とりあえず、あと数日は事務所で仕事をする予定です』

そう言うみやびの声と一緒に、ヒールで階段を駆け下りるような反響音が聞こえる。

一哉はふとビルの入り口へ目をやった。すると、大きな白いマスクをしたみやびが外へ出てきた。太陽の陽射しを遮(さえぎ)るように、目の上で手をかざしている。

「うん、とても元気そうだ」

『えっ？』

「真正面を見て」

言われるがまま、みやびが視線を正面に向ける。そこに停まった車の運転席に座る一哉を目にすると、大きく息を呑んだ。

その反応に笑いながら、一哉は車を降りた。車の往来がないのを確かめてみやびの方に向かうが、彼女は急に身を翻（ひるがえ）した。そしてビルに入り、一哉の前でガラスドアをぴしゃりと閉める。

「おい、なんで逃げる！」

一哉は、ガラスドアを手のひらで叩いた。

『ち、違うんです！　風邪はもう完治したんですけど、今はまだ人にうつしてしまう可能性があるので』

みやびの言い訳に、一哉の口がぽかんと開く。

「……あのさ、みやびが一番ひどい時に何日も一緒に過ごしたのは誰？　今更俺と距離を取ったって、意味ないと思うけど？」

拒まれたことにイラッとした一哉は、皮肉たっぷりの言葉を投げつけた。

みやびが高熱を出したあの日だけでなく、東京へ戻ってきてからも自分のマンションへ彼女を連れて帰り、看病した。一哉に風邪をうつしたくないと言い張る彼女を宥め、二日前までずっと一緒に過ごしていたのだ。

一哉はみやびの心を探ろうと、じっと見つめる。すると彼女は、しゅんとしたように肩を落とし、俯いた。だがしばらくすると、ガラス越しに一哉を見上げる。

『わかってます。わかってはいるんですけど……あともう少し、風邪薬の服用を終えるまで待ってください』

みやびの言葉に、一哉の表情筋がぴくぴくする。

「こうして仕事に出てる時点で、もう大丈夫だと思うんだけどね」

『……あの、そこは突っ込まないでください』

なるほど、自分でもわかっているわけか——と一哉は心の中で呟いた。そして、何を言われても一哉に近づこうとしないみやびの頑固さに、たまらず苦笑する。

やっぱりみやびに振り回されているな……

そう思いながらも、それを嫌がっていない自分に気付いていた。反抗されて腹が立ったのは事実。だが、こうやって自分の気持ちをはっきり口にするようになったみやびの変化を目の当たりにし、一哉はたまらなく興奮もしていた。

数ヶ月前の彼女なら、決してこうはいかなかっただろう。

この借りは必ず返すから覚えておけよ——と目で伝えて、腕時計に視線を落とした。

次の現場までまだ時間はあるが、渋滞を考えればそろそろ出発した方がいい。

『どうぞ仕事に戻ってください。わたしも、三日後には現場に復帰しますので』

「その日は……秋の新作ブライダルショーだね」

腕時計からみやびに視線を移すと、彼女が力強く頷いた。

「じゃ、ショーの夜は俺のために時間を空けてくれ。この前、俺に話したいことがあるって言ってただろ？　それを教えてほしい」

その途端、みやびが苦しそうに眉間に皺を刻み、何かを訴えるように一哉を見上げる。

「……みやび？」

その様子が気になり、一哉は彼女の名を呼んだ。すると、彼女が片手をゆっくり上げ、ガラスドアに置く一哉の手にそっと合わせてきた。

突然のことに、ハッと息を呑む。ガラス越しとはいえ、みやびの方から一哉に手を伸ばしたからだ。直接触れ合っていないのに、手のひらから彼女の情熱が伝わってくるような気がする。

一哉の心臓が早鐘を打ち始めた。予想しなかったみやびの行動に、どんどん感情が昂ってくる。

『はい。ショーが行われる夜、わたしの言いたかったことを聞いてください』

「ああ、必ず……聞く」

一哉は感情を隠せないまま、かすれ声で囁いた。

『それじゃ、お仕事……頑張ってきてくださいね』

マスクのせいでみやびの目しか見えないが、なんとなく恥ずかしそうにしているというのは伝わってきた。

それほど彼女の気持ちがわかるようになってきたということだろう。

「ああ。それじゃ、ショーで」

離れ難い気持ちはある。だが一哉は軽くみやびに頷くと、ガラスドアから手を離した。

彼女に背を向けて道路を渡り、停めた車に乗り込む。車を出した時、ふとバックミラーでビルの入り口を見る。

そこにはみやびが立ち、一哉の車を見送っていた。彼女の優しさに改めて触れ、一哉は幸せに包まれるのを感じていた。

十三

青く澄み渡る空は、見ているだけで爽やかな気持ちにさせてくれる。だがこの日は、朝から気温が上昇し、既にアスファルトからゆらゆらと陽炎が立ち上っていた。それを目にするだけで、外のうだるような暑さが伝わってくる。

千葉へ向かってハンドルを握るみやびは、たまらずため息をついた。

今日は暑さと湿気で大変な一日になるだろう。

そんな風に思っているみやびの横で、奈々は機嫌よく鼻歌をうたっていた。

ずっとやりたかったウェディングドレスのランウェイに加え、渋沢のエスコートで歩くのが決まっているせいだ。今日の仕事が楽しみでならないという彼女の気持ちが、隣のみやびにもひしひしと伝わってくる。

その気持ちはわからないでもないが、今から張り切り過ぎていては本番までもたないかもしれない。

「奈々、あまりはしゃがないで。体力を消耗してしまう」

それとなく口にするが、奈々は気にも留めない。

「大丈夫！　なんかね、今日はいっぱいプレゼントをもらえる気分なの！」

ふふっと笑った奈々は、ペットボトルを手に取りミネラルウォーターを一口飲んだ。

「ずっと憧れてたウェディングドレスのランウェイなんだよ！　しかも、大輔のエスコートで歩けるなんて夢みたい」

うっとりして言うが、奈々はすぐに我に返ったようにみやびに顔を向けた。

「もちろんみやびんの現場復帰も嬉しいよ。あたし、みやびんに支えられてるんだって、この一週間で良くわかったんだ」

みやびは奈々の言葉を嬉しく感じつつも、あえて表情を引き締めた。

「ありがと。でも、奈々の綺麗なランウェイを本番で見たいな。だからもう少し落ち着こうね」

「はーい。……そういえば、みやびんと大賀見社長はどうなったの？」

思わず動揺してしまい、みやびのハンドルを持つ手に一瞬力が入った。

「大輔に聞いたんだけど、吉住モデルプロモーションの令嬢が頻繁に大賀見社長を訪ねてるみたい。事務所でも噂になってるって。みやびんが高熱を出したあの日も、ホテルに来てたでしょ？　もしかしたら、今日のショーにも来るかも。あそこの事務所から結構参加してるし」

今日来る、か……

せっかくのショーなのに、奈々の話を聞いて気落ちしそうになる。桃花とは、できれば顔を合わせたくない。彼女を前にすると、その強さに圧倒され、みやびは叶わないと思ってしまう。

それが嫌だった。

こんな調子では、大賀見との約束を守れない。不安に思うが、とにかくできることをやるしかない。

まずは今夜、大賀見に自分のこの気持ちを伝えるところから始める！

みやびが唇を強く引き結んだ時、遠くにショーの行われるシティホテルが見えてきた。

「みやびん、ファイト！」

「……ありがとう。でも、今日は奈々がファイトだよ」

「うん、あたしも頑張る！」

ふたりして笑顔で笑い合うも、みやびの神経は次第に張り詰めていく。それは、ホテルの駐車場に車を入れ、エンジンを止めた時も続いていた。だが、なんとかして緊張を頭の隅へ押しやると、車外へ出た。

思っていたとおり、むわっとした熱気に息が詰まりそうになる。みやびは肌にまとわりつく暑さから逃げるように、急いで必要な荷物を持った。

「みやびん、早く行こう！」

奈々の声に急かされてエレベーターに乗り、控え室のある二階へ向かう。女性モデルの控え室に入り、既にそこにいたモデルたちに挨拶(あいさつ)して、奈々のもとへ戻る。

「すぐにヘアメイクが始まって、直後リハーサルよ。だから、なるべく控え室にいてね。もしどこかへ行くようなら、連絡を入れること。いい？」

「うん、わかった。それじゃ、頑張ってきます！」

奈々の笑顔を見る限り、そこに緊張は感じられない。しかも、車に乗っていた時よりもいい表情をしている。これなら大丈夫だろう。

「それじゃ、またあとでね」

にっこり笑って手を振ると、みやびは奈々の傍を離れた。

モデルたちの控え室を出て、少し離れた場所に設けられた関係者用の控え室に入る。

そこには豊永のマネージャーがいて、他事務所のマネージャーと談笑していた。みやびは笠岡に近づき、頭を軽く下げた。

「藤尾さん！　お躯はもう大丈夫なんですか!?」

椅子から立ち上がった笠岡に、みやびは頷く。そして、先日の件を謝った。

「ううん、気にしないで。こっちこそ……孝宏が迷惑をかけてしまってごめんなさい」

笠岡が申し訳なさそうに深く頭を下げる。みやびはとんでもないと、頭を振った。

「わたしの方こそ、ご迷惑をおかけしてすみません！」

「いいえ、あれはうちの孝宏が百パーセント悪い――」

顔をしかめた笠岡がそう言った時、急に控え室がざわついた。みやびの後ろに視線をうつした彼女が、突然苛立たしげに舌打ちして言った。

「もう……いい加減現場に顔を出すのはやめてほしいんだけど！」

みやびが振り返ると、そこには大賀見と、彼の腕に自分の腕を絡めた桃花がいた。他のマネージャーたちは我先にとふたりに近づいて挨拶している。

大手事務所の社長令嬢と、業界に顔の広い大賀見とくれば、当然そうなるだろう。

「話している最中なのにごめんなさい。ちょっと失礼しますね」

ふたりに挨拶に行くのかと思いきや、笠岡はまるで逃げるように控え室を出ていった。

本当ならみやびも、大賀見たちに挨拶へ行くべきかもしれない。でも桃花とは、栃木のホテル以来というのもあってなんとなく顔を合わせ辛い。今はふたりの周囲に人垣ができていて近づけそうもないので、挨拶はまたあとにしよう。

みやびは、ひとまず笠岡のあとを追ってドアへ向かうが、ふと視線を感じて動きを止めた。ゆっくり振り返ると、みやびをじっと見つめている桃花と目が合った。彼女はこれ見よがしに、大賀見の腕に豊満な乳房を押し付けている。

一哉はあたしのものよ！——まるでそう言っているみたいだ。

桃花は強い。みやびにはないその強さで、大賀見の心を奪い取ろうとしている。

みやびはたまらず視線を足元へ落とし、唇を引き結んだ。

「藤尾さん」

名前を呼ばれてハッとし、顔を上げる。大賀見が桃花と一緒に、みやびの方へ歩いてくるところだった。彼はさりげなく桃花の手をはずしている。

ふたりを交互に見ると、大賀見が片眉を上げて何か言いたそうにした。でもすぐに、彼は優しげな笑みを浮かべた。

「良かった。もう隠れるのは終わりだと受け取っていいんだね？」

「あの……はい。風邪は治りました」

みやびは大賀見に頷き、隣にいる桃花には会釈して挨拶する。

「俺にはうつしてくれても良かったのに。でも、それも仕方ないか。あの四日間、俺は自宅で藤尾さんの看病をしたのに、風邪すらひかなかったんだから」

大賀見の意味深な言い方に、みやびの頬が染まる。だが、そこで言葉を止めた彼の表情が、一瞬にして変わる。唇には怒りが、薄く閉じられた目には冷酷な光があった。

「いや、藤尾さんがホテルのリネン室に……誰かに閉じ込められて高熱を出したあの日を含めると、五日間か」

大賀見の言い方には含みがあった。みやびが桃花をちらっと見ると、何故か彼女は居心地悪そうにして顔を伏せている。

みやびが再び大賀見に視線を戻した時、彼の意識は桃花に向けられていた。そんな彼を窺うみやびに気付いた彼が、にっこり微笑む。そして急に手を伸ばし、みやびの頬に触れた。

こちらに詮索の目を向けていた人たちの驚いた気配が伝わってくる。同時に、控え室が静まり返る。

「お、大賀見さん、何を!?」

みやびがどもっても大賀見は全く動じない。それどころか、彼はみやびの前髪に触れ優しく払いもした。

これはもしかして、恋人を演じてほしいという意味？

大賀見が何を望んでいるのかわからなくて、みやびの目に迷いが浮かぶ。すると、彼がみやびの鼻を指で抓んだ。

「……藤尾さんは何も心配しなくていい。いつもの君でいてくれていいんだよ」

大賀見の優しい声音に、みやびの心臓が高鳴る。

うっとりと大賀見を見つめていると、桃花が地団駄を踏んだ。

我に返って彼女を見ると、憎々しげにみやびを睨み付け、そして大賀見の腕を掴む。

「一哉！　もういいでしょ。早くあたしと一緒に来て。ウェディングデザイナーの伊崎さんに挨拶しに行くんだから！」

桃花の怒鳴り声に、控え室の空気が張り詰める。針で刺すような視線にみやびの肌がピリピリするほどなのに、大賀見は全く気にしていないようだ。

「じゃ、あとで」

そう言うなり、大賀見が顔を近づけてきた。

嘘……もしかして、キスしようとしている？　ここで!?

だが、大賀見はキスではなく、息を呑むみやびの耳元に顔を寄せてきた。彼の吐息が首筋に触れただけで、躯(からだ)の芯が疼(うず)く。

「……っ！」

みやびの反応に、大賀見がクスッと笑う。羞恥(しゅうち)で頬を火照(ほて)らせるみやびに、そっと「仕事してくるよ」と囁(ささや)き、ゆっくり躯を離した。

好きで桃花と行くのではない。これはあくまで仕事だよ——と言うように。

それは理解できる。でも桃花に言われるがまま動く大賀見の姿を目にすると、本当は彼女の気を引くためにみやびに恋人を演じてほしいと頼んできたのではないかとさえ思えてくる。

大賀見の気持ちはいったいどっちなのだろう。

「またあとでね……、みやび」

みやびは静かに頷く。その数秒後、みやびはあることに気付き、目を大きく見開いた。

「……えっ？」

これまでの大賀見は、仕事場では一貫してみやびを名字で呼んでいた。なのに彼は関係者が聞き耳を立てている中で、名前を呼んだのだ。

みやびが何も言えずにいると、大賀見はしてやったりと言わんばかりに余裕綽々(よゆうしゃくしゃく)の笑みを浮かべた。

「今夜が楽しみだ……」

愛おしげにみやびの頬を撫でて、大賀見は今度こそ桃花と一緒に控え室を出ていった。

ドアの音がバタンと響く。

すると、遠巻きに見ていたマネージャーたちがみやびの傍へすっ飛んできた。

「ちょ、ちょっと！　今の何!?」

「藤尾さんと大賀見さんって、いったいどういう関係なの！」

皆が口々に言うため、言葉が矢のように飛び交う。でも、みやびは誰にも返事ができなかった。みやび自身戸惑っていて、何をどう考えればいいのかわからない。

「あの、すみません。ちょっと……わたし……失礼します」

みやびは自分の周囲にできた人垣を掻き分ける。

「ちょっと待ってよ、藤尾さん！」

声をかけられたり、手首を掴まれたりするが、みやびはなんとかそこから逃げ出した。

このままどこかに身を隠してしまいたいと思うものの、仕事で来ている以上そんな真似はできない。結局のところ、みやびは一息つくため、視界に入った自動販売機へ向かった。

気分をすっきりさせたくて炭酸飲料を買い、一口、二口と飲む。そして、長い息を吐き出した。

でも、一難去ってまた一難。女性の話し声が、みやびの耳に届いた。

もしかしたら、みやびを追ってきたマネージャーたちかもしれない。

そう思い、近くの柱の陰に身を隠した。毛足の長い絨毯のため、足音はかすかにしか聞こえないが、声は徐々に大きくなる。

しばらくすると、話している内容がはっきりみやびの耳に届いてきた。

「えっ？　嘘……」

聞こえてきたのは、興奮した桃花の声だった。みやびはさらに躯を強張らせて息を殺す。

「伊崎さんと再会できて本当に嬉しいです！　ショーが終わって落ち着いたら、是非食事に行きましょうね」

「ええ、もちろんよ！　それにしても、ICHIYAはどこへ行ったのかしら。桃花ちゃんとの関係を根掘り葉掘り訊こうと思っていたのに、彼ったら挨拶しただけで、どこかへ消えるんだから」

女性の言葉に、桃花が困惑したような声を上げる。

「すみません。彼はきっと気を利かせてくれたんだと思います。伊崎さんとは、家族ぐるみのお付き合いをさせてもらってるって知ってますし」

「そうだったわね。ICHIYAは昔から気配りのできる人だった。だから、久しぶりに会う桃花ちゃんとふたりきりにしてくれたのよね。でも桃花ちゃんをまじえて、いろいろな話をしたかったわ。ふたりの結婚話とか。ねえ、彼との結婚を考えているんでしょ？」

「はい。その時は、是非伊崎さんの新作ドレスでお願いしますね」

「そう言うってことは、彼とバージンロードを歩く日が近いのかしら？」

「いえ、再会したばかりですから、そういう話はまだです。ただ、あたしは彼との未来を真剣に考えています」

「そんなに力まなくても大丈夫よ。ＩＣＨＩＹＡが桃花ちゃんを見る目は、とても柔らかかったもの。桃花ちゃんも頑張りなさい」

「はい、頑張ります。あたしにできるのは、彼を愛するこの想いをぶつけることだけですもの」

そう話す声音から、少し固さを感じる。でもそれを吹っ切るように桃花が可愛らしい笑い声を上げると、その場が明るくなり、伊崎も楽しげに笑った。

「ふふっ、素敵な知らせを聞けるのはすぐかもしれないわね。頑張って彼をゲットするのよ」

「もちろんです！　どうか応援していてください」

再びその声が小さくなっていく。ふたりが遠ざかっていったのだろう。

見つからなかったことにホッとするものの、みやびの手足は異様なほど震えていた。顔の血の気も引いている。

みやびは柱にもたれたまま俯き、額に手をあてた。

桃花の存在は関係ない、自分の気持ちに素直になればいいだけなんだとわかっている。なのに、彼女の強い想いには叶わないという感情が、凄い勢いで心を侵食していく。大賀見を好きな気持ちは桃花と同じのはずなのに、彼女と違ってみやびは想いを前に出せなかった。

その時、ポケットの中で携帯が振動した。見ると、大賀見の名が液晶画面に表示されている。

いつもは電話がかかってくるだけで嬉しかったのに、今は気が乗らない。

桃花の真剣な気持ちに動揺している自分がいる。こんな状態で大賀見と話せば、絶対に何かあったと勘付かれるだろう。

みやびは振動し続ける携帯をしばらくじっと見ていたが、初めて、彼からの電話を取らなかった。

「悩むぐらいなら、さっさと出て話せばいいのに」

突然頭上から降ってきた低い声に、悲鳴が出そうになる。みやびは手で口を覆ってそれを呑み込み、慌てて振り返った。そこにいたのは、スウェット姿の豊永だった。

「ど、どうして……!」

驚くみやびに、豊永は苛立たしげに睨む。

「どうして俺がここにいるのかって？　まず、俺はこのショーに参加してる」

　みやびもそれぐらいはわかっている。でも、あまりに豊永が不機嫌だったので何も言わずにいると、彼は早口で次の言葉を継いだ。

「俺のリハが終わったから、飲み物を買いにきたわけ。何を買おうか迷っていたら、耳障りな振動音がしたんだよ」

　豊永は、みやびの持つ携帯を指す。

「あっ……」

　みやびは一瞬携帯を強く握るが、すぐにそれをスカートのポケットに突っ込んで隠す。

「で？　……なんで出なかった？　ケンカ？　まあ〝ケンカするほど仲がいい〟とは言うけど、あんな態度でいいわけ？　相手が大賀見社長だと、逆襲がありそうだけど」

　意味ありげでありつつも、豊永はそれ以上は何も言わない。ただみやびの前へ移動し、傍の手すりに肘を置いてもたれかかった。手に持ったスポーツドリンクを美味しそうに飲み、唇についた水滴を手の甲で拭う。

　大きく息をついた彼は目だけを動かし、みやびを射抜くような鋭い眼差しを向けてきた。

「何を悩んでるのか知らないけど、俺をフッておきながら、そんな態度を見せられると凄いムカつくんだけど。俺より、大賀見社長を選んだんだろ？　それなら彼にぶつかっていけよ」

「そんな簡単な……問題じゃないの」

みやびは小さな声を振り絞る。すると、豊永が呆れたように大きなため息をついた。

「簡単だよ、恋なんて。好きか嫌いか、それだけさ。うじうじ悩むぐらいなら前へ進めばいい。結果は誰にもわからない。砕け散る覚悟で挑めば、たとえ上手くいかなくても後悔はそれほど残らない」

「でも――」

「でもじゃない！　本当見ててイラつく。付き合っているくせに悩んで……クソッ、ちょっと来い」

豊永がいきなりみやびに近づくと、乱暴に手首を掴んだ。

「と、豊永さん！　いったい何を！」

豊永はみやびを引っ張って歩き出した。時折廊下を通るスタッフが驚いたように豊永とみやびを交互に見るが、彼は歩みを止めない。

「はあ、なんで俺がこんなことを……。惚れた弱み？　いや……俺は心の中で、藤尾さんが大賀見社長と別れればいいと思っているのかもな」

豊永が自嘲気味に呟く。みやびはそんな彼の横顔を見て、何も言えなくなってしまった。

みやびの口元は自然と引き結ばれ、目線も下がる。そして、豊永に引っ張られるまま廊下を進んだ。

豊永の向かった先は、ブライダルショーの行われる会場だった。

みやびはランウェイ、煌(きら)びやかなシャンデリアや照明、そして客席を眺めた。客席の後ろには音響機材が置かれていて、今もミキシングの調整を行っている。客席に長く突き出したステージ上では、マイクを持った進行係の指示でリハーサルが行われていた。それを見守る関係者が、空いた客席にちらほら座っている。

豊永はその人たちから少し離れた場所にみやびを座らせ、その隣に腰を下ろした。

「豊永さん、どうしてここへ？　もちろん、わたしも西塚のリハを見る予定でしたけど」

「俺がここへ来た理由？　もちろん大賀見社長が最終リハを覗くとわかってるからさ」

豊永は上体を倒して前の椅子の背に両肘を置き、そこにもたれかかった。

「証明してあげる。大賀見社長が藤尾さんをどう思っているのか。あの人、一見人当たりが良いし、何をしても怒らないイメージがあるけど、今回はどう動くか見物(みもの)かも。意外と腹黒だし」

「腹黒？」

豊永はニヤッと口角を上げると上体を起こし、みやびの椅子の背に手をついた。あまりの近さに上体を後ろに引くが、それ以上距離を取れない。

「あの人は……やることなすこと、意地が悪い」

豊永が自分の言葉に笑う。でも次第にその笑みを消し、疲れたようにため息をついた。

「だから余裕のある大人って嫌いだ。俺はね、大賀見社長の余裕綽々な顔をぶっ壊したいんだ。何をしても、言っても、あの人は表情を崩さない」

そこでちらりとステージへ目を向ける。みやびもつられてそちらを見ると、ちょうど奈々の出るグループのリハーサルが始まったところだった。

既にヘアメイクを終えているスウェット姿の奈々は、隣にいる渋沢と微笑み合っている。渋沢は、奈々の前髪から緩やかに編み込んだ部分に触れ、楽しそうに話していた。

その光景に笑みを漏らすが、みやびは豊永の視線を感じて再び彼に意識を戻した。

「あの人は、俺が何をしても大人の態度を取る。でも、藤尾さんが絡んだらどうだろう。さっき、大賀見社長の電話を取らなかっただろ？　きっと今頃は、心中穏やかではないはずだ」

みやびは、そんなことはないと頭を振った。

「どうしてそう思うんですか？　わたしなんかが電話に出なかっただけで、大賀見さんが心を乱すなんて、そんなの考えられません」

みやびの発言に、豊永は呆れたように笑った。

「藤尾さんは自分の魅力に気付いていないんだな。……余裕のある大人ってさ、自分の思惑と外れた行動をされた場合、結構イライラする人が多いんだ。その相手が付き合っている女性だと特にね。だからたぶん、大賀見社長も――」

　突然豊永が口籠もり、みやびの肩越しに強い眼差しを向ける。つられてみやびも振り返った。

　そこには大賀見と桃花がいた。彼は見たこともないほど苛立たしそうな目をして、こちらを凝視している。

　その表情に躯を強張らせるみやびの肩に、豊永が触れた。みやびは大賀見から豊永に視線を移すが、彼はまだ大賀見を見ている。

「ビンゴ、だな。それにしても、大賀見社長ってあんな風に嫉妬心を剥き出しにできるんだ。これは面白い。ただ、まだ理性で抑え込んでいる雰囲気がある。でも火は点いている。藤尾さんに拒まれたせいで。もう少し焚きつけたら……あの人の感情を爆発させられるかな」

「ば、爆発!?」

　みやびの肩を何度も優しく撫でる指の動きも気にはなるが、彼の不穏な言葉に心が乱れる。

　みやびが生唾をゴクリと呑み込んだ時、豊永の視線がみやびに戻る。楽しそうに頬を緩めているが、間近に見える彼の瞳はかすかに揺らいでいた。

声をかけようとするが、豊永は何かの感情を断ち切るように、その目を閉じた。再び目を開けた時、そこにはもう揺らぎはなかった。

あるのは、決意の光。

「……藤尾さん」

みやびの肩に触れていた豊永の手が動き、直に首に触れた。

「と、豊永さん？　何……!?」

「黙って。そして、何をされても驚かず、俺だけを見ていて」

豊永が顔を傾け、距離を縮めてきた。みやびは言われたとおり口を閉じて彼をじっと見るが、その間にも彼の顔が迫ってくる。豊永の吐息がみやびの頬をかすめて、ようやく彼がみやびにキスをしようとしているのがわかった。首に添えられた豊永の力が入り、引き寄せられる。

う、そ……っ！

みやびが息を呑んだ、その時だった。

あれほど間近に迫っていた豊永の顔が、突然みやびから離れた。いつの間にか椅子の間を縫って近づいた大賀見が、豊永の肩を乱暴に掴みふたりを引き離したからだ。

しかも大賀見は感情を露にし、豊永を殴るのではないかと思うほど凄い形相で彼を睨んでいる。みやびは怖くなって、椅子の上で躯を強張らせた。

「まさか……ここまで俺を苛立たせるとはね」

大賀見は肩を怒らせて荒い呼吸を繰り返す。だが、徐々(じょじょ)に感情を収めたようだ。そしてゆっくり視線を動かし、みやびに射るような目を向ける。豊永の肩を離すと、今度はみやびの手首をきつく掴んだ。

みやびは痛みに顔をゆがめ、彼に引っ張られるまま椅子を立った。

「豊永、君の試み……確かに俺を刺激したよ。あと三、四年もすればいい男に成長するだろう。だが、みやびは渡さないよ。俺は彼女を手放すつもりもないし、誰かと分かち合う趣味もないんでね」

こんな状況だというのに、みやびは大賀見の言葉に心が震えた。

たまらず大賀見を振り仰ぐ。

「凄い言い方。藤尾さんに想われてるってわかってないと、言えないセリフだ。でもさ、それって今もそうなの？　大賀見社長が指を鳴らせば、彼女がすぐに飛んでいくと思ってる？」

「何が言いたい？」

大賀見の声が低くなり、表情筋がかすかに引きつった。

「三十分くらい前に、藤尾さんに電話をかけたよね。あの時、俺が一緒にいたんだ。言っておくけど、俺が出るなと言ったんじゃない。電話を取らなかったのは彼女自身の判断だから。……藤尾さんが俺と大賀見社長、どっちを取ったかわかるでしょ？」

大賀見は、豊永の問いに答えない。その代わり、みやびの手首を握る力がさらに強くなった。

「……っ！」

あまりの痛みに、呻（うめ）き声が漏れる。

「藤尾さん!? だ、大丈夫――」

豊永がみやびに手を伸ばす。でも、彼の手が触れる前に、大賀見がみやびの腰に手を回し力強く引き寄せた。

「彼女に触らないでくれ。みやびに触れていいのは俺だけだ」

大賀見の不機嫌そうな言い方に、みやびの心臓が高鳴り、躯（からだ）がかすかに震える。こんな風に嫉妬（しっと）を丸出しにする大賀見を見たのは初めてだ。

驚くと同時に、春の陽射しに似たほんわかとした温もりが、胸の奥に広がっていく。

本当に？ わたしに触れていいのは大賀見さんだけなの？ ――そう訊ねるように期待を込めて彼を見ると、大賀見がみやびに視線を落とした。

「……もう、覚悟はいいよな」

「か、覚悟？ ……えっ？」

「みやびは俺のものだって、皆に知ってもらう覚悟だよ」

「いったい何を――」

　そこまで言った時、大賀見は仰ぎ見るみやびに顔を近づけ、そのまま唇を奪った。

　みやびの躯がビクンと跳ねる。彼はそんなみやびを宥めるように唇を優しくついばみ、濡れた舌で下唇を撫で上げる。

　たったそれだけで、躯の芯がふにゃふにゃに蕩けそうになる。その場で崩れ落ちてもおかしくないほど、みやびは感じていた。

「……っんぅ」

　小さな喘ぎが鼻を抜けたところで、大賀見がキスを止めてくれた。みやびは真っ赤に染まる顔を隠すように俯き、口を片手で覆う。

「きゃあぁぁ！　みやび～ん、大賀見社長、とっても素敵!!」

　会場に響く奈々の声に、みやびはランウェイに目を向けた。リハーサル中だったはずの奈々が、いつの間にかみやびに注目していた。しかも舞台上で、嬉しそうにぴょんぴょん飛び跳ねている。

　客席に座っている関係者はどう反応していいのかわからないようで、ざわついている。

　それは、みやびも同じだった。この状況に頭の回転が追いつかず、パンクしてしまいそうになる。

　たまらず顔を隠そうと俯くが、そんなみやびの肩を大賀見が抱き、ランウェイにいる進行係に軽く手を振った。

「お騒がせしたようで申し訳ありません！　リハを続けてください！」

大賀見は大声で叫び、周囲の関係者に軽く頭を下げる。そして、そのまま歩き出した。

「大賀見社長。俺は藤尾さんにフラれたけど……隙あらば奪いにいくから」

低い声で囁く豊永の言葉が聞こえた。みやびは振り返ろうとしたが、大賀見に阻まれる。

「みやびに言っておく。……俺はね、意外と嫉妬深いんだ」

小さな声でそう言うものの、大賀見はみやびを見ようとはしなかった。彼は前だけを向いて客席の後ろへ向かう。その場に立ち尽くす顔面蒼白の桃花には声をかけず、ドアを開けて廊下へ出た。

みやびは顔を強張らせた大賀見の横顔を、ただ隣で窺うことしかできなかった。

十四

もうすぐ始まるショーに向け、スタッフたちが慌ただしく廊下を行き交っている。招待客を迎える準備も始まり、ホテルの二階は騒然としていた。

大賀見は、意味ありげな視線を送ってくるスタッフたちの目を無視し、その人たちの間を縫うように進む。

エレベーターホールに到着すると、彼は乗降ボタンを押した。

「大賀見、さん？」

廊下に出て初めて大賀見の名を呼ぶが、彼は返事すらしない。

いったいこれからどこへ行こうとしているのだろう。

不安でいっぱいになりながら、もう一度大賀見に目を向けた時だった。

後ろから廊下を走る、大きな足音が響いてきた。それはどんどんエレベーターホールへ近づいてくる。目に見えない何かに襲われるような恐怖を覚えて、みやびは躯を縮こまらせた。

すると、大賀見がみやびを抱く腕に力を入れる。彼に抱かれたままじっとしていると、みやびたちの背後で足音が止まった。

振り返れば、そこには肩で息をする桃花がいた。なりふり構わず走ってきたのか、髪が手でかきむしったみたいに乱れている。

「一哉、いったいどこへ行くの！」

桃花が目をつり上げて、いきなり怒鳴った。みやびをキッと睨む一方で、彼にはすがるような目を向ける。でも大賀見は慌てる様子もなく、彼女と向き合った。

「もう彼女と付き合ってる振りなんてしなくていいの。あたしには真相がわかってるんだから。ねえ、お願い……もうこんな真似は止めて！」

桃花は悲痛な声で懇願しながら、一歩、また一歩と大賀見へ近づく。

「いったい何を言ってるんだ？」

大賀見はいつもと変わらない態度で答える。その声音を聞く限り、動じている様子はない。でも、どことなくふたりの間にバチバチと火花が散っているように感じられた。

みやびは思わず後ろへ下がろうとした。ほんの少し身じろぎしただけなのに、大賀見はみやびの肩を抱く手に力を込める。彼のその行為が、桃花の怒りに火をつけた。

「一哉、あたしは知ってるの！　これまでずっと、女性と遊びはしても誰とも付き合わなかったって。それってあたしの存在があったからでしょ？　そうよね⁉」

桃花は頭から煙を出すのではと思うほど顔を真っ赤にし、彼の胸元をきつく握った。

だが大賀見は何も言わず、自分の胸元を掴む桃花の手を引き剥がす。

「い、一哉――」

桃花が、愕然とした表情を浮かべた。

「あたしを……父を裏切るっていうの？　一哉の独立が許されたのは、あたしと結婚して吉住の事務所を継ぐって……そういう約束だったからでしょ！」

大賀見との将来を望む彼女の気持ちが伝わってきて、みやびはたまらず俯いた。

ただそれをわかってはいても、みやびには何もできない。

「そんなの絶対に許せない！　あたしは一哉との将来だけを夢見てきたのよ。それなのに、今になってそんな……」

感情を大賀見にぶつける桃花。みやびはそっと彼女を窺(うかが)った。

その時、目に涙を溜めて懇願していた桃花の表情が一変する。

「あたしを見くびらないで。そっちがその気なら、こっちも手段を選ばない。どうしても約束を破るっていうのなら、父の手を借りてでも一哉の事務所を潰すわ！」

大賀見に冷たい目を向ける桃花の態度に、みやびは目を見張った。

「そ、そんな風に――」

ふたりの間に割って入ろうとした。だが、それを制するように、みやびの肩を抱く大賀見の手に力が入る。

「確かに、吉住社長が業界に手を回せば、簡単に俺の事務所は潰れるだろう。だが桃花は知っているはずだ。この結婚話は条件付きだったということを」

「……っ！」

桃花が悔しそうに唇を引き結び、大賀見から顔を背(そむ)けた。

「確かに、吉住社長は俺が桃花と結婚するのを望んでいるのかもしれない。もしかしたら、愛娘(まなむすめ)の願いを聞き入れるために、俺に対して何かを仕掛けてくることも考えられる。だが、その時は俺も黙っていない！」

ほとんど声を荒らげない彼が、突然強い口調で言い放った。

「な、何よ！　何をするっていうのよ！」

声を震わせながらも、負けじと桃花も大賀見に突っかかる。

「……お前がそれを言うんだな？」

大賀見の声音がさらに低くなる。縄張りを荒らされた猛獣が牙を剥くみたいに、彼は桃花を射るような目で見つめた。

大賀見はみやびの肩から手を離すと財布を取り出し、そこから二枚のメモ用紙を取り出す。

「あっ！」

桃花が声を上げた。彼女の顔からみるみる血の気が引いていく。

「俺はこの筆跡を知っている。だから、みやびと豊永を閉じ込めた犯人がいったい誰なのか、このメモを見た時すぐにわかったよ。……桃花、君だってね」

彼は真っすぐ桃花を見ている。その唇は強く引き結ばれ、目には、冷たい光を宿していた。

「桃花は罪を犯した。いや、違うか……。結果的には、何もなかったんだからそうとは言えないんだろうな。だが、あれは一歩間違えば取り返しのつかないことになっていたかもしれない。頭のいい桃花なら、わかるだろ？」

みやびは、大賀見と、打ちのめされたように青ざめている桃花を交互に見た。

きっと桃花にもわかったに違いない、自分の取った行動の危険性が。

そんなことを吉住社長の娘がしたと業界に知れ渡れば、それは吉住社長だけでなく、吉住モデルプロモーションにとって大きな痛手となるだろう。

この業界では、恩義を重んじるところがある。だが、警察沙汰になるかもしれない事務所とは極力かかわりたくないと思うのが普通だ。

「俺は卑怯な真似をしたくはない。だが、桃花の出方次第では、俺も容赦しない！」

大賀見から受け取ったメモ用紙を、桃花はその手でくしゃくしゃに握り締め、力なく俯いた。彼女を見ながら、大賀見がみやびの肩を強く抱く。

「俺の言った意味、理解してほしい。そうすれば、俺は桃花のしたことを忘れよう。みやびとの今を大事にするために。意味、わかるよな？」

そう言った時、エレベーターの扉が開いた。大賀見は桃花に背を向け、みやびをエレベーターに引き入れた。

みやびは桃花をちらっと見るが、彼女はうな垂れたままそこに立ち、身動きすらしなかった。

エレベーターの扉が閉まる。

桃花は最後まで顔を上げなかった。きっと、もう諦めなければと思っているのだろう。

こうなることを、大賀見は望んでいた。だから、彼の役に立てたと安堵していいはずなのに、みやびの心は晴れなかった。

この結末は、みやびが大賀見の傍にいる必要がなくなったことを意味しているからだ。

「……わたしがやる恋人役も、これで終わり」

そしてみやびも、桃花と同じ道をたどる。想いを告げて、断られ、彼女のように打ちのめされる。

みやびは、息をついて下を向いた。すると、みやびの肩を抱く大賀見の手に力が入り、きつく掴まれた。彼を仰ぎ見るが、そこにある強張った顔を目にして慌てて俯く。

エレベーターの扉が開いても、そこを降りて長い廊下を歩いても、みやびは口を開けられなかった。それほど、彼の躯には怒気が漲っていた。

大賀見はカードキーでドアを開けるや否や、みやびの背を強く押した。

「キャッ!」

絨毯にヒールが引っ掛かって転びそうになる。でも足を踏ん張って、なんとか姿勢を正した。

テーブルに広げられた資料、部屋の隅にあるキャリーバッグ、シーツに皺のよったダブルベッド、そして大賀見の愛用する香水の残り香。それら全てが、彼がこの部屋を使っていると示していた。

その時、後方で鍵の締まる音がして、みやびは振り返った。

大賀見は、みやびの方へ歩きながらスーツの上着を脱いだ。それを荒々しく放り投げると、ネクタイの結び目に指を入れ、簡単にそれを解いて抜き取る。

「大賀見、さん？　あの、会場へ戻らないと……」

みやびは大賀見の行動に困惑しながらも、なんとか意識を仕事に向けさせようとする。でも彼は何も答えない。それどころか、彼は獰猛な肉食獣のように目を光らせて近寄ってくる。

獲物に飛び掛からんばかりの様子の大賀見を前にし、みやびはただ後ろに逃げることしかできなかった。

「あっ！」

膝の裏にベッドがあたり、そのまま腰を落としてしまう。すると、大賀見が大股で近づき、みやびの肩を乱暴に押した。

「ま、待って！」

後ろ向きに倒れると、大賀見はすぐさまベッドに膝をついて上体を倒してきた。みやびの顔の横に手を置き、覆いかぶさるように覗き込む。

「もっと早くこうすれば良かった……」

この体勢に、頭の中で警鐘が鳴り響く。このままでは危険だとわかっているのに、何故かみやびの心臓はドキドキと早鐘を打ち、躯の芯には疼きが走った。それらは、みやびの四肢の力さえも奪っていく。

　真剣な表情で覗き込んでくる大賀見を見つめながら、みやびは空気を求めてかすかに唇を開く。すると、彼の視線がみやびの唇に落ちた。たったそれだけで下腹部奥がきゅんと締まり、そこが熱を持ち始めてきた。

「あ、あの……っんぅ！」

　大賀見が顔を寄せ、唇を求めてきた。角度を変えてはみやびの全てを貪ろうとする。あまりの激しさに、そのまま甘美な世界へさらわれそうになる。でも彼は、唐突にキスを止めた。

「確かにこの数ヶ月の……みやびとの駆け引きは楽しかった。俺はそれを否定しないよ。たぶん、快感を覚えていたんだろう。何も知らない純真無垢な目で見つめられることに」

　大賀見は自嘲気味に笑ってそっと手を伸ばし、指の腹でみやびの頬を優しく撫でる。

「もちろん、俺に対して、なんらかの想いがそこにあると思っていたせいもある。なのに〝恋人役もこれで終わり〟だと？」

「えっ？」

　みやびは目を見開いた。

「エレベーターに乗っている時に言っただろ」

「もしかしてわたし、口に出して？　えっと、あれは……」

みやびは動揺を隠せないまま目を泳がせ、口籠もった。

このままでは絶対いけない。話があちこちに飛び、結局自分の気持ちを伝えられずに終わってしまいそうな気がする。電話がかかってきた時はひるんでしまったが、もう逃げてはダメだ。

「みやび、俺は豊永にも言ったけど――」

「待って！」

みやびは大賀見の口に手を伸ばし、手のひらで塞いだ。

「待ってください……。いろいろ話されると、わたしの頭の中がこんがらがってしまいます。だから、まず……わたしに話をさせてください」

みやびの心情を汲んでくれたのか、大賀見が口を閉じた。それを確認し、みやびはそっと手を下ろす。

「全てなかったことにしてくれ、っていう話なら聞かないけど」

子どもが駄々をこねるような大賀見の言い方に、みやびは苦笑する。

「そんな話じゃないです」

すると、大賀見がふぅーっと長い息をついた。仕事ではあんなに精力的に動き、何に対しても臆しない彼が、みやびの言葉に緊張しているように見える。

そんな彼を目の当たりにしたら、みやびの肩の力が抜けた。みやびはベッドに手をついて上体を起こし、大賀見と向かい合った。

「あの、わたし……大賀見さんに〝なんでもします〟と言ったあの時から今の今まで、一度も演技をしていません。恋人を演じなければと思っても……大賀見さんと接する時はいつもありのままの自分でした。それはわたしが——」

みやびはそこで大賀見を見ていられなくなり、俯いてしまう。

でも、ここまで来たらもう引き返せない。

みやびは瞼を閉じ、気持ちを落ち着かせようと深呼吸した。

「わたしは大賀見さんの本当の恋人じゃない。桃花さんとの結婚話を壊すために恋人役を求められただけだってことは、もうわかってます。途中、いろいろ悩んだりもしたんですけど、わたしの気持ちは全く変わりませんでした。わたしは——」

その時、大賀見に強く手を握られた。

「顔を上げて。そして俺の目を見て言ってくれ」

大賀見の力強い声に、みやびの躯が震える。

彼の言うとおりだ。告白するのなら、きちんと相手の目を見て言おう。そうしなければ、みやびの想いは彼に伝わらない。

みやびは生唾を呑み込むと、ゆっくり面を上げた。

「わたしは……大賀見さんが好きです。恋人を演じてほしいと頼まれるよりも、ずっと前から」

　告白した途端、みやびの躯の熱が一気に上昇する。

「……それって、いつから？」

　大賀見が目を輝かせ、みやびの顔を覗き込むように距離を縮めた。たまらず逃げ腰になって視線を落とす。でも、すぐに彼と目を合わせた。

「実は……約四年前、大賀見さんとは一度だけ言葉を交わしたことがあるんです。たった数分でしたけど、わたしあの時から忘れられなくて――」

　とうとう言ってしまった。恥ずかしくて、顔から火が出そうだ。両手で顔を覆ってしまいたい衝動に駆られるが、ここでひるんではいけない。

　みやびが耐えながら大賀見の反応をじっと待っていると、彼はいきなりふっと笑った。

「ありがとう。俺はみやびがそう言ってくれるのをずっと待ってた。そう、ずっとね」

「……えっ？」

　全く想像していなかった返事に、みやびの思考が止まる。でも、大賀見の言葉が徐々に脳に浸透するにつれて、消えかけていた光が輝きを増していく。

　だが同時に、大賀見の言葉が心に引っ掛かった。

「あの、今……ずっとって？」

　大賀見が力強く頷く。

「ああ、俺もみやびと同じだ。初めてミスキャンパスの客席で声を交わしたあの瞬間から、みやびのことが忘れられなかった」

みやびは鋭い音を立てて息を吸った。

「えっ？ ……えええっ!? ……あの日のことを覚えているんですか？ でも、この業界で初めてご挨拶(あいさつ)させてもらった時から今まで、そんな話は一度もしなかったじゃないですか！」

みやびの言葉に、大賀見が顔をしかめて眉間に皺(しわ)を刻ませた。

「再会した時は、気付かなかったんだ。……当然だろ？ 俺が出会った時のみやびは、長くて綺麗な黒髪をポニーテールにした化粧っ気のない高校生のような女の子だったんだから。今のみやびは、俺の記憶とかけ離れている。これじゃ、いくら俺でも気付けるはずがない」

「あの……、それならいつ、わたしだとわかったんですか？」

みやびの問いに、大賀見が急に楽しそうに口角を上げる。彼の爽(さわ)やかな笑顔に見惚(みと)れていると、彼はみやびのチューリップ袖のブラウスに手を伸ばした。彼は武骨な手を器用に動かし、小さなボタンを簡単にはずしていく。

「あ、あの！」

慌てて止めるが、大賀見の手の動きは止まらない。彼はボタンを全てはずし終えるとブラウスの裾をスカートから引っ張り出し、みやびの肌を舐めるようにしてそれを脱がせた。

「大賀見さん！　ちょ、ちょっと待って。教えてください。いつわたしだって――」

大賀見はカップ付きのキャミソールを大胆に下げ、乳房を露にする。胸を隠そうとするが、彼の手に制され、そのままベッドに押し倒された。

「みやびがあの女子大生だってわかったのは、……渋沢が怪我をした日だよ。モデルにウィッグをかぶせられただろ？　あの瞬間、俺の心にいた女子大生の顔がフラッシュバックした」

大賀見の大きな手が、みやびの乳房に触れる。

待って、わたしはまだ話を聞きたい――そう言いたいのに、送られる刺激で躯が熱くなり、舌が動かなくなる。

「俺はね、この業界にマネージャーとして入ってきたみやびのことが、ずっと気になっていたんだ。きっとみやびのふとした仕草の中に、あの女子大生を感じていたんだろうな。それぐらい、俺の胸には彼女が住み着いていた」

大賀見は口を閉じ、みやびと目を合わせた時、彼の唇が強く真一文字に引き結ばれた。同時に、そして改めてみやびの顔のパーツを確認するようにひとつずつ視線を走らせる。その目にかすかな怒りが宿る。

「だからだと思う。あの女子大生が目の前にいたと喜ぶより、真相を話さないまま何食わぬ顔で俺の前にいたみやびを許せなかったんだ」

そこで大賀見は自嘲するように笑い、降参だと言わんばかりに頬を緩めた。

「それで渋沢が怪我をしたあの日……みやびに言ったんだ。恋人を演じてくれと。ああ言えば、俺との時間をたくさん過ごすことになるだろ？　その間に俺を好きになってもらおうと思ったんだ」

大賀見はみやびにゆっくり体重をかけ、耳元に顔を寄せてきた。みやびの耳朶を甘噛みし、耳殻を舐め上げる。彼のせいで感じやすくなった首筋を鼻で撫でられ、思わず喘ぎを零した。

このまま快感に呑み込まれてもおかしくない状態だったが、大賀見の言葉がみやびの頭の中で回る。それは、みやびの胸の奥にあるもやもやした部分の核心に触れていた。

みやびは大賀見の肩を押して彼と目を合わせた。

「それってつまり、わたしに恋人を演じてほしいと言った時点では、恋人役なんて必要じゃなかった。そういうことですよね？」

「ああ、そうだよ。俺に偽物の恋人なんて必要なかった。ただ、みやびと一緒に過ごす時間を手に入れたかっただけだ」

「あの、そういう時間を持ちたいと思ってくれたのは、もしかして――」

わたしを好きだからですか？　――そう続けようとするが、声を出す前に彼が顔を寄せ、耳殻にキスを落とした。

「っん、は……ぁ」

大賀見の濡れた舌が耳孔に滑り込み、くちゅとした粘膜の音を立てる。ぞくぞくした疼き(うず)が背筋を駆け抜け、脳天へと突き抜けた。

みやびは声を詰まらせて、いやいやと頭を振る。でも大賀見は手を止めなかった。乳房が変形するほど揉みしだいては、硬く尖った乳首を抓(つま)む。

「っぁ、ふぅ……んんっ！」

「みやび……俺だって君と一緒にいる時は一度も演技してない。確かに多少の意地悪はしたが、それもみやびの気を引くためだ。こうやって躯(からだ)に触れる時は、いつも素の俺だった。それは君を愛しく思っているからだ」

乳房を愛撫する大賀見の手の下で、みやびの心臓が一際高く跳ねた。

勝手に推測するのと、きちんと口に出して言ってもらうのとでは全然違う。

大賀見の告白を聞いて、みやびの胸の奥にある彼への想いが潮流に乗ってどんどん膨れ上がっていく。

大賀見が肘をついて上体を起こした。そして喜びで輝くみやびの瞳を覗き込む。

「君が好きだ。誰にも渡したくない、豊永にだって……触られたくないと思うほどに」

大賀見の真摯な眼差しを目にし、嬉しさでみやびの涙腺が緩む。でも泣き顔は見せたくない。この場に相応しいのは笑顔だ。

「好きな人に好きだと言ってもらえる幸せに胸を震わせて、みやびは頬を緩ませた。

「そんな風に想ってもらえるなんて、とても嬉しいです！」

みやびは両腕を大賀見の背中に回し、自ら彼を抱きしめた。

「ああ、みやび……！」

生地越しに伝わる大賀見の体温が、一瞬にして熱くなった気がした。それはどんどん大きく燃え上がり、躯の中心でくすぶっていた小さな火を煽ってくる。期待で躯が震えた。

それがとても心地良くて、みやびはたまらず彼の肩に悩ましげな吐息を零す。

「どうして君は、俺をいとも簡単にオオカミにしてしまうんだろう」

みやびは、大賀見の切羽詰まったようなかすれ声と言葉にドキッとする。でも、彼に肩にキスを落とされると、もう何も考えられなくなった。彼はみやびの肩の窪みに舌を這わせ、甘噛みし、そこを強く吸う。甘い電流に襲われ、みやびの躯がしなった。

「あっ……んんっ！」

大賀見の手はさらに躯を這い回る。細い腰を撫で下ろし、スカートの上から大腿に触れ、そして裾を捲り上げた。

「お、大賀見……さん？」

「一哉。これからは名字ではなく、俺の名前を呼んでくれ」

乳房に顔を埋めようとしていた大賀見がそっと顔を上げ、みやびに懇願する。何故か苦しそうに眉間に皺を刻ませる彼を見て、彼のためならなんでもしたいという欲求に駆られた。

「い……ちや、さん」

こう呼ぶのは二度目。大賀見を名前で呼ぶなんて、まだ恥ずかしくて照れが生まれる。でも彼が嬉しそうに微笑むのを見て、みやびの心に歓喜が湧き起こった。

でもそれはすぐに吹き飛んだ。大賀見がこれ見よがしに舌を出し、屹立してやや赤く充血した乳首を口に含んでぴちゅぴちゅと音を立てて舐めたせいだ。

今すぐにでも目を閉じてしまいたい。それなのに、愛する人の舌と唇が自分の肌を味わう姿から目を逸らせない。相反する思いがみやびを襲う。

みやびが淫らな吐息を零す中、彼はパンティの縁に指を引っ掛けて下へ引っ張り、濡れた秘所に指を這わす。

「っんぁ！　……やぁ、ダ、メ……んんっ」

大賀見の指が、襞に沿って上下に撫でては小刻みに刺激を送ってきた。直に触れられて、みやびの下腹部奥が熱くなり、そこが痙攣を起こしたようにわななく。愛液があふれて両脚の付け根を濡らし始める。それがまた、大賀見の指の動きを助けていた。

「凄い濡れてる。……このまま俺の指をするりと受け入れてくれそうだ」

みやびの口から絶え間なく喘ぎが零れる。手の甲で口を覆うが、押し寄せる恍惚感に声を殺せない。

「もっと脚を広げて」

大賀見の手が膝に触れた。そこを押されて、襞に隠されていた蜜口がぱっくり開く。

みやびは、ひしゃげたカエルみたいに大きく両脚を開かされた。

「……そう、そのままでいてくれよ」

みやびの愛液で濡れた大賀見の指が、蜜口を擦るなり一気に奥へと挿入された。

「ああ……っ、は……あ、ぁん！」

くちゅくちゅと淫靡な音を立てては、大賀見の指が何度もみやびの蜜壺に埋められる。

膣壁を擦られるたびに躯を襲う強い悦びに腰が引けそうになるが、それはすぐに四肢の力を奪う甘いうねりに変わった。

迫る強烈な疼きを無視し、なんとか翻弄されないように試みるが上手くいかない。大賀見のいやらしい指使いと、乳首を口に含んで舌でそこを濡らす巧みな愛し方に、快感が躯中を走り回る。

「っん……くっ……ぁっ！」

それは、空高く飛翔するほどではない。でも焦らされた快い潮流は躯の中で渦巻き、熱く身を焦がす。もどかしくて、気持ちが良くて、他のことは何も考えられないと思ってしまうほど、みやびは送られる快楽の虜になっていた。

大賀見の舌に弄られてぷっくりと充血した乳首が、ようやく解放された。だがその代わり、彼は髪の毛でみやびの素肌を舐めるように頭を下げた。彼の湿気を帯びた吐息が、濡れた黒い茂みに触れる。

みやびは息を呑んだ。大賀見が何をしたいのかがわかり、その頭を手で押しやろうとする。

「だ、ダメ……、一哉さん！」

でも遅かった。顔を覗かせてしまった熟れた蕾を、簡単に探し当てられてしまう。

「ダメじゃない。気持ちいいの間違いだろ？」

彼の指の挿入が速くなり、みやびは鋭く息を吸った。愛液に空気がまじり、彼が掻き回すたびにぐちゅぐちゅと粘膜の音が大きく響く。送られる甘美な刺激に、みやびは顔をくしゃくしゃにする。

「ぁん……っん、あっ、はあ……いやっぁ！」

揺すり立てられる激しさとは裏腹に、ぷっくり膨れた蕾に触れる彼の舌先はとても優しい。それがさらにみやびを煽る。神経が過敏になっていて、躯が何度も跳ねた。

みやびの意識は、全て秘所へ集中する。リズムをつけて挿入のスピードを増していく彼の指に反応して、膣壁が収縮してきつく締め上げる。それでも彼の動きは止まらない。

ああ、もう無理。もう、堪え切れない！

刹那、大賀見が急に手首を返して指を曲げる。そして、今まで触れられたことのない膣の上壁のある一点を強く擦り上げた。

「きゃあああぁぁぁ！」

強烈な痛みが一瞬にして快感に変わり、みやびの躯を駆け巡って爆発した。瞼の裏では眩しいほどの閃光が飛び散る。躯がおかしいのではと思うほど、四肢が痙攣した。心臓が早鐘を打ち、みやびの口からも弾む息が漏れる。

しばらく快感の余韻に浸っていたが、大賀見の優しいキスで、閉じていた目をゆっくり開けた。

強い情火の渦に引き込まれたみやびの躯は今も熱がこもり、ふわふわ浮いているような感覚が残っていた。

「い、今のって……？」

呆然と口にすると、大賀見が微笑んだ。

「女性の膣には、弄られるだけで感じてしまうスポットがある。俺がそこを強く擦ったから、今までとはまた違う快感を得たんだ。それより――」

大賀見がみやびの腕を掴む。そのまま強く引っ張られ、みやびは服を乱したまま上体を起こされた。彼はみやびの背に両腕を回し、額、こめかみ、目尻、そして頬へとキスの雨を降らせる。

「……っん……ぁ」

「そろそろ、俺もみやびの温もりに包まれたい。いいか？」

大賀見は、自分の鼻でみやびの鼻をつつく。優しげな触れ方をされて、感情が高まってくる。みやびを愛してくれているから、こんな風に愛情の込もった仕草をしてくれるのだ。

大賀見の自分への想いを目の当たりにして、純粋に嬉しくなった。それでもまだ、抱いてくださいと口にするのは恥ずかしい。

頬を染めたみやびは、ただ小さく頷くに止めた。すると、みやびの背に回していた大賀見の片腕が僅かに上へ移動し、たくましい躯に引き寄せられる。

至近距離で見つめ合う。やがてその間隔は、ふたりの熱い吐息がまじり合い、大賀見がみやびに口づけた時になくなった。

「みやび……、みやび！」

口づけの合間に愛しげに名前を呼ばれる。嬉しくなって笑みを零すと、今以上に強く掻き抱かれ、唇を塞がれた。

それが嬉しくて、みやびは彼の背中におずおずと手を伸ばし、初めて自分からキスを深めた。何度も角度を変えて交わす口づけの合間、大賀見がみやびに愛を囁く。それは小さな声だったが、みやびの鼓膜を震わせては、躯中の細胞を甘く蕩けさせる。

こんなにも愛してもらえるなんて嘘みたい――うっとりしながらそう感じた時、大賀見が唐突にキスを止めた。

「みやび……君が欲しい。ものすごく」

大賀見はそう言うなり、みやびの躯を離した。ベルトを抜き取り、ズボンのボタンをはずしてファスナーを下ろす。そして、そのままズボンを乱暴に脱ぎ捨てた。

ボクサーパンツ越しでもわかる大きく膨らんだその部分が、みやびの目に飛び込む。恥ずかしくなって視線を逸らそうとするが、その前に彼はみやびの手を取り、盛り上がった股間へ導く。

「……っぁ」

大賀見はそこを執拗に撫でさせる。たまらずみやびの口から自然と喘ぎが零れる。生地越しとはいえ、みやびの手のひらに伝わってくる彼の熱、硬い昂り、そして脈動。それら全てが、みやびを欲しいと訴えていた。

それが膣の奥深くまで何度も挿入されると思っただけで、みやびの口腔はからからになった。なんとかして潤そうと生唾を呑み込むが、上手く喉を通らない。

それほどみやびは、大賀見自身の漲りに興奮していた。

「ああ……」

大賀見が感嘆の声を漏らした。彼はしばらく恍惚感に浸るようにじっとしていたが、やっと長い息をついてみやびの手を離す。そして、ボクサーパンツに手をかけた。

これから大賀見の大きく漲った昂りを目にすると思うと恥ずかしくなり、みやびは急いで顔を背けて目を閉じた。

ベッドが揺れて、大賀見が立ち上がったのが伝わった。続いて服の擦れる音、そしてラミネートフィルムを手で触った時のような音が聞こえる。初めて彼に抱かれた時に聞いたのと全く同じ音に、みやびの心臓が激しく高鳴り始めた。

「……みやび、少し躯を捻って」

そう言って、大賀見はみやびの乱れたキャミソールとスカートを脱がせた。ふたりとも生まれたままの姿になると、彼がみやびの顔の横に両手をつく。

「みやびにとって、これが二回目になる。俺を受け入れるのに、まだ慣れてるとは言い難い。だが、あまりにもみやびに触れないでいる時間が長かった……。だから、自分をコントロールできないかもしれない。それでも俺のすることを、全て受け止めてほしい」

大賀見が切羽詰まった状態なのは、彼の昂りに触れてもうわかっている。それなのにこうやってみやびの躯を労ってくれるその心遣いに胸を打たれた。

「大丈夫です。わたしを……大賀見さんで満たしてください」

みやびは微笑みながら手を上げて、大賀見の頬を手のひらで包み込んだ。

「ああ、みやび！」

大賀見が上体を倒し、みやびに体重をかけて唇を求めてきた。

「……っんぁ」

鼻を抜ける甘い声が出ると、大賀見がキスをしながら口元を緩めた。そしてみやびの膝の裏に手で触れ、股を開くよう促す。彼の昂った自身が、ぱっくり割れた襞から覗く濡れた蜜口に添えられる。彼はそこを弄るように、先端で執拗にこすり付けてきた。

大賀見のいやらしい愛撫の仕方に、みやびの顔が真っ赤になる。そんなみやびを見て、彼は嬉しそうに上体を起こした。そしてみやびの腰を掴み、動かした。ゆっくり、でも確実に、硬く大きく漲った彼自身が、膣壁を押し広げて侵入してくる。

「あ……っ！」

前回の時と同じように、隙間なく彼自身が膣壁に密着する。ただ初めての時と違うのは、違和感はあるが痛みは全くないことだった。

「……ぁ、んっ！」

大賀見の太くて硬い昂りが奥へ奥へと埋められる感触に、たまらず声を上げる。

「最高だ……、とてもいい、みやび」

かすれ声で囁くなり、大賀見は律動を始めた。

「……ん……ぅっ。あぁっ！」

怒張した彼自身が膣壁を擦り上げる。彼のものに突かれ、抜け、再び奥深くまで貫かれるたび、違和感は心地いいものに変化した。甘美な疼きがじわじわと広がり、侵食され、腰が痺れて四肢に力が入らなくなる。

「あ……っ、ああ……はぁ……ぅ」

下腹部奥に生まれた熱だまりに膣が反応し、彼のものをしごくように収縮する。とろとろと蜜があふれ出て、彼のものにまとわりつく。それが彼の抽送のリズムを助け、彼がスピードを速めれば速めるほど、ぐちゅぐちゅと淫靡な音が立った。

みやびは、こんなに敏感に反応してしまう自分の躯に戸惑い、片手で顔を隠した。それでも、口から零れる甘い喘ぎは止まらない。

「ん……っ、く……んぅ……っ！」

「顔を隠さないで」

懇願されても、みやびはイヤイヤと頭を振る。淫らに感じているのが、本当に恥ずかしかったからだ。

「感じている顔を俺に見せてくれないのなら――」

突然、大賀見が昂った自身を抜いた。

「……あっ！」

膣壁を擦る刺激がなくなって、たまらずみやびは抗議の声を漏らし、大賀見を見ようとした。だがそうする前にうつ伏せにさせられる。

「な、何を!?」

みやびは上擦った声で問いかけた。その途端、みやびの腰を両手で掴んだ彼に、一方的に後ろへ引っ張られる。慌てて手をベッドにつくが、尻を大賀見の方へ突き出す格好になり、カーッと躯が燃え上がる。

「一哉さん、こんな……っぁ!」

大賀見が後ろからみやびの蜜壺へ昂りを埋めた。彼はみやびの腰を掴み、躯を揺すりながら律動を速める。

「あっ……ヤダ、こんな……あぁっ!ん……っぁ!」

みやびの尾骶骨から背筋にかけて、甘い疼きが走りビクッと震える。感じたことのない快感にみやびは艶かしく腰をくねらせた。

「ああ、すごい……。みやび、君は最高だ!」

そう言うと大賀見は上体を倒し、みやびの背中から覆いかぶさってきた。乳房を鷲掴みにし、揉み、乳首をキュッと抓る。そして、蜜壺へ怒張した彼自身を埋める抽送のスピードを上げていく。

「……あ、あぁ……っ、いい……っんぁ!」

初めて貫かれた時とは違う箇所を、大賀見の先端に擦られる。そうされるたびに、この上ない恍惚感に襲われる。みやびの躯は痙攣したように震えが止まらなくなった。膣壁の収縮も速くなり、埋め込まれた彼の昂りを強くしごいては奥へ奥へと誘う。

部屋に響く、大賀見の熱い吐息とみやびの喘ぎ声、それに負けじとベッドの軋む音と、ぐちゅぐちゅと響く粘液の音。それら全てが、部屋の空気をさらに濃厚なものへと変えていく。

みやびは大賀見のもたらしてくれた甘美な世界に陶酔していた。

もっと、この快感を味わわせてほしい——そう願う反面、この身悶えるほどの甘い痛みから解放してほしいという欲求も生まれていた。

「一哉、さん……っ、ああ、ぁ……もう……ダメっ……んぅ！」

みやびの懇願を合図に、大賀見の腰の動きが速くなる。腰を回すように打ち付け、何度も角度を変えては膣壁を擦り上げる。

「……ふぁ、んぅ……ぁんっ！」

もう限界だった、ベッドにつくみやびの手が痙攣し、とうとう枕に突っ伏す。

だがそれがいけなかった。尻を突き上げる格好のせいで、より一層敏感な部分を彼の昂りに擦り上げられた。

みやびの蜜壺をえぐる、怒張した彼自身のスピードが速さを増す。ふたりの湿った肌が引っ付いたり離れたりする音さえも、だんだん大きくなってきた。

それに合わせて、みやびを襲う強烈な快感が四肢に広がっていく。

「いやぁ……！　あっ、あっ……ダメ、あ……っ、イヤ……っんぅ！」

「みやび！」

大賀見が、自らの昂りを強くみやびの膣奥に埋めた瞬間、瞼の裏で閃光が爆発するような鋭い快感がみやびを襲った。

「きゃあああぁ……!!」

躯中を駆け巡る熱いものに支配され、みやびはシーツを強く握り締める。そして、そのまま急降下して脱力した。

大賀見はみやびの膣内に昂りを収めたまま、ゆっくり体重をかけてみやびを押し潰した。

「これで終わりじゃないから」

「……えっ？」

喘ぎ過ぎたせいか、みやびの声がかすれる。

「みやびをもう一回、いやあと二回はイカせないと、俺のこの欲求は収まらない」

肩にキスを落とされて、みやびの躯が震えた。今感じた快感を、あと二回も与えられるかと思っただけで、躯が疼いてくる。

たった今、愛されたばかりなのに……

「みやび……」

大賀見の手がみやびの顎に触れる。後ろを向くように促されて首を捻ると、彼にキスされた。

「……っん、ぅ！」

濡れた舌で唇を舐められ、みやびの躯の芯が疼いた。絶頂を味わわせてもらったあとなのに、急に膣内がわななき、まだ芯を失わない大賀見自身を強く締めつける。

「あぁ……」

みやびの唇の上で、大賀見が感嘆の声を上げた。

「頼む。顔を見ながらさせてくれ……」

情熱的にかすれた大賀見の声が、みやびの感じやすくなった肌を粟立たせる。

ずっと攻められ続けていたので、少し休憩したい気持ちがあった。でも、大賀見はまだ満足していない。みやびとつながったままの硬い彼自身が、それを物語っている。

大賀見はみやびを求めている！

「あの、……はい」

頬を上気させながらそっと目を伏せた時、大賀見が動いて屹立した彼自身が抜ける。

みやびを仰向けにさせ、大賀見は再び硬くそそり勃つ彼自身を挿入した。そしてみやびの腰を両手で掴むと、乱暴に引っ張って起き上がらせる。

その瞬間、ビリビリとした快感がみやびの背筋を這い、脳天へと駆け抜けた。

「……あっ、っんぁ……」

初めての対面座位に、みやびはたまらず背を弓なりに反らす。彼のものが奥深くまで埋まる。これまでとはまた違う満たされ方に、躯が小刻みに震えた。

「この方がいい。みやびの顔が間近に見えるから」

大賀見がみやびの背に両腕を回した。彼の熱い吐息が頬をくすぐるだけで、収まったはずの燻りが燃え上がる。膣壁が収縮し、怒張した彼の昂りを何度もしごく。

達したばかりだというのに、また彼を欲しがって躯が疼く。

「……っく！　そんな風にきつく締め付けられたら、いくら俺でももう限界だ！」

大賀見が切羽詰まったようにみやびの頬を舌でペロリと舐め、続いて唇を求めた。

「……んぅ！」

キスを深めながら、大賀見が下からみやびを突き上げる。奥まで貫かれるたびに、痛いほどの快感に襲われ、たまらず彼に躯を押し付けた。

ベッドのスプリングに助けられて、挿入のリズムがどんどん増していく。あふれ出る愛液のせいで、屹立した彼自身が滑らかに蜜壺に埋まり、膣壁を擦り上げる。

「あん、……っん……はぁ……っ！」

「みやび、ああ……みやびっ！」

容赦ない抽送が始まった。そうされるたび、どんどん甘いうねりが大きくなる。ほんの数分前に体験した絶頂を上回る勢いで、歓喜の潮流に呑み込まれる。

「イヤ……ぁ、また……んっ、くるっ！」

大賀見が艶っぽい声で笑う。それがまた、みやびの火を煽る。それが大きく燃え上がり、みやびの躯を包み込むのに、さほど時間はかからなかった。

「ダメ……っ、んぁ……ああ……あっ！」

快感の熱に顔をくしゃくしゃにした時、みやびの背に回っていた大賀見の手が、触れるか触れないかのタッチで撫で下ろされた。

その瞬間だった。

「あああぁ……！」

熱いものが弾け、全身の血管を駆けめぐっていく。みやびは大賀見に抱かれたまま背を弓なりに反らし、躯に走るめくるめく悦びに身をゆだねて高く飛翔した。

自分の悲鳴が遠くで聞こえた気がした直後、みやびはぐったりと大賀見にもたれた。

「みやびっ！」

大賀見がみやびを強く抱きしめ、熱い液体を膣奥で迸らせた。

甘い吐息で大賀見の肌を濡らす。彼は、そんなみやびを肩で息をしながら何にも代え難い宝であるように抱きしめた。

「……ああ、最高だ」

大賀見はみやびをベッドへ押し倒し、そのまま力を抜いた。みやびは力の入らない腕をなんとか上げ、そっと彼の襟足に触れる。激しく愛し合ったせいか、そこは汗でしっとりしていた。

しばらく手足を絡めて抱き合い、心地良い気怠さに浸っていた。

「ゴムを替えるから待ってて」

突然そう囁くと、みやびの唇にキスを落とし、そしてゆっくり躯を離した。

彼の昂りが膣から抜ける感覚に背筋がぞくぞくする。出そうになる声を消すために、みやびは枕に顔を埋めた。

「本当にみやびは可愛いな」

大賀見の大きな手がみやびの頭に触れたその時、部屋に携帯電話の着信音が鳴り響いた。

「……クソッ！　こんな時に！」

苛立たしげな声を発した大賀見がベッドを降り、投げ捨てたスーツを手にした。ポケットに入れていた携帯を取り出す。

「はい、大賀見！　……はあ……、そうだったな。……わかってる、わかってるさ！　……

ああ、それじゃ」

大賀見は通話を切り、手を腰にあてて力なく息をついた。みやびはその背中を見ながら上掛けを引っ張り、自分の躯を覆い隠した。

「あの、どうかしたんですか？」

「タイムリミットだ」

「えっ？」

大賀見が身を翻し、残念そうにみやびを見下ろす。

「渋沢から連絡が入った。ショーがもうすぐ始まる」

一瞬、彼が何を言っているのかわからなかったが、彼の言葉を理解した瞬間「あっ！」と声を出して口元を手で覆った。

そうだ、ここには仕事で来ていた。なのに、大賀見の愛の告白を受けて舞い上がり、途中から彼しか見えなくなってしまっていた。

早く会場へ戻らなければという意識が込み上げてきた。

奈々にとって初めてのブライダルショー。マネージャーのみやびがそれを見ないわけにはいかない。

「は、早く戻らないと！」

慌ててベッドを出ようとするみやびの傍に大賀見が腰かけ、上掛けの上から大腿に触れた。

「えっ？　あの……どうかしたんですか？」

「みやびが現場に出ていないこの一週間で、俺たちの噂は徐々に広まりつつあった。でも、今日の出来事で、ふたりは付き合っていると正式に発表したようなもの。それでいいんだよな？」

改めて言われて、躯が急に火照り始める。でもみやびはしっかり彼を見て頷いた。

「わたしでいいんですよね？　大賀見さ――」

そう言った途端、大賀見は気に食わないといった顔をする。何が彼を不機嫌にさせてしまったのかわかり、みやびは苦笑した。

「あの……一哉さんに問題がなければ、わたしはきちんとお付き合いしたいと思っています。いいですか？」

みやびの答えに、大賀見が嬉しそうに口角を上げる。

「俺から離れたいと言っても、絶対にみやびを離さない。覚悟しておいて」

みやびを見る大賀見の瞳が情熱的に輝く。そして意味ありげに、キスでぷっくり腫れたみやびの唇に指を這わせた。

「あと……俺は嫉妬深いから。もう二度と他の男に唇を許さないように」

「えっ？」

大賀見はみやびの唇をじっと見つめている。

「……参ったな。この年になっても、まだキスなんかで嫉妬するなんて」

キス？　他の男性とは別に——とそこまで思って、ハッとする。

大賀見は、みやびにキスした豊永に嫉妬している！

それがわかった途端、みやびの胸の中に歓喜が込み上げてきた。

もちろん豊永にされたキスは、記憶から消し去りたい。でも、嫉妬するほどみやびを想う彼の心を見られたのは嬉しかった。

こんな風に喜ぶのは間違ってはいるが……。

大賀見はみやびと目が合うと苦笑し、唇に触れていた手を下ろす。

「本当はゆっくりシャワーを浴びさせてやりたいが、数分で済ませてもらってもいいかな？」

「えっ？　わたし、別に浴びなくても——」

きょとんとするみやびに、大賀見が困ったように笑う。

「俺のために浴びて。他の男には、興奮した女の……みやびの匂いを嗅がせたくない」

みやびは手を上げて、腕に顔を寄せて匂いを嗅ぐ。確かにみやびの愛用する香水の匂いはかすかにするが、普段とあまり変わりない気がする。

何故そんな風に言うのかと小首を傾げると、大賀見が大声で笑った。

「それはまた次に説明する。とにかく早くシャワーを浴びてきて。西塚さんのランウェイを見逃したくないだろ？」

大賀見の言葉に、みやびはすぐに表情を引き締め頷いた。

「はい！」

「よし」

大賀見がベッドから立ち上がったのを見て、みやびも起き上がった。彼の手で脱がされた衣服を掴むと、バスルームへ駆け込む。

簡単に躯を洗い、再び服を身に付け、鏡の前でチェックする。乱れた髪は手櫛で撫で付けた。

「うん、これで大丈夫」

部屋へ来た時と寸分変わらない姿に戻ると、バスルームを出た。

「早かったな」

大賀見はネクタイを結びながら、みやびに目を向けた。

「あの、大賀見さんは浴びなくてもいいんですか？」

「時間がないから。俺はタオルで汗を拭ったから大丈夫だよ」

大賀見の視線の先には、確かに濡れたタオルが置かれていた。

「す、すみません！　わたしだけお借りして！」

みやびは申し訳なくて、躯を縮こまらせて頭を下げた。

「気にしなくていい。みやびと一緒にシャワーを浴びることもできたけど、あえてそれをしなかっただけなんだし。一緒に風呂に入るのは、次の機会に取っておくよ」

「い、一緒に⁉」

びっくりして目を見開くみやびに、大賀見が楽しそうに微笑む。だが彼はそれ以上何も言わず、手際よくネクタイを締めて上着を羽織った。

「もう行けるか？」

「あの……は、はい」

頷くみやびを、大賀見は何故か凝視した。どこかおかしいのかと服を確認していると、彼がクスッと笑みを零(こぼ)す。

「……どうしてだろう。こういう関係になったのは今日が初めてではないのに、みやびの中に凛(りん)とした輝き、優美さが見える。まさにその名前のとおり、雅(みやび)やかだ」

そんな風に言われるなんて思っていなかった。みやびの顔が、真っ赤になる。

「な、何を言ってるんですか！　もう、行きますよ！」

みやびは大賀見の横をすたすた歩いて彼を追い越し、部屋のドアを開けて廊下へ出た。

本当は彼の言ってくれた言葉が嬉しくて、自然と口元がほころんでいた。

名前になぞらえて優美で雅やかだなんて、誰にも言ってもらった記憶がない。しかも好きな人に褒められるなんて、こんなに嬉しいことはなかった。

エレベーターホールで立ち止まると、みやびは手であおいで火照った頬を冷ます。追ってきた大賀見がみやびの隣に立った。

「今は許すけど、俺を無視してどこかへ行かないでくれ。俺からの電話を取らなかったこと、結構腹が立ったんだからな」

大賀見の低い声音には、怒りが滲み出ている。そっと彼を窺うと、不機嫌そうにしてはいるが、みやびの視線に気付いて笑ってくれた。そして、おどけた振りをしてポケットに手を突っ込む。

大人の余裕なのか、もうそこに怒りはない。

みやびはホッとして、大賀見と一緒にエレベーターに乗った。

「あの、いろいろとごめんなさい」

隣に立つ彼に手を伸ばして腕にそっと触れて、素直に謝った。すると、大賀見は頬を緩めながら上体を屈めて、みやびの唇を求めた。そして、キスでぷっくりと腫れた唇を優しくついばむ。

「……これで仲直りだ」

大賀見が優しくそう言った時、エレベーターが停まった。みやびは突然のキスに頬を染めながらも、彼と一緒に会場へ向かって歩き出す。

既に皆会場に入っているのか、廊下に人影はない。会場の出入り口のドアにたどり着くと、スタッフが立っていた。

「もう始まりますよ！」

「すみません！」

声をかけてくれたスタッフがドアを開けたまさにその瞬間、大音量のＢＧＭが流れ始めた。四方八方に取り付けられた照明が、会場を眩い光で包み込む。

あまりの眩しさに目を細めた時、ウェディングドレスを着たモデルたちがランウェイに登場した。歓声が沸き、会場は熱気に包まれる。

大賀見に促されて会場に足を踏み入れるが、彼は関係者席へ行こうとはしない。他の人の邪魔にならないようにドア付近の壁際に立ち、ランウェイに目をやる。みやびも彼の横に並んだ。

どの事務所のモデルも見事なウォーキングを披露し、煌びやかな新作ウェディングドレスを会場全体に見えるようにターンする。そのたびにドレスの裾が翻り、斬新なデザインをより一層綺麗に見せていた。

女性なら一度は夢見るウェディングドレス。

みやびがうっとりとそのランウェイに見入っていると、大賀見がみやびの耳に顔を寄せた。

「出てきたよ」

大賀見の言葉でランウェイの奥に目をやる。プリンセスラインのウェディングドレスを着た奈々と、彼女をエスコートするタキシード姿の渋沢が現れた。

まるで本物のバージンロードを歩いているのではと思ってしまうほど、ふたりの笑顔は最高に綺麗だった。

いつの日か、彼女たちみたいにみやびも大賀見と一緒に歩けるだろうか……

あまりにも飛躍し過ぎた自分の考えに苦笑した時、隣の大賀見がみやびの手を強く握った。

「いつの日か、みやびにもウェディングドレスを着させてあげる。でもその前に、ゆっくり一緒にふたりの関係を築いていこう」

みやびは、思わず彼を見上げた。

それって、プロポーズ⁉

目で問いかけると、彼は優しげな笑みを浮かべ見つめ返してくる。それが嬉しくて、みやびは彼の傍らにさらに寄り添った。

大賀見の言うとおり、まずはふたりの関係を築くのが先だ。こうして隣に並んでいれば、きっとその先の未来へつながる。

大賀見が約束だと言うようにみやびの手を持ち上げ、手の甲にキスをした。彼の気持ちが嬉しくて、涙が出そうになる。みやびは愛を込めて微笑み返し、そして再びランウエイに目をやった。

幸せそうに微笑み合う奈々たちの姿に自分たちを重ねながら、彼の手を強く握り返す。

そして、みやびは大賀見の腕にそっと頭を寄せた。

これからも続く、大賀見との愛のある未来を夢見て……

書き下ろし番外編

恋するオオカミは××にも妬きます⁉

銀杏（いちょう）並木の葉が落ち、遊歩道に黄色い絨毯（じゅうたん）が見られるようになった十一月下旬。

みやびは、都内のフォトスタジオで撮影の仕事を終えた奈々を車に乗せた。

本来なら二十時で終わる予定だったが、撮影が延びたせいで、既に時計の針は二十一時を回っていた。

「早く、早く！」

このあと友達と遊ぶ約束をしているらしく、奈々が助手席でそわそわする。

「これでも急いでるんだから、焦（あせ）らせないで」

みやびは彼女を近くの駅で降ろすため車を走らせるが、急（せ）かされても決してスピードを出さなかった。安全運転を心掛けてハンドルを握る。

幹線道路が混んでいたため、駅まで十数分かかったが、問題なく駅のロータリーに入ると、設けられている乗降場に車を停めた。

「ありがとう、みやびん！」

破顔した奈々が、素早くシートベルトを外す。

誰に会うのかはわからない。でもこの喜び方は、きっと彼氏に違いない。

みやびだって、大賀見と会えるとなれば、絶対に喜びを隠し切れないだろう。それをわかっているだけに、気分よく送り出したかったが、これまで同様釘を刺さずにはいられなかった。

「明日休みだからって、羽目を外したらダメよ。新しい仕事も決まったばかりなんだし。決して、それを無駄にしないで。いいわね？」

「もちろん！　これでもプライドを持ってモデルしてるんだもの。新しい仕事だって失いたくないし、安心して。じゃ、みやびんも……大賀見社長と仲良くね！」

奈々はそう言い捨てると助手席のドアを閉め、窓に顔を寄せる。

一瞬、奈々は冷たい外気に躯を震わせたものの、みやびをからかうように舌をペロッと出し、楽しそうに駅へ向かった。

不意に大賀見の名を出されて驚いたが、あまりにも楽しそうな奈々の後ろ姿に、みやびの心も躍り、自然と笑みが零れた。

奈々の機嫌がいいのも、みやびの心が満ち足りているのも、二人の恋愛が上手くいっているせいかもしれない。

近づいてきた車のヘッドランプがルームミラーに反射するのを見て、みやびは車を発進させた。だが、奈々が大賀見の名を出したせいで、心は彼への想いでいっぱいになる。

「〝大賀見社長と仲良くね〟……か」

うん、一哉さんと仲良くしたいな——そう思った瞬間、みやびは大賀見の住むタワーマンションへとハンドルを切っていた。

このあと、大賀見と会う約束をしているわけではない。でも出張で家を空けている彼から、今夜の最終の新幹線で帰京すると連絡を受けていた。

それはつまり、合い鍵を使って大賀見の部屋で待っていて欲しいという合図。

数週間ぶりに恋人と会えると思っただけで、みやびの躯は自然と火照ってきた。ハンドルを握る手のひらにまで汗が滲んでくる。

久しぶりに会うから、少し緊張しているのだろうか。

みやびは何回か深呼吸し、都心へ向かう国道を慎重に運転した。


途中、スーパーへ寄って翌朝の食材を買い求めたのもあり、大賀見が暮らすタワーマンションの客専用駐車場に車を停めたのは、二十三時を過ぎていた。

最終の新幹線に乗っているのなら、あと四十分もすれば帰ってくる。その間に、バスルームに湯を張ったり、部屋を片付けたりできるだろう。

大賀見が出張から帰った際、ホッと肩の力を抜ける安らぎの場を作りたい。

みやびは買い物袋を持って外へ出ると、エントランスへ向かった。大賀見からもらった合い鍵を使ってセキュリティを通り抜けてエレベーターに乗り込み、目的の階で降りる。共用廊下を進み、大賀見の家のドアを開けた。

だが玄関に入ったところで、みやびの足がピタッと止まる。

「えっ?」

視線の先に、綺麗に磨かれた黒の革靴がある。しかも慌てて室内に入ったかのように、脱ぎ捨てられていた。

「い、一哉さん!?」

大賀見が帰ってきていることに驚愕したものの、喜びの方が勝る。みやびは彼に会いたい一心で急いでヒールを脱ぎ、奥のリビングルームへ向かおうとした。

その時、唐突にバスルームのドアが開いた。

「悪い! 先にシャワーを借り、た——」

濡れた髪の毛をタオルで拭いながら、見知らぬ男性が出てきた。しかもその人は、腰の低い位置にバスタオルを巻いただけの姿で、みやびの前に立っている。

心臓が飛び出しそうになるほどの衝撃に襲われながらも、みやびは大賀見の家にいる裸の男性を凝視した。

大賀見の知り合い? それとも、所属モデル? ……会社の人?

みやびと同様、男性もこの状況に思考が追いつかないのか、戸惑いを顔に出す。

「……えっ？」

男性が声を発した直後、彼の胸板が膨らみ、肌に張り付いた水滴が汗のように肌を伝い落ちていった。それは鍛えられた腹筋を撫で、股間の形が浮き出ているバスタオルへと吸い取られる。

「き、君は、……誰？」

男性は眉間に皺(しわ)を刻ませて、やにわに一歩足を踏み出す。狙った獲物を部屋の隅に追い立てるオオカミさながら、彼は態度で威嚇(いかく)してくる。

みやびの躯(からだ)は強張り、恐怖で足がすくむ。まったく動けない。

「わ、わたしは――」

声が震える。それでも勇気を出して口を開いた時、男性がさらにみやびに詰め寄ろうと動いた。直後、腰骨にかろうじて引っ掛かっていたバスタオルが、はらりと落ちた。

「あっ……」

モデルに付き添うマネージャーとして、男性の見事な体躯(たいく)には免疫がある。でもそれは、小さな布地であっても男性のシンボルが完全に隠れていた場合の話。

みやびの目が、黒い茂みの下で揺れる男性自身に釘付けになる。

初めて見る、大賀見以外の男性の……

刹那（せつな）、みやびの手の力が抜け、買い物袋とバッグが足元に落ちた。

「きゃあああああっ!!」

悲鳴を上げたみやびは、両手で顔を覆った。でも、大賀見ではない他の男性の股間が鮮明に焼きついて、頭の中から消えない。

「ちょ、人を変質者みたいに――」

みやびの悲鳴に慌てた男性が、手を伸ばしてきた。彼は真っ裸のままみやびに近づき、乱暴に腕を掴む。

「イヤ、やめて！」

みやびが男性の手を振り払おうとした瞬間、みやびの後ろの玄関ドアが大きく開いた。ハッとしてそちらへ目をやると、大賀見が立っていた。彼はみやびたちを見るなり俊敏に駆け出し、二人の間に割って入った。彼に守られているというだけで、みやびの心に安堵感が広がっていく。

「一哉さん……！」

みやびは大賀見の広い背に手を置き、躯を寄せた。

「隠せ！　前を！」

「あっ、悪い……」

大賀見の言葉を素直に聞いた男性が、何やら動いている。大賀見が盾になってくれているので、男性が何をしているのかはわからないが、それを知りたいとは思わなかった。みやびは、恋人が傍にいてくれるという安堵感に包まれていたからだ。

「何しに来たんだ？」

ホッとするみやびとは違い、大賀見の牽制するような声音が響く。一瞬自分に言われているのかと思ったが、彼は前を見つめている。訊ねている相手はみやびではなく、男性のようだ。

「言ってたじゃないか！ こっちで友達と遊ぶから、立ち寄るって。その日が今日だよ。仕事終わったあと、直で来たから、兄さんのとこで着替えをさせてもらってクラブへ行こうと思ったんだ。そうしたら、いきなりその人が……」

ガチャガチャと響く金属音と、衣擦れの音が響く。そこで初めて、大賀見がそっと脇に寄った。

先ほどまで素っ裸だった男性は、ブラックジーンズに、シャツを着ていた。首にかけたタオルで、短い髪をぐしゃぐしゃにして水分を拭っている。

「みやび、紹介するよ。こいつは、俺の二歳下の弟……幸哉」

「初めまして、弟の幸哉です」

「初めまして、藤尾みやびと言います。あの、一哉さんとお付き合いさせていただいてます」

みやびは丁寧な挨拶を心掛けるものの、出会いが最悪だったのもあり、顔を上げられない。すると、大賀見の弟がぷっと噴き出した。

「悪い。確かに居心地悪いよな。見たくないものを見せてしまったし。……おっと、それは禁句？　……というわけで、ドライヤーで軽く髪を乾かしたら、俺はさっさと退散するよ。待ち合わせの時間も迫ってるんだ。兄さんはカノジョを奥へ連れて行ってやれば？　じゃ、藤尾さん。また次の機会に」

幸哉と名乗った大賀見の弟は、再度みやびに会釈してバスルームへ消えた。ドライヤーのスイッチを入れて髪の毛を乾かす音が聞こえ始めると、大賀見がみやびの落としたバッグと買い物袋を拾い上げる。

「さあ、行こう」

弟に言われたとおり、大賀見はみやびを奥にあるリビングルームへと誘った。

「悪かった。まさか、幸哉が来てるとは思わなくて……。しかもあいつ、裸でみやびの前に立つとは！」

「わたしこそ、ごめんなさい！　まさか、弟さんがいるとは……。きちんと約束したわけでもないのに、連絡をくれたのはこれまでと同じ理由だと勘違いして――」

「勘違いなんかじゃない。俺がみやびに会いたくて、今日の最終で帰るって連絡を入れたんだ。……ああ、もし本当に最終に乗っていたらと思うとぞっとする！」

大賀見が、リビングルームのテーブルに荷物を置く。それを見ながら、みやびは「最終？」と訊ねた。すぐさま振り返った彼が、力強く頷く。

「仕事が早く終わったから、乗る予定だった新幹線を変更したんだ。だから、いつもより三十分も早く着けた」

大賀見は深いため息を吐いた。居ても立ってもいられないとばかりに、胸の中にみやびを引き寄せる。

「家族が持つ、家の合い鍵を取り上げる。またここへ寄る場合は、必ず俺の了承を得るようにときつく伝えておく」

「いいえ、合い鍵は取り上げないでください！　ただ、わたしが来るかもしれない日は、ほんの少し気遣ってくれたら嬉しいです。だって、また……さっきみたいなことが起こったら、わたし――」

「俺だって、みやびには俺以外の男の裸は見てもらいたくない」

男の裸と言われただけで、みやびの頬が上気して熱くなってきた。忘れてしまいたいのに、大賀見の弟の大切な部分が鮮明に脳裏に浮かぶ。

決して、大賀見とは形も色も違うなんて考えてはいけない！

瞼をギュッと閉じた時、みやびの背中に回されていた大賀見の両腕が不意に解かれた。顔を上げると、みやびは彼の大きな手で頬を包み込まれた。

「で、どこまで見た？　弟のアレ……」

「えっ⁉　ど、どこまでって――」

みやびはあたふたする。大賀見と目を合わせられず、視線をあちらこちらへと彷徨わせる。すると、彼が再び長い息を吐き出した。

「なるほど、全部見たんだな」

「見たくて見たわけではありませ……っんぅ！」

　みやびの言葉を聞きたくないとばかりに、大賀見が唇を塞いだ。一見その行動は乱暴だったが、実際は彼の口づけは甘かった。みやびの柔らかな唇を挟み、甘噛みし、熱い舌先でくすぐる。

　背筋を這う疼きに耐え切れず、唇を少し開いて喘ぐと、彼の舌が口腔へと突き込まれた。ねっとりした舌が、逃げるみやびの舌を追いかける。

「っんぁ……ふ……っ！」

　大賀見は、まだ手を緩めない。みやびを抱いているのは、躯に触れているのは、キスしているのは彼だと告げるように、吸っては舌を絡め取られる。みやびの躯は火照り、頭の奥はじんと痺れてきた。

「忘れろ。……いいな？　弟の裸は忘れるんだ」

口づけの合間に、大賀見が囁く。みやびが他の男性の大事な部分を目にしたのが、彼は本当に嫌だったのだ。たとえ弟であろうとも許したくないと、キスから嫉妬が伝わってくる。

みやびは大賀見が秘める想いが嬉しくて、そっと自分から顎を引いて口づけを終わらせた。彼の男らしい匂い、熱い体温を生地越しに感じながら、彼に体重をかけていく。

「じゃ、全てを忘れさせてください。わたしが一哉さんのしか思い出せないように、記憶の上書きをして……」

みやびがゆっくり目を閉じると、肩へと落ちた大賀見の手が背中へ回され、きつく抱きしめられた。

「いいよ。俺のことしか考えられないようにしてやる」

そう言ったのと同時に、玄関のドアが閉まり、オートロックの鍵がかかる音が響く。それは、大賀見の弟が外へ出たという意味だ。

みやびと大賀見は見つめ合い、そして一緒に小さく笑った。

「これでやっと二人きりだ。さあ、おいで」

大賀見の熱っぽい眼差しが、みやびの瞳に唇に、膨らんだ胸元に落ちる。たったそれだけで、ブラジャーに隠れている頂が硬くなる。さらに下腹部の奥が熱くなっていった。嫌な出来事があっても、大賀見の傍にいれば瞬く間に喜びへと変わる。そうなるのは、みやびが彼を愛しているからだ。

そして彼もまた、みやびを愛してくれているから……

「はい……」

みやびは愛される幸せを感じながら目を細め、差し伸べられた大賀見の手に、自分の手を滑り込ませた。胸の奥に広がる彼への気持ちを抱き、誘われるままベッドルームへ向かう。

恋人同士が紡ぐ甘い夜は、まだ始まったばかりだ。

恋愛小説「エタニティブックス」の人気作を漫画化!
Eternity COMICS
エタニティコミックス創刊!
EC
Eternity COMICS
全身くまなく
俺色に染めてやる

EC
Eternity COMICS
エターナルスター
Eternal Star
漫画 千川なつみ
原作 綾瀬麻結
俺様御曹司
×
平凡なOL
全身くまなく
俺色に染めてやる
エタニティコミックス
創刊!
アルファポリス
人気恋愛小説、待望のコミック化!

本書は、2014年8月当社より単行本として刊行されたものに書き下ろしを加えて文庫化したものです。

エタニティ文庫

恋(こい)するオオカミにご用心(ようじん)

綾瀬麻結(あやせまゆ)

2016年5月15日初版発行

文庫編集－橋本奈美子・羽藤瞳
編集長－塙綾子
発行者－梶本雄介
発行所－株式会社アルファポリス
〒150-6005 東京都渋谷区恵比寿4-20-3 恵比寿ｶﾞｰﾃﾞﾝﾌﾟﾚｲｽﾀﾜｰ5階
TEL 03-6277-1601（営業） 03-6277-1602（編集）
URL http://www.alphapolis.co.jp/
発売元－株式会社星雲社
〒112-0012東京都文京区大塚3-21-10
TEL 03-3947-1021
装丁イラスト－芦原モカ
装丁デザイン－ansyyqdesign
印刷－株式会社廣済堂

価格はカバーに表示されてあります。
落丁乱丁の場合はアルファポリスまでご連絡ください。
送料は小社負担でお取り替えします。

ISBN978-4-434-21869-9 C0193